西藏岁月系列丛书

岁月如歌

白曙 著

XZCB 西藏人民出版社

图书在版编目(CIP)数据

岁月如歌 / 白曙著.-- 拉萨：西藏人民出版社，2022. 12
ISBN 978-7-223-07152-9

Ⅰ.①岁… Ⅱ.①白… Ⅲ.①散文集－中国－当代②书信集－中国－当代 Ⅳ.①I267

中国版本图书馆 CIP 数据核字（2022）第 090613 号

岁月如歌

著　　者：白　曙
责任编辑：格桑德吉
封面设计：旦真那杰
出版发行：西藏人民出版社（拉萨市林廓北路 20 号）
印　　刷：拉萨市明鑫印刷有限公司
开　　本：787 × 960　　1/16
印　　张：19.75
字　　数：240 千
版　　次：2022 年 12 月第 1 版
印　　次：2022 年 12 月第 1 次印刷
印　　数：01–1,000
书　　号：ISBN 978-7-223-07152-9
定　　价：48.00 元

《西藏岁月系列丛书》编委会

西藏岁月——策墨林·单增赤列题字

策墨林·单增赤列，男，藏族，1950 年 9 月生，西藏拉萨人，无党派人士，1956 年 10 月产加工作。现任政协第十届西藏自治区委员会副主席，第七届、八届、九届、十届全国政协委员。

汪象华题字

汪象华，少将，博士，1959 年 5 月生于湖北黄冈，中国书法家协会会员，中国书法家协会维权鉴定委员会副主任，武警部队首任书画研究院院长，西藏书法家协会名誉主席。曾任武警广东省总队政治部副主任，武警宁夏总队政治部主任，武装警察部队政治部宣传部部长，武警部队西藏自治区总队政委。

在《人民日报》《解放军报》《光明日报》《中国文化报》《中国书画报》《解放军生活》等数十家报纸杂志上曾多次刊登汪象华将军的书法作品。

难忘西藏岁月 弘扬老西藏精神(序一)

阴法唐

2010 年金秋九月，是雪域高原最美的时节。为纪念西藏和平解放六十周年，中国共产党成立九十周年，张彦丽同志来到我家，对筹备成立《西藏岁月》文学艺术工作者协会及出版《雪山的眷恋》(即《西藏岁月》)系列丛书等事向我作了详细的汇报。张彦丽同志是 1976 年大学毕业进藏的知青，这个满族的后代和那些热血青年一样，在祖国挑选他们的时候，胸怀壮志，自愿报名去西藏当农民，后来又当教师、当干部，在西藏一干就是四十多年。说起他(她)们在拉萨、成都召开《雪山的眷恋》系列丛书座谈会的情形时特别激动。得知那些健在的十八军老同志，怀着极大的热情参加了座谈会，有些人甚至带病到会。他们谈到当年进藏时的情景，个个热泪盈眶，感慨难抑。座谈会上，他们拿出自己多年积累的文稿，希望通过《西藏岁月》文化交流研究会这个平台，回顾建设西藏的历史，弘扬老西藏精神，抒发他们对西藏的眷恋和情怀。

谈起一些老战士、老作家、老记者的现状，听到那些耳熟能详的名字，我感慨良多。60 多年前我们在进军西藏和雪山筑路时，战士们都是 20 来岁的小伙子，十七八岁的小姑娘。他们不但要完成长途跋涉、开山修路等超强度劳动，还要承受高山缺氧、交通不畅、供给不足等原因造成的常人无法想象的困难，使不少人提前结束了他们宝贵的年轻生命。有幸活下来的人也大都百病缠身，但他们毫无怨言，青春无悔。作为进军西藏的一位指挥员，作为上世纪八十年代的西藏自治区党委第一书记，我为这些老战士骄傲。他们当年听从党的指挥，为西藏人民流血流汗，一不怕苦、二不怕死，努力奋斗、无私奉献。今天看到这些充满革命激情的战友们还像当年一样，为宣传西藏，弘扬“老西藏精神”笔耕不辍，仍继续努力奋斗，我从心底里感到高兴。当时我建议张彦丽同志要尽量多抽出时间去各地走访一下当年的老十八军战士，尽早地将老同志们的文集与采访记录搜集上来，她答应了。并且我也表示，为了这些老战士，为了蓬勃发展的西藏事业，我愿意为“西藏岁月文化交流研究会”作顾问，我的老伴、首批进藏女兵李国柱同志也愿意多参与一些工作，共同组织回到其他省市的“老西藏”们继续为藏族同胞贡献余热。

2010 年 9 月 20 日应会议邀请，我和夫人——首批进藏女兵李国柱参加了她们在北京召开的丛书座谈会，在京 30 多位老同志到会，为丛书编撰建言献策。时隔三年之后的 2013 年 5 月，张彦丽同志带着样书设计稿，再一次来到我家，兴致勃勃地告诉我，西藏岁月系列丛书得到了党委、人大、政府政协领导的高度重视，并特别提到在原自治区党委常委、自治区政协党组副书记、副主席德吉措姆同志的大力支持、积极协调下，得到了北京市政府的援助，期待已久的系列丛书可以面世了。虽然我已 91 岁了，而且因为生病在身，体力不支。但听到这个消息仍精神振奋，心气顿增。协会尽管在经费困难、人手有限的情况下做了大量工作，可还是有许多同志没有采访到，她们深表遗憾，但我相信，有这么多热心同志的支持与关注，尤其是藏族同胞的高度重视，西藏岁月文学艺工作者协会这个平台，一定会为弘扬“老西藏神”，为宣传西藏、服务西藏做出更多、更有意义的事情。看着十部书稿封面上那一处处光彩艳丽的藏地风光，我的心热乎乎的，这个序我不能不作，战友们的心愿我应该满足。回忆起 1950 年进军西藏时，我是十八军 52 师副政委。该丛书作者中的焦东海，就是 1949 年入伍随部队进藏的学生兵。他比我小五六岁，是我们 52 师有名的“小秀才”。当年我在 155 团任团长和政委时，团里办个《战利》油印小报，焦东海和那些小报记者白天负重近三四十公斤的物品跟着部队行军，还要跑前跑后收集行军资料。晚上部队宿营时他们不能休息，趴在蜡烛前编写稿件。因后方供给困难，部队发生粮荒，每人每天的口粮从 12 两（当时是 16 两为一斤）减到半斤。焦东海他们宣传股的人夜里只好饿着肚子编报，有人饿昏了，灌点儿开水苏醒过来继续工作。有的战士连冻带饿，加上高山反应，长眠不醒了，其他的战士跟上来，接过尚未完成的工作……部队西进拉萨翻越瓦合山时，漫山遍野的积雪，焦东海他们把背包放在雪上当桌子，又拿来几个背包当椅子，戴上风镜记新闻，刻钢板，最后油印。第二天早上还要疾步行军到部队前面去发放战报。部队过完了，发行任务才算结束。虽然这编发报纸的工作类似于发传单，但因为消息及时，很受战士们欢迎。

1952 年 5 月，我们进驻到离拉萨 100 多公里的墨竹工卡县一带，承担康藏公路西线的筑路任务。焦东海他们所在的宣传股住在老乡的牛棚办报纸，发表的筑路信息、经验介绍、好人好事，军队和藏族民工团结友爱等事迹，对增强军民团结，提高工程效率起到了很好的作用。这年 7 月，我调任江孜军分区政委兼江孜分工委书记。又过了几年，中印边境自卫反击战后，我在西藏军区政治部当主任，这个“焦秀才”又在政治部主办的《高原战士报》当记者，直到上世纪七十年代。

赵先前是十八军中的一员。我对他在 1954 年春天发表在《人民日报》上介绍修建康藏公路英雄们的文章很有印象。他于 1928 年 10 月生于安徽宿县孙町集王家沟口庄一个贫农的家庭。父亲在其出生前 2 个月出走，一去十年无消 息。后来才知道父亲参加了革命，已于 1949 年在江淮军区病故。母亲在他不 到 5 岁时得瘟疫去逝。撇下他和比他大三岁的姐姐。姐姐送给一个比她大 20 岁 的憨子作童养媳。他在“家神不收，野鬼不要”的苦水里泡大。1944 年，遵 父命弃学参加新四军中途落入敌手。1946 年得救回到我部队。1947 年 8 月入 党，历任连队党支部书记、副指导员、团政处技术书记、干部理论教员等。 1956 年响应祖国“向科学进军”的号召，努力考上大学，在大学里任党总支 委员、系党支部书记和班级党支部书记。1960 年毕业返西藏工作。一直坚持 学习文化，写了很多文章。翻开他的《金质的哈达》，语言铿锵有力，清新隽永，欢快活跃，顿感革命激情扑面而来，真真切切地让人感受到“革命人永远是年轻”！

还有，岁不是十八军将士却真实记录了十八军感天地、泣鬼神之精神的回族著名诗人闫振中，他笔下的《喜马拉雅丰碑》写的是北路进军西藏的新疆军区骑兵先遣连的英雄事迹。1950 年 8 月，136 人的先遣连从新疆于阗县出发，一年后到达当时的西藏阿里地区首府噶大克时，人员已牺牲过半，多数人是被高山病夺去了生命。在条件最艰苦的时候，先遣连几乎每天都有人死去，每天都要送葬，好些人抬着战友的尸体死在了送葬路上。有一次同一天里就举行了11次葬礼。全连80%的人病倒了，大家都知道自己得的是什么病，一旦染上就非常可怕。但战士们没有被重病吓倒，他们躺在病榻上举起手向党宣誓："只要还有一口气，就坚持到底。""只要还有一个人，就要把红旗插到噶大克。"

先遣连里的一号首长李狄三，是1938年加入共产党的老革命，在战斗中九次负伤。他在患上高原病的几个月里，以身作则，团结全连坚如一人，一直坚持到1951年5月28日后续部队到达后，他将十个月里记下的两本工作日记交给团长。两小时后，他如释重负地笑着闭上双眼。这就是我们的英雄团队。看到这里，我的泪水糊住了双眼。骑兵先遣连的英雄们，在绝境面前不绝望，心中有党有群众，为解救西藏人民，为保卫祖国领土，"壮士埋骨雪山外，远征阿里不思乡"。他们为恪尽职守、至死不渝、保卫共和国领土、保卫藏地安宁而献身!他们是纯净人类灵魂、传播红色文明、解救百万农奴的雪山神鹰，他们是中国的普罗米修斯。

记得是在2011年冬天，我在人民大会堂观看了《先遣连》首映式，心里难过了好几天。那熟悉的高原雪域风光，又让我想起1950年10月进军西藏解放昌都的战斗。我们十八军52师分左中右三路迂回昌都，境遇同骑兵先遣连差不多。我和师参谋长带着部队，横跨四川、青海、西藏三个省区，连续15天在海拔四五千米的风雪高原上急行军1500华里。那般艰苦如今想起来就心颤。毛主席说："进军西藏不吃地方"。为此，我们的战士除了背武器，还要背半个月的食品、帐篷及烧火的燃料，每人负重70斤。高原反应，一步三喘。部队断粮后几天吃不上东西，战士们被迫吃自己棉衣中的棉花，吃雪山上的棕色泥巴，吃累死饿死的牛马，喝血，吃生肉，最后吃皮，甚至连骨头和角都烧成灰烬填进肚里。因冻、累、病、饿等多种原因，许多战士痛苦之状难以描述，有的扭曲成团，有的饿极呼嚎，不少同志遗尸高原，活下来的也是九死一生。差不多有一半战士患上雪盲，短时间失明无法看路，他们便把绑腿连起来互相牵着走；过河时，冰块在湍急的水流中划破皮肉，血流不断；有的战士腿伤化脓坏死，被迫锯断腿肢；掉队迷路的战士，有的被敌军捉去残酷杀害，有的被当地群众援助收容;有的受伤后与大部队失去联系,在当地组成家庭。154团和青海骑兵支队将近一半的人,就这样非战斗性减员了。那真是冰山雪峰掩忠骨,马革未能裹尸还。但全师将士心里都明白:只要堵住敌军后撤拉萨的路口就是胜利。10月16日,我们100余名骑兵和100余名步兵比敌人抢先四个多小时到达思达,切断了敌军的西退之路。和平解放西藏至此形成定局。我们终于取得了解放祖国大陆最后一片领土的全面胜利。

翻书阅卷,历史风云一幕幕闪过。60年一甲子,岁月洗去了多少人世铅华,但"老西藏"们忠于祖国,热爱人民,一不怕苦,二不怕死的英勇奋斗精神却代代相传,生生不息。先烈回眸应笑慰,擎旗自有后来人。1976年,2000名大中专毕业生胸怀"一颗红心,两手准备;建设边疆,巩固国防"的凌云壮志走进西藏。《遥远天边的一朵云》和《墨竹河》两本书正是他们的经历和心灵独白。书中洋溢的爱心、奋斗、乐观、自豪、奉献、忘我的高尚情操和博大胸怀。如同一位"老西藏"所说:若干年后,新生代的人可能不理解这些与共和国同龄人的"犯傻"行为,但我相信历史不会忘记,人民不会忘记,共和国的发展史上,曾经有那么一批热血青年,为了祖国各民族的和谐,边疆的建设和发展,远离自己的亲人,忍受着高原缺氧、艰苦、寂寞……这代人用他们的实际行动传承着十八军留下来的"老西藏精神"。还有,援藏干部、高级教师马殿文的《守望》,描述了他们2007年从美丽温滨城市大连,来到风雪弥漫的藏北那曲,以一名援藏干部的视角,记录下在西藏期间的所见所闻、所思所悟。一朝踏上西藏路,永生难忘高原情;万里为家不是客,奉献高原无限情!援藏结束,回望高原,他仍然放不下心中的牵挂。曾经,作者在高原上守望;如今,我被守望感动。无论是有限的援藏守望,还是一代代人的驻藏守望,都令人感动!

老牛自知夕阳短,不用扬鞭自奋蹄。离开工作岗位后,我有两件事念念不忘:一是在有生之年,尽全力促动各方领导,给西藏修一条铁路。没有铁路,西藏便没有发展。在党中央的英明决策和全国各地的支持下,这个愿望实现了,也圆了我十几年来想坐着火车回西藏,看望藏地父老乡亲的梦。二是在有生之年,动员各方力量办好西藏教育,特别是办好中小学教育。文化教育是民族文明和民族素质的基本要素，西藏发展缺少的是本民族的科学文化人才。为此，我家祖孙三代，多方筹措资金成立“阴法唐西藏教育基金会”，我们全家人都在努力为西藏再作贡献。

我在这里借用进藏先遣连党代表李狄三的话，用以表达我的心声：“我们活下来的人，只有更好地活着，至少是要争取活得更久一些，才能完成他未尽的事业。活着，已不是为了别的，而是为了完成我们共同肩负的使 命”。祝愿我们《西藏岁月系列丛书》能够鼓舞更多的人，不忘革命前辈，弘扬“老西藏精神”，继续组织编写出更多记录那一代令人追忆、感人肺腑、具有震撼力的历史篇章。

2013 年 4 月于北京

不忘革命英烈 永葆民族团结(序二)

张跃平

西藏岁月系列丛书,历时三年,经历了五次大的排印修订,得了诸多老西藏和援藏干部们的支持,终于跟大家见面了。这是一个令人难忘的日子,这是一个举杯欢庆的时刻。西藏岁月,记录了我们在人生的征途上曾经在雪域高原生活与工作,难忘青稞酒的甘甜,酥油茶的醇香,锅庄舞的欢快,我们的西藏岁月,永远镌刻在每一个人人生的长河里,永远融入进我们的生命曲谱中。从春到夏,从秋到冬,走过一生中无数个春夏秋冬,每一次都带着责任上路,我们带着对西藏的无限眷恋,虽然经历了太多太多的坎坷和曲折, 但也收获了太多太多藏族和各少数民族同胞间的水乳之情和花环。翻开样书,真情实感的描述,让我们共同回顾党领导西藏革命和建设的光辉历程,共同追忆一代又一代西藏人的战斗足迹和光辉岁月。借此机会,我受丛书编委会的委托,谨代表进藏大学生和老西藏们,向所有支持西藏岁月系列丛书的老领导、老前辈、老党员,表示真诚的感谢和亲切的慰问。并对长期以来关心和支持西藏各项社会事业、推动西藏经济发展作出重大贡献的老西藏们,致以崇高的敬意和衷心的感谢!

半个世纪以来,在党中央国务院的关怀和全国人民的大力支持下,在自治区党委和政府的坚强领导下, 我们身体力行, 参与和目睹了西藏发生的翻天覆地的变化,实现了今天政治稳定、经济发展、社会和谐、民族团结、边防巩固、人民安居乐业的工作目标。正像丛书中所反映的,在建设社会主义新西藏的伟大实践中,涌现出一大批政治素质高,党性观念强,爱岗敬业,无私奉献的各民族党员、干部、群众,我们编撰这套丛书的宗旨,就是总结前辈们为建设西藏作出的贡献,宣传前辈们的先进事迹，把前辈们的思想和精神传承下去，更好地激励现代的西藏人，永葆团结进取、昂扬向上的精神风貌，以不畏艰辛、锐意进取的时代睿智来讴歌先进、崇尚模范，结合新形势、新任务，传承和弘扬我党这一传统和作风，增添建设新西藏的精神食粮、实现西藏跨跃式发展的思想保障。

西藏作为伟大祖国不可分割的组成部分，60多年来取得了经济社会发展的辉煌成就。尤其是近十年的巨变令国人振奋，令世界瞩目。西藏巨变深刻地证明了党中央确定的工作方针是完全正确的，是不断丰富完善治藏方略的结果；是西藏自治区党委、人大、政府有力领导，科学决策，坚持有中国特色西藏特点发展之路伟大实践的结果；是各族干部群众坚持中国共产党领导，坚持社会主义制度，坚持民族区域自治制度，同舟共济、艰苦奋斗的结果；充分显示了中国特色社会主义道路和制度的优越性，体现了中国共产党坚定维护祖国统一和促进民族团结进步、实现跨越式发展和长治久安的实力。西藏巨变清楚地证明了西藏的建设、改革和发展离不开中央的特殊关怀和全国人民的大力支援。西藏是一个具有很大特殊性的地区，与其他省市相比，经济社会发展落后，发展的制约因素较多。中央赋予的特殊优惠政策和强调弘扬“老西藏精神”是西藏跨越式发展的重要条件，西藏只有紧紧依靠国家的力量和全国人民的支援，坚持各族人民艰苦奋斗、顽强拼搏、无私奉献，才能够顺利促成本地区资源要素的优化组合，增强自我发展能力，从而与全国人民一起实现现代化目标。面向未来，大力实施西藏“提升一产、壮大二产、做强三产”的经济发展战略，加快转变经济发展方式，奋力推进跨越式发展和长治久安，一个团结、民主、富裕、文明和谐的社会主义新西藏必将崛起于雪域高原。

今后一个时期，西藏工作的总体要求是：高举中国特色社会主义伟大旗帜，坚持以邓小平理论和“三个代表”重要思想为指导，深入贯彻落实科学发展观，把力量凝聚到实现党的十八大部署要求和各项任务上来，紧紧围绕党中央明确的“一个中心”“两件大事”“四个确保”，努力开创科学发展、和谐稳定、民生改善、民族团结的新局面。

弘扬“老西藏精神”，任重尚未有穷期。让我们在党中央的亲切关怀下，在自治区党委、人大、政府的直接领导下，精诚团结，奋勇当先，尽心竭力，拼搏进取。为西藏的繁荣进步献言进策，不遗余力。

丛书的作者和每一位参与工作者，曾经是西藏各条战线上的精英和骨干，为西藏的经济建设创造了一个又一个骄人的业绩。可以说，为西藏，付出了人生的全部，也付出了自己子孙后代的幸福。现在，他们虽然已经退休，但退休不退精神，离开了西藏仍然心系西藏，发挥余热，老有所为，笔耕不辍，凝聚心血和精力，书写着西藏的变化与进步。各位曾经创作过大量弘扬主旋律的好作品，现在又不顾辛劳，积极为丛书撰稿筹谋，表现了对西藏西藏岁月的深情眷恋，表达出对西藏的深厚情感。

这套丛书，集高尚的思想内涵、深厚的文学底蕴、精进的创作风格于一体，以优秀文学的品位，为西藏的经济发展和社会进步，为促进党的队伍建设，引导感化一代人，激励鼓舞一代人，培养提升一代人发挥其潜移默化的作用。虽然编纂工作历时三年之久，但因为人手少、任务重、经费紧张，在制作上恐存在诸多不周之处和遗憾，恳请各位老领导、各位专家和作家同志给予谅解。

2013年4月30日

弘扬老西藏精神，永葆革命青春（序三）

德吉措姆

正当全国各族人民托起中国之梦，为实现中华民族伟大复兴而奋力拼博之际，《西藏岁月》系列丛书应运而生了。这不仅是系列丛书的作者们渴望已久的大事喜事，也是为丛书出版工作而奔波不停的工作人员十分高兴的事情，对广大读者来说，无疑也是一次共享“老西藏精神”的丰硕成果、进一步了解真实西藏的难得机会。

为《西藏岁月系列丛书》写序，我一方面感到很荣幸，另一方面心理压力比较大，担心写不好。因为丛书的作者中有我十分熟悉的、十分敬重的老西藏、老领导，加上作者们每个人的作品份量很重，不仅承载着凝重的历史轨迹和社会责任，而且真实反映了那个年代广大指战员保卫祖国边疆，维护祖国统一的坚定信念，真实反映了新西藏的发展变化，处处闪耀着“老西藏精神”的光辉。

我想从以下三个方面，简单谈谈对系列丛书（10 本）这初步认识，与读者共勉。一是丛书（10 本）体现的五个基本特点；二是作者当年进军西藏时的历史概述；三是“老西藏精神”是我党我军光荣传统和优良作风的继承与发展。

一、丛书（10 本）体现的五个基本特点

一是作者们晚年笔耕不辍，给后代留下了宝贵的精神财富。整整 10 本书，洋洋 300 多万字，字字都是作者们用心血和汗水写成的。期间所遇到的困难和问题，他们从不叫苦，从不给组织和领导找麻烦，处处以“老西藏精神”严格要求自己。他们的作品，形式上无论是报告文学、纪实文学、诗词集或文集，还是长篇小说，都凝聚了对党对祖国的无限热爱，凝聚了对西藏人民的深情厚意，凝聚了对生活、对西藏这片高天厚土、美丽风光的无限眷恋，骨子里透着浓浓的“西藏情结”。这是老西藏们晚年献给党，献给西藏人民，献给新一代的又一份厚礼！

二是丛书的作者们，是一生奉献边疆的“老西藏”。

摆在读者面前十本书的作者，大多数已是年过七十的老革命、老前辈、老领导、老作家，还有当年参军时年龄不满15岁的女战士。虽然他们现在已退休多年，却坚持做到了老有所乐、老有所养、老有所学、老有所为，退休不退色。他们不仅把自己一生最美好的青春时光，献给了西藏，献给了西藏人民，到了晚年仍然在默默无闻地奉献着。西藏人民永远不会忘记“老西藏”为捍卫祖国边疆，为西藏人民的翻身解放和幸福生活而作出的牺牲和奉献。

三是作品内涵深刻，意义深远。

解放西藏、建设西藏的重大历史变革及改革开放、现代化建设时期，中央继续关心西藏、全国无私支援西藏，使西藏飞速发展变化的可喜局面的历程。其强烈的时代感和社会责任感，必将使广大读者深入了解那个年代的沧桑巨变和那个年代造就的英雄人物，了解今天的幸福生活是无数英雄用生命和鲜血换来的，从而更加激发爱国热情，更加珍惜今天的幸福生活，更加发愤图强，努力建设家乡，自觉维护祖国统一。

四是作者深入调研、充实内容，保证作品质量。

多年来，丛书的作者们有的不顾年老体弱、疾病缠身；有的不顾家庭生活条件不够宽裕，仍年复一年、日复一日地坚持创作，有的不顾路途遥远，交通不便，仍然坚持走出家门访亲问友；有的结伴到离家很远的地方和城市，采访健在的英雄，寻找英雄的足迹，采集英雄的事迹。他们这种对作品负责、精益求精的态度，这种对党负责、对社会负责、对英雄负责、也对读者负责的精神，不仅让我们敬佩，更值得我们学习和发扬。

五是作品客观翔实，文风朴实无华。

丛书的作者们，无论作品反映的是哪个历史阶段，哪个具体事件，都认真坚持了文化传承和文化信仰的深刻内涵，每一本书字里行间折射出的崇高境界，理想信念，让正能量传达得更鲜明、更可信、更有效。书中虽然没有更多华丽的辞藻，但娓娓道来的每一个故事、每一个人物、每一个事件，都弘扬了时代主旋律，都为子孙后代留下了宝贵的精神财富和力量源泉。一本本耐人寻味的厚书、一段段真实可靠的经历陈述，对当代西藏进一步筑牢反对分裂、维护稳定的思想基础，巩固和发展民族团结，繁荣边疆地区文化建设都将产生积极而深远的影响。

二、作者当年进军西藏时的历史概述

1959年之前，也就是民主改革前的旧西藏，处在又落后又黑暗的封建农奴制社会。在这样的社会里，广大农奴没有自己的土地和牲畜，没有人身自由，却要遭受残酷的压迫和剥削，终年挣扎在贫困、饥饿的死亡线上。党中央毛主席对西藏情况早已明察秋毫，在1949年10月1日中华人民共和国成立前后，针对国外敌对势力与西藏地方政府中的分裂主义分子加紧勾结从事分裂活动的严峻形势，作出了进军西藏的英明决定。同时，把进军西藏、经营西藏的任务具体落实给了以十八军为主力的进藏部队。另一方面，党中央毛主席从西藏特殊情况出发，制定了争取和平解放西藏的方针，说服西藏地方政府派代表赴京，促使地方政府坐下来谈判。1951年5月23日，中央人民政府和西藏地方政府在北京签订了具有历史转折意义的《中央人民政府与西藏地方政府关于和平解放西藏办法的协议》(简称“十七条协议”)。从此，西藏人民摆脱了帝国主义的侵略和羁绊，标志着西藏和平解放，西藏历史翻开了新的篇章。1951年5月25日，毛主席发布了人民解放军进军西藏的训令。十八军等各路进藏部队，分别从西康、云南、新疆、青海向西藏进发，经过一年多一路千辛万苦、英勇奋斗，终于完成了党中央毛主席交给的光荣而悲壮的历史任务。西藏人民也从此开始认识了解放军，认识了共产党。1959年3月西藏上层反动集团悍然撕毁“十七条协议”，发动了全面的武装叛乱。人民解放军坚决平息了叛乱，实行了民主改革，彻底废除了封建农奴制度，百万农奴翻身得解放，当家做了主人。1965年9月西藏自治区正式成立，宪法赋予的民族区域自治权利得到了实现，有力推动了西藏的社会进步和经济发展。改革开放和现代化建设时期，党中央又制定了新时期西藏工作的一系列方针政策和发展措施，安排部署了全国支援西藏的重大决策，使西藏很快实现了经济发展，社会稳定，民族团结，边防巩固，向全面建设小康 社会目标前进的美好前景。60 多年的实践证明：只有在党的领导下，只有在祖国的怀抱中，只有走中国特色西藏特点的社会主义道路，西藏才会有光明的前途和幸福的未来。

三、“老西藏精神”永放光芒、代代相传

“老西藏精神”是上世纪 50 年代进军西藏的广大指战员和领导干部、工作人员及后来的驻藏解放军和地方各族干部在极其艰苦，极其特殊的环境下，以大无畏的英雄气概共同创造的高原之魂。也就是当年江泽民总书记在中央召开的第四次西藏工作座谈会上提出的“特别能吃苦，特别能战斗，特别能忍耐，特别能团结，特别能奉献”的精神，就是长期建藏、一不怕苦二不怕死、艰苦创业、认真执行政策守纪律的高尚品格。“老西藏精神”是我党我军光荣革命传统的重要组成部分，有力的继承和丰富了中华民族传统美德和精神财富。

回顾当年进藏部队广大指战员和工作人员所遇到的艰难险阻和特殊复杂的困难局面，想到他们最终如何把五星红旗插上喜马拉雅山时，人们不得不相信“老西藏”们就是一群特殊材料制成的人！“老西藏精神”就是他们用鲜血和生命铸就的不朽丰碑！

他们热爱党，忠于祖国，一切听从党安排。这是战胜一切困难，最终夺取胜利的根本保证。例如：中华人民共和国刚成立不久，十八军在成都的战役也结束了，上级已任命张国华军长，谭冠三政委等领导到地方工作。其他多数干部也都认命了地方工作职务。官兵们好不容易从长期的战争环境中走出来，准备接受相对稳定的地方工作时，突然接到上级命令，进军西藏，并明确以第十八军为进藏主力。当时部队内部的思想动荡可想而知，但是，经过战争锻炼的英雄部队经受住了严峻的考验，在张国华军长和谭冠三政委“舍小家顾大家、要把忠骨埋西藏”精神鼓舞下，部队统一思想，提高认识，增强信心，决心坚决完成党中央交给的任务。只要党需要，一声令下，打起背包就出发。“到边疆去!”“到祖国最需要的地方去!”这就是进藏部队勇往直前的英雄本色，充分体现了大局意识、服务意识和高度的政策纪律观念，充分体现了革命军人崇高的理想信念。

他们进军西藏遇到的艰难险阻,是当代人无法想象的。无论是十八军各部队,还是新疆骑兵独立师先遣连等进藏部队,都经历了同样的高寒缺氧、风雪交加、忍饥挨饿,缺医少药、物资供应缺乏等困难考验,但他们靠双脚走出了雪山、走出了草地,战胜了自然环境的无情磨难和反动势力的阻挠破坏。如果没有"让高山低头,让河水让路"的英雄气概,没有"以苦为荣,以苦为乐"的艰苦奋斗、无私奉献精神,没有"长期建藏,边疆为家"的长远计划,就不会有"老西藏精神"独特的优良品质和高尚情操。

他们严格执行党的民族政策和宗教政策, 赢得了广大僧俗群众的衷心拥护。"十七条协议"签订后,毛主席对张国华军长特别叮嘱:"你们在西藏考虑任何问题,首先要想到民族和宗教这两件大事,一切工作必须慎重稳进。"毛主席一针见血地指出了民族、宗教、统战工作在西藏整个工作中的极端重要性,给部队各项工作指明了方向。在当时那种条件艰苦、情况十分复杂的形势下,张经武、张国华、谭冠三等领导,模范地贯彻执行了毛主席关于民族宗教等一系列方针政策,并且制定了许多切实可行的具体措施。

如把关于尊重宗教信仰、尊重藏族风俗习惯也作为一项重要准则写进了守则等。总之,上世纪五六十年代,在西藏历史上民族团结、军民团结、军政团结,出现了前所未有的可喜局面。

经过 60 多年的沧桑巨变,"老西藏精神" 已成为高原各族儿女赖以团结友爱,拼搏进取,全心全意为人民服务,加快西藏发展的力量源泉。新时期、新阶段,在"老西藏精神"激励下,一茬茬高原官兵,一茬茬进藏干部和一批批援藏干部中,不断涌现出了许许多多优秀代表,如张经武、张国华、谭冠三、天宝、慕生忠、李狄三、布德、蒋英、仁增旺杰、孔繁森、陈金水、轮祖、洛松朗加、祁爱群等英雄模范人物。继续理解并弘扬"老西藏精神",对高举中国特色社会主义伟大旗帜,维护祖国统一,维护民族团结,反对分裂,确保西藏经济跨越式发展和社会长治久安,全面建设小康社会,具有重大的现实意义和深远的历史意义。

首批《西藏岁月系列丛书》,经过三年的努力终于和广大读者见面了。借此机会，我以《西藏岁月系列丛书》文艺工作者协会主席、《西藏岁月系列丛书》编委会主任的身份，首先向北京市政协党组书记、主席，市政法委书记吉林同志 表示衷心感谢向北京市表示衷心感谢！如果没有吉林同志的热情支持，没有北京市的慷慨解囊，没有北京市援藏拉萨指挥中心的具体协助，此次丛书的出版工作不可能顺利完成。同时，也要感谢为丛书出版辛勤付出的所有封面计人员和责任编辑人员！

2013 年 6 月 1 日

目 录

【散文随笔】

【书信、日记】

【友人篇】

【诗歌篇】

【格律诗】

【古体诗】

【散文随笔】

火红的青春

我是中国人民解放军豫皖苏军区和十八军的一名文艺战士，在豫东平原、渡江南下、解放大西南、进军西藏的万里征程中，都曾留下我的脚印、歌声和艺术形象，献出了我的火红青春。

1948 年 6 月下旬，我参加了豫皖苏军区一分区政治部文工队。当时文工队的老同志们刚刚完成土地改革任务，准备开展业务活动。我们新来的 9 名新兵迫切需要学习。分区政治部决定文工队全体到华野十纵文工团去对口学习业务。到十纵后，大家的学习热情高涨，非常投入。老同志除了讲课外，每天早上还教我们扭大秧歌。这些大秧歌不像以前那种进三步退一步向后摆手的小秧歌，而是甩开臂膀阔步向前，可以左右穿花，并可根据演出时担任的不同角色，扭起不同的舞步，是秧歌剧的基本训练。十纵文工团的同志执导、排练了秧歌剧《担水前后》《张德保归队》。还观摩了他们演出的大型话剧《李闯王》。

学习回来，全队开始了排练演出工作。王健华在《担水前后》中扮演老太婆。她就经常跟随在农村老年妇女后面，学她们走路的姿态和动作，表演起来惟妙惟肖。吉德娥在《张德保归队》中，把既是贤妻良母又有政治觉悟的老解放区青年妇女形象，表演得活灵活现，很受欢迎。她俩的文化程度都不高，为什么塑造的人物形象那么生动呢？艺术源于生活。这与她俩长期生活在农村，与农民群众打成一片有很大的关系。我暗下决心，一定要以她俩为榜样，好好向群众学习。

为配合土地改革和部队新式整军，于 8 月初排演了歌剧《白毛女》。当时文工队员有 30 余人，排练这样的大型歌剧很不容易。有些同志台上是演员，台下拿起乐器就是乐手。特别使我难忘的是当时缺少乐器，我们就自己动手制造乐器，用罐头盒、炮弹壳蒙上蛇皮作琴筒。最大的低音胡琴是用装榴弹炮弹的圆纸筒蒙上羊皮制作的。其丝线则是用农村弹棉花的弓线，琴杆是用三尺长的称杆制成。下部队扛在肩上，被战士们称为“重武器”。可见文工队在极其艰苦的条件下克服困难的创业精神。

李刚和我在《白毛女》中扮演黄母 A、B 角，指导员张均饰黄世仁，崔万铸演杨白劳，江一扮喜儿，吉德娥扮白毛女，刘克军扮赵大叔，许思明扮王大春，张彩云扮王大婶，王健华扮张二婶。为了真实揭露地主婆的凶恶，在表演打喜儿的时候，我动真格地打了起来，江一只好忍痛表演。每次演出，观众都振臂高呼:“打倒恶霸地主，为喜儿报仇!”演出的成功让我很高兴。《白毛女》在一分区广泛演出，文工队的声誉提高了，演员们受到战士和群众的喜爱。他们不知道演员的名字，都以扮演的角色称呼我们，使我们感到莫大的欣慰。

1948 年 10 月初，开封第二次解放，文工队随分区机关进驻兰封县城。当时有很多学生逃出开封，想到江南继续求学，文工队接受了劝阻学生返回开封复课的任务。我和江一、李刚等每天都到陇海铁路沿线做他们的思想工作。由于我们是第一次解放开封时参加革命的，以自己的亲身经历去劝说他们，更具说服力，不少学生听了我们的劝说返回了开封。

淮海战役时，文工队随分区机关进驻商丘后，我们首先进入学校向教职员工做工作，争取早日复课。任务完成后向市民开展宣传工作，演出了多场小型节目，《担水前后》《张德保归队》《逃出阎王殿》和《金戒指》等，观众反映演出很精彩。之后，又演出了《血泪仇》。崔万铸饰王仁厚，许思明饰王东才，我和江一分别饰仁厚妻和东才妻，裴怀杰饰田保长，安一林饰特务医生，孙明辅队长、张均指导员、劳奇艺术教员都担任了角色，登台演出。演出中，我们都投入了真情实感，悲剧气氛浓烈，常常是台上台下哭成一片。在商丘市内公演后，又前往朱集火车站，向参加淮海战役的支前部队和民工进行慰问演出。当时中原野战军文工团驻扎在朱集，他们全体同志都来观剧。江涛、吴毅、史超等知名文艺工作者在座谈会上赞扬我们的演出很成功。

淮海战役胜利后，文工队随分区机关回到中心区进行整训。这时接到豫皖苏军区命令，调文工队到鹿邑县吴台庙参加会演。会演后，一分区文工队与军区文工团合并组建成十八军文工团，开始了向江南进军。

我永远忘不了渡江后那段冒雨行军的艰苦历程。

在江北发了几双"拥军鞋"。一双鞋在石渣路上很快就磨穿了，我的双脚打满了血泡。鞋子穿完了，就用旧衣服撕成条打草鞋。我不会打，安一林同志帮大家打了很多草鞋。后来打草鞋的材料用完了，干脆就赤脚行军。在艰苦的日子里，我们除进行行军鼓动工作外，还抓紧时间排练新节目。例如由崔万铸执导的《红军回来了》，我在剧中饰红军妈妈，云越饰蒋匪军官。我们都是边行军边背词、对词，一到宿营地就抓紧时间排练。在江西景德镇等新区演出，深受好评。在《李闯王》的演出中，扮演李自成称帝后的御前女侍官，虽然只有"宣禁卫将领进宫"这一句台词，我也尽量用洪亮的声音，字正腔圆地充分烘托出演出的气氛。在乐山，为进军西藏誓师动员大会的召开，文工团赶排了多幕歌剧《钢铁战士》。我在其中扮演钢铁战士张志坚的母亲，母子会面那场戏，我把张母大义凌然的气概充分表现出来，每次台下都报以热烈的掌声。

文工团从乐山到新津，我和大家一样进行刻苦的身体锻炼，为徒步负重进军西藏作准备，并经常到驻扎在川西的部队进行演出。到眉山为52师演出时，我在歌舞《解放灯》中与王健华饰老太婆。演出中，我突然晕倒在舞台上，完全失去了知觉。组织上把我送到医院治疗，康复后就参加了被喻为"第二次长征"的向西藏大进军了。

进藏后，我曾在西藏工委政策研究室、拉萨小学、西藏军区政治部文化部、俱乐部图书室等单位工作。为西藏部队、统战工作、团结西藏各阶层人民群众做了一份自己应该做的工作。

岁月虽然流逝，但这些珍贵的记忆是永远不会消失的。

行军轶事

1949年春，部队住在河南吴台庙附近的一个村庄，房东是一位三十多岁精明能干的中年妇女，给予我们热情接待。然而她的婆婆硬是不同意我们住在她家。经过我们的实际行动，为她家推磨担水扫地，又给她讲解放军是人民的军队的道理，终于使她受到了感动。给我留下了很深的印象。

渡江后，几乎天天下雨，爬山比较艰难，特别是刚参军的黄山临中的学生，行军就更困难了。上级派我到学生队工作。每天我都要帮她们背背包，手中还帮她们提书包。学生队有个叫胡本铭的男生，有十六、七岁，黑皮肤、大眼睛、高个子，他主动帮助另一学生背了背包，可是由于下雨爬山路滑，非常吃力，他实在挺不住了就对我说："白队长，你还能背一个吗？"我说："行!放上来吧!"这样我背了三个背包，仍旧精神抖擞地爬山，还不时带领大家唱歌，活跃气氛。中午刚到宿营地，放下背包就去给新区的群众挑水。南方的木桶大，能装满水有五、六十斤重，有一次我挑着空桶下了五、六十个台阶到河边挑水，当我上了一半台阶时，觉得混身无力，头晕眼花，实在上不去了，只好休息一会儿。最后将吃奶劲儿都用上了，才挑上台阶，完成了任务。现在想起来，当时挑不动满桶，挑大半桶也行嘛，那时的人大都很自觉。

有时到了宿营地，按人数发谷子，交给班组去碾米做饭吃，所以经常吃的是一半谷子一半米，那时年轻，也不觉得有什么不舒服。有一次宿营很晚，住在一户无人的地主家，屋内堆了很多看起来像"白果"一样的果子，由于肚子太饿，有人就吃了起来，大家也都跟着吃了起来，结果没过半个时辰大家都上吐下泻。原来吃的是桐油子，北方姑娘错把桐油子当成白果吃了。

由于长时间下雨，行军爬山鞋破得特别快，没鞋穿只好打赤脚行军。开始有些不习惯，时间长了就没事了。陈振帮同志不知从哪里弄到一双新胶鞋送给我。我高兴极了，穿了一天，晚上到了宿营地，就脱下来洗干净，放在老乡灶堂口烘干准备次日再穿。到第二天早上我去取鞋时，一看只剩下半截胶底，其它的已被炉灶内的余火烧光燃尽，一双新鞋只穿了一天。无奈仍赤脚上路。

后来我还得知，由于我赤脚行军，还避免了一个男同志想开小差回家的事情。他在总结会上说，当时每天负重冒雨爬山行军，实在太苦了，本想不干了，可是看到老白，还是个女同志，脚上水泡加血泡，还坚持行军，毫不退缩。我是个男同志，怎么还没女同志能吃苦？于是他打消了念头，坚定地继续走在革命的道路上。为此我第二次荣立三等功。

在江西乐平修整时，文工团排练歌剧《白毛女》，我演黄母，江一演喜儿。有一次演出，为了演出效果更好，我事先没和江一通气，演到黄母打喜儿时，我动真格儿地打了喜儿，突如其来的真打，使喜儿也不顾一切地和黄母打了起来，瞬间在舞台上打得不可开交，难解难分，听到下面的战士吼着:"打死她！打死她(指叫喜儿打死黄母)！"当时演出效果特好。

在演《李闯王》的剧目中，我演御前女侍宫，站在李闯王的左边，只有一句台词"宣禁卫将领进宫"。时间过去了几十年，我还记得清清楚楚，那是我唯一演古装剧的角色，并有留影。后来文工团领导为了保存演出资料，动员大家将演出剧照都交给团里保管。我交了女侍官、黄母等多张演出照片，不知文工团至今是否保留，真希望再看看当年的模样。

部队到了四川乐山时，文工团排练《钢铁战士》，让我演剧中的反派角色女秘书，领导说:要想当一个好演员，既要演好正面角色，也要演好反面角色。我愉快地接受了这一任务。当第一次演出时，是宋慧玲帮我化的妆，因我一直演老旦，不会化年青女妆。谁知在舞台上演到照镜子的细节时，着实吃了一惊，镜子里出现了一个美丽娇艳的女子，这难道是我吗？差点将台词都忘了。

不久又让我演剧中张志坚的母亲，还是演老年角色得心应手。每逢演剧中母亲去探监鼓励儿子张志坚大义凛然、威武不屈、那段慷慨激昂的台词时，台下总会爆发出雷鸣般的掌声。作为演员，能得到观众的认可和欢迎，自然无比欣慰。那时尽管环境多艰苦，但革命的乐观主义精神却无处不在。

（宋惠玲：在四川泸州参加十八军文工团话剧队，在拉萨小学任教，后先后在西藏大学音乐系教师、中央音乐学院、中央歌舞团；丈夫黄文焕毕业于北京大学东语系，师从季慕林、于道泉先生为北京大学科教队随十八军首批进藏专家，曾在拉萨小学任教，历任西藏自治区歌舞团副团长、西藏藏戏团副团长、西藏展览馆馆长、西藏社科院副院长，为研究藏学及民族文化的著名专家。著有《西藏民歌资料集》《格萨尔》研究论文集及故事集、《古代藏文比较研究》《河西吐蕃文书》《桑噶古都寺的手抄古藏文经卷》《西藏佛教中的“活佛转世”历史概论》等。）

宋惠玲和黄文焕夫妇。黄文焕曾为西藏自治区社科院著名专家。

活跃在川西大地的文艺兵

二野十八军干部、战士在军长张国华、政治委员谭冠三的直接领导下，经历了长期征战，来到了四川。正准备在美丽富饶的巴山蜀水驻防时，二野首长刘伯承司令员、邓小平政治委员又把党中央、毛主席下边的解放西藏这一光荣而又艰巨的任务，给了我军。

我们文工团的同志，在团长张启斌、政治协理员朱子铮的领导下，跟随军直机关，从河南吴台庙出发，开始了长途跋涉。下安徽、奔长江、穿江西、走湖南，一路上艰苦奋战。在浙江马金岭战斗中，配合主攻部队，进行鼓动宣传，沿马金岭一线，设立了茶水站、鼓动棚、编写快板，张贴标语，演唱歌曲，鼓舞士气，一举歼灭了国民党安徽省保 3 旅、保 5 旅等地方武装。当时还扩建了以安徽临中南下学生为主的文工二团。胜利渡过长江之后，在湖南茶陵休整，迎来了伟大祖国的建立。随之进军大西南，昼行夜宿，日行百里，翻山越岭，渡河涉水，从贵州赤水河进入四川。在川南泸州，接管了国民党起义部队七十二军忠勇剧团，改编为我十八军政治部文工团京剧队。其中不乏有京剧科班出身的艺人，也有的是下海的票友和京剧爱好者，还有家属和孩子。

一九五〇年二月，十八军政治部派来了政治指导员沈昭沛和队长李一声。调来了中共党员宋月华、宋荣责和行政工作人员章正源、孙品仙以及十八军文工团团员王式琳、蔡洗尘、白曙。从而建立了党支部，有了党团小组。同时提升了主要演员张宝任副队长，主要演员陆振声、夏韵秋任区队长。通过学习毛主席的《关于在延安文艺座谈会上的讲话》，以及忆苦思甜、新旧社会对比的阶级教育，使大家对文艺工作有了明确方向。全队官兵思想水平和政治觉悟不断提高，较好地树立了为人民服务、为工农兵服务的思想，为完成繁重的演出任务打下了良好的思想基础。

京剧队的全体同志，继承和发扬了我军不怕苦、不怕死、艰苦奋斗的光荣传统。部队文艺工作者坚持“以戏剧为武器、以舞台为阵地”开展工作。根据十八军政治部和文工团领导的指示精神，边学习边工作，边演出边提高，积极投入繁忙的演出。二野十八军奉命进军西藏，在乐山城外广场举行誓师大会，当晚演出了《肖何月下追韩信》《打鱼杀家》等折子戏，大大鼓舞了全军士气，打响了慰问进军西藏部队演出的第一炮。据不完全统计，全年演出在百场以上，平均三五天就有一场演出。有时连续十几场，有时一天演出两场。白天演出之后顾不上卸妆，紧接着就得准备晚场的演出。凡是驻有我军部队的市县、小镇、乡村以及成渝铁路建设的工地上，都有我们的身影。重庆、璧山、永川、内江、资阳、新津、双流、邛崃、大邑、洪雅、丹陵、夹江、雅安、名山、石桥镇、贾家场、平泉镇等地都留下了我们的足迹。每到一地，首先寻找舞台，不管是学校还是广场、田间坝子，或者是农村的舞台、戏楼，都要充分利用。有时自己动手搭建简易舞台。当时尽管受条件限制，舞台狭窄，或者是凸凹不平，举办大型演出时演员多且拥挤，每个人都在有限的条件下认真演出，所到之处受到观众的一直称赞。有一次在资阳演出时，忽然天色突变，阴云密布，雷声大作，大雨下个不停，看演出的部队和群众的衣服已经打湿了，但仍然巍然不动，坚持观看演出，直到演出结束才整队离去。不少演员和工作人员眼里噙着感动的泪水，脸上洋溢着演出成功的喜悦。还有一次在洪雅演出时，观看演出的部队和群众以及当地数千名干部。演出谢幕时已经是凌晨1、2点钟了，因为之前是步行十几公里才到达的演出地，演员们都很疲劳，但看到台下观众情绪高昂，不断地热情鼓掌且都不愿离去，要求继续表演节目，于是大家毫不犹豫地加演了一个又一个折子戏，一直到天亮。台下发出阵阵掌声，最后，观众才依依不舍地离开现场，使我们深受感动。这感人的情景又何止一次、两次呢！

全队同志不仅以艰苦为荣，而且团结一心，通力合作，从不考虑个人得失，向来服从导演的统一分配和调动。主要演员可以演配角，非主创人员也可以跑龙套，在新戏《三打祝家庄》中，除了主要演员陆振声、夏韵秋外，不少演员都甘当绿叶。名小生应畹农反串丑角祝小三，七十岁高龄的名丑段生瑞扮演一名士卒，名须生周宗彦扮演一般角色，行政工作人员章正源等也上台扮演没有台词的群众演员。我们多次从简阳县城去石桥镇演出，尽管靠近公路条件较好，但缺乏交通工具，大卡车只能保证装运服装道具，每个衣箱重50~60公斤。演职人员就只能排成三路纵队沿公路步行十几公里，还要背着自己必需品。到达演出地点后，不顾疲劳，不分你我，一齐动手卸车、搬运，五六十公斤的服装道具一个人扛在肩上，快步进入后台，年老体弱的两个人抬一个箱子紧跟其后，时间紧，装台任务重，置景、服装、道具，点燃汽灯，演出前的准备工作都是大家一起动手。演出结束后继续步行返回驻地，吃完晚饭已经是次日凌晨的两三点钟。大家没有一句怨言。

从建队之日起，至1952年8月全队复员为止，历时近三年，几次整编改制，先后改为西南军区支援解放西藏政治部京剧团，西南军区工兵政治部文工团三队。这支文艺队伍始终坚持用自己的真情汗水，把人民子弟兵对老百姓的情谊洒在了川西大地上。那段难忘的岁月，苦与乐交织成永恒的记忆，始终留在我们每一个队员心中。

（关曾 白曙）

1948年冬，在睢县豫皖苏军区一分区文工队全体合影。

记河南新乡音乐盛会

1972 年我调到河南新乡市文化馆工作。回到家乡能为家乡做点事情是我一直以来的夙愿，干起工作来更有劲头，上级派我和孙同志去北京崇文区文化馆学习半个月，回来就组织轻化系统的文艺宣传队排练节目，为庆祝毛主席在延安文艺座谈会上的讲话 30 周年。轻化系统宣传队人才济济，素质普遍较好，有乐队和作曲的，演员们能独唱、二重唱、四重唱，连报幕员都接近专业水平。经过一段时间的排练后，演出第一炮打响，在当地引起较大影响。受到工厂、学校、研究所等单位的热烈欢迎。我那时成了大忙人，经常乘末班车返家，下车还要走近两华里路，老伴刘振国经常来车站接我，使我受宠若惊，十分感动。

不管在哪里演出，我要求大家必须在白天排演一次。有一天，我吃过午饭去新乡剧场排练，当我走到离剧场有约五十米的距离时，听到从里面传出来豫剧《朝阳沟》的优美旋律，还以为是外地的豫剧团来新乡演出了，走进去一看，原来是我们宣传队的精彩演奏。当时我太高兴了，为这些家乡文艺青年的才干而自豪欢欣。之后，在演出节目中，又增加了地方戏曲，河南梆子和河南曲子片断，受到观众的热烈欢迎。要知道那个时代除了八个样板戏，是不准演其它剧目的。我们不但在全国首开先河组织演出了音乐会（当时全国仅有天津、上海、新乡组织演出音乐会），而且敢于将地方戏曲搬上舞台，现在想想是多么的不容易。

音乐会的节目有中外古今名曲、革命歌曲、地方民歌，加上地方戏曲片断，一时成为新乡文化界议论的焦点。

有一天，新乡地区歌舞团的一位姓魏的女孩来我家玩，闲谈之中，她说她们团长看了轻化系统宣传队演出的音乐会后，说人家演的节目质量好，台风好，要好好向人家学习。当她知道是我组织的，就说："怪不得水平不一般，原来是老将出马，一个顶俩"。

又有一次在新乡22研究所演出，原沈阳军区副司令贺晋年看后认为很好，表示祝贺。研究所的同志们说，我们在新乡工作多年，还是第一次看到这样有水平的节目，希望今后能再看到我们的演出。宣传队的同志们因为演出受到各界广大群众的欢迎，深受鼓舞并合影留念。

新乡县中学数学科马老师和学生张亦萍、南桂英、张家和、李菊新、乔玉兰、作者白曙、刘润兰、吴均。

成都——我的第二故乡

成都是个历史悠久、文明、时尚且令人向往的地方。我自到大西南以来，多次来到成都，与她有着不寻常的缘分。她给予了我展示活力的平台，带给我成绩与欢乐，更给予了我第二次宝贵的生命。

记得第一次来成都是在1950年，我带领十八军文工团女子篮球队，来蓉和川西军区女子篮球队进行联谊表演赛。地点在北教场，虽然，我队比分遥遥领先，但却没把它当回事，而是把战友情谊放在第一位的。

第二次是单位派我和许思明同志来蓉出差，时值夏天，烈日当空，汗流浃背，口渴难忍，走进一家茶馆，刚要了两杯香喷喷的花茶，还没来得及喝上一口，面前出现一名纠察，告知军人不准进茶馆，我们二话没说立即离去。

第三次是我患重病，组织上派人送我到成都治疗，入院时已神智不清，是医院的医生和护士治好了我的病，挽救了我的生命，使我康复后能和十八军的战友一起进军西藏。

第四次是1954年秋天，我参加西南军区文工团在成都草堂附近举办的歌舞训练班。我学拉手风琴，老师是从华西大学请来的。班长姓刘，还有任士荣(后任空政文工团手风琴独奏演员)、黄振声，另有一位男同志和一位女同志记不得名字了，加上我共6人。在训练班的三个多月里，时间虽不算长，却给我留下了深刻的印象。金砂同志是歌剧《江姐》作曲者之一，叶语同志(后任重庆市杂技团指挥员)；还有赫炎同志，在音乐方面，他们都曾给过我许多帮助，在此，我要谢谢他们。

每当一天的学习结束，晚饭后，我们6个人便漫步到浣花溪畔，谈古论今，吟诗高歌。看墨绿阡陌纵横，赏橘红落日霞辉，流水潺潺鸟语花香，茅舍竹林鱼鸭满塘，一派田园风光，美哉成都!我被眼前宛如画中的美景陶醉了，在我的心中成都是第二故乡了。

自1954年国庆节后离开，到1980年重返难以忘怀的成都，一别数十载。老战友们分别几十年后，又相会在军队和地方的老干部活动场所。一同唱歌跳舞，一同吟诗作文，一同回忆当年的峥嵘岁月，心情格外舒畅，好像又回到了年轻时代，重新焕发了革命青春。除了和老战友欢聚，又结识了许多新朋友。从此，不论新老朋友，都为一个共同的愿望努力:为建设美丽的成都贡献力量。

作为一名文艺战士，积极带头组织老年朋友，开展各种文娱活动。歌唱伟大的党、伟大的祖国，为我的第二故乡成都的精神文明建设尽一份绵薄之力。

我衷心地祝愿成都繁荣昌盛，通过全市人民的共同努力，使它更加美丽、更具魅力!

西藏十八军老战友在蓉见面（图中有资深艺术家宋香衡、陈金奇、杨文瑞、范玉秀）。

四川省老干部活动中心合唱团成立经过

四川省老干部活动中心于 1986 年底发出通知成立合唱队。主管人王希媛，聘请音乐学院常苏民院长当顾问。队员有李梦华、钟学礼、张志高、鲁凰、崔风、林祥淑、秦远举、王吉祥、李师侗、王大英、赵琳、郭绛、付子宣、王宏艺、白郁民等 22 人。

排练歌曲有《没有共产党就没有新中国》《南泥湾》《革命人永远是年轻》《党啊！亲爱的妈妈》，每周排练三次，由我教唱并指挥。

春节前，活动中心决定举办春节联欢会，慰问老干部。由我队和省歌舞团联合演出。我队的合唱节目排在第一，队员们满怀激情，唱完以上四首歌曲时，台下报以雷鸣般的掌声，我们的头一炮打响了！受到常院长及省上有关领导及省老人保健大学杨局长等一致好评：唱得整齐、声音洪亮、富有激情、指挥不错。演出当场录像录音，省电视台现场直播。

春节前十二天，演出共五场：锦江大礼堂一场；新声剧场两场；文化宫一场；省管理局一场，播映三场。1987 年四月初，为庆祝“七·一”和“八·一”排练节目，《没有共产党就没有新中国》《太行山上》《游击队之歌》《大刀进行曲》《党啊！亲爱的妈妈》等，请省歌舞剧院的陈咏华同志教唱，喻彬同志钢琴伴奏，我来指挥。

6 月 24 日和 6 月 29 日彩排两次。6 月 30 日上午去红旗剧场彩排并合乐，下午三时在锦江大礼堂举行庆“七·一”联欢会演出。晚上又在红旗剧场演出，印有节目单，“七·一”当晚省市电视台播出录像。7 月 1 日《成都晚报》头版发有评论。7 月 14 日 19 点 05 分播出实况，省电视台报导并记有评语剪报，此时队员近 60 人。

9 月初，陈咏华教唱了《囚渡赤水出奇兵》《机关枪》《我们走在大路上》几个曲目。陈老师教大家如何发声、运气和乐理知识。大家在专业老师的指导下，进一步提高了唱歌技巧。我也向省歌舞剧院的刘指挥学习了多声部指挥方法，合唱队逐步正规化。经常在节假日为干部群众演出，还担当了为中央首长乔石等同志来蓉视察工作的演出任务。起到了一定的宣传和娱乐作用。受到广大干部群众的欢迎。同时，合唱队员们也在各方面提高了个人的综合素质，为后来的发展奠定了良好基础。

合唱团成立纪念大会

落霞亦映天

“老骥伏枥志在千里，烈士暮年壮心不已。”马年伊始，四川省老干部活动中心合唱团就扬鞭奋蹄，驰骋在芙蓉城下，锦江岸边。

还记得那一场感人的演出。1990 年 1 月 23 日下午 15 时，锦江大礼堂正举行全省老干部春节联欢会。帷幕拉开，八十多人组成的合唱团排列有序。男同志着西装革履，神采奕奕；女同志穿蓝色长裙，胸配红花，飘逸潇洒。报幕员身披粉色彩带，满面春风。大合唱《放下三棒鼓，扛起红缨枪》开始后，我快步走到指挥位置上，右手轻扬，钢琴奏出了抒情欢悦的引子，“洪湖水呀!浪呀么浪打浪呀……”清脆甜美的女声领唱将人们带到了美丽如画的洪湖岸边……随着乐曲的变化，托出了男声激奋深沉的歌声：“谁知来了南霸天，湖塘田地都霸占，多少穷人把命丧，流浪么到四方，好不叫人痛断肠。”女声如泣如诉的音调，催人泪下，紧接着乐曲陡转为奋起反抗的情绪，“洪湖的人民要解放，放下三棒鼓，抗起红缨枪，决心跟着共产党，要让那胜利的红旗永远飘扬。”指挥到这个地方，我左手下按，右手用力托举，所有演员慷慨激昂，犹如置身于当年洪湖赤卫队的行列，又像真的高举迎风招展的胜利红旗，一瞬间又联想到国际风云的变化，高举红旗的重任，历史落在了中国共产党人的肩上。我们满怀激情的演唱，博得了台下观众雷鸣般的掌声。

后来的两首歌曲是由阳庆珍指挥的，《四渡赤水出奇兵》和《到吴起镇》，让我们想起红军长征时的艰辛，胜利来之不易，又怎能不珍惜今天安定幸福的生活呢?

男声小合唱《弹起我心爱的土琵琶》和《打靶归来》，他们那高亢嘹亮的歌声，威武严整的队列，给人留下了老当益壮的印象。包括我在内的女声小合唱《半个月亮爬上来》和苏联歌曲《小路》声音谐调柔和，配合默契，我们尽力将歌词的内容、意境、感情、表达得细腻贴切，产生了一定的艺术效果。

男女声对唱《浏阳河》《九九艳阳天》(我团新编词)他们那悠扬悦耳的歌声，配上诙谐的动作表情，烘托出欢快活泼的氛围，别有一翻情趣。还有活动中心舞蹈队表演的迪斯科，战旗文工团演出的相声和山东快书，一个个精彩的表演博得了阵阵掌声。

最后一个节目是秧歌舞《新春乐》。满台锣鼓喧天，五彩缤纷，红男绿女，手扬红绸，扭着刚劲有力的秧歌，英姿勃勃，雄风犹存。四个带大头面具的女演员，跳着滑稽夸张的动作，逗得观众笑声不断。舞到高潮，突然台中间现出四个金边闪光的大红字“恭贺新喜”，全场掌声雷动。此刻，杨汝岱、张浩若、何郝炬等领导登上舞台和演员握手，祝贺演出成功。汝岱书记拱手向大家拜年，并高兴地说:“你们每个人都年轻了二十岁，大家积极参加文艺活动很好。希望大家为社会主义精神文明建设多作贡献。”全体演员回应热烈的掌声，以感谢领导的关怀。

临走前，杨书记还和我握手告别。张省长面带微笑，频频向大家示意慰问。我的内心十分感动:领导那么忙，还抽空来看我们的演出，和我们一起合影留念，真诚关心着我们老年人。此时此刻，幸福的暖流涌进了每个演员的心里。省老干局林局长也走过来十分关切地打招呼让我好好休息。

当我回到后台，竟意外地碰到四十年前18军文工团的关曾战友，他是从节目单上看到我的名字，特意来后台看我的。他风趣地说:“你在台上指挥，英姿不减当年”。我问观众有何反应，他说，整台节目短小精干，十分精彩，大合唱尤为感人，比以往的演出又有提高，只是大家觉得节目少了，当大家看得兴致正浓时结束了，还没有看够。他的这一席话，说得我心里热烘烘的，老干部喜欢看我们的演出，这是对我们最好的支持和鼓励。三年来，我们的辛勤劳动不仅受到了领导的赞誉，还结识了众多新老知音，同时也活跃了成都地区的文化活动，既完成了上级交给的重大演出任务，又充实了老年人的精神生活，自己也从中陶冶了情操，有益身心健康。希望更多的老年朋友参加到老年大学和老年活动馆的队列中来，让自己的晚年生活更加多姿多彩。

玫艳兰香

在四川省老年保健大学二班里，经常可以碰到亲如姐妹的两位女同志，一位是中等身材、浓眉大眼、举止端庄的钟学礼，她是某职业大专的教师；另一位是身段苗条、俏丽潇洒的李梦华，她是成都市邮局职工。她们两个住在一个院内，一同到童子街管理局礼堂来上课，给大家留下了温文尔雅、彬彬有礼的印象。

为了庆祝 1986 年春节，校内组建了歌咏队，他们两个在队里是佼佼者，歌声悠扬悦耳，声如其人，20 个人组成的歌咏队，12 天演出 5 场，新声剧场两场，校内一场，锦江礼堂一场，文化宫一场，受到了各界好评。为了祝贺这次演出成功，大家在一起合影留念，我和钟老师正好站在一起，化了装，着蓝色西装，颈上围了白纱巾，显得格外年轻精神。学校发了午餐费，梦华出主意，为大家买了两个水晶玻璃杯留做纪念。

一年的学校生活结束了，我们几个到四川省老干部活动中心合唱队，选我和梦华当正副队长。梦华认真负责登记造册，印发歌单，忙前忙后，她那为大家热心服务的劲头，受到众人的称赞。

每次演出，梦华主动为大家化装，把每个人打扮得漂漂亮亮的。有她在场，活跃得很，大家亲昵地称她为小妹，人聪明能干，衣服搭配得也很合时宜，银灰色的尖领衬衣，外面罩起一件自己编织的玫瑰色带钩牙花边的开衫，美丽的脸上常露出笑容，有一双明亮的眼睛和高高的鼻梁，酷似樱桃的嘴唇，梳着新颖的波浪发型，看上去只有三四十岁。是星辰就能放出耀眼的光芒，是玫瑰就能吐出浓郁的芳香。后来，她被选为街道办事处主任，又被选为市政协委员，参与治理国家大事。

再来说说钟老师。她为人处世稳重、诚恳又热情，大家选她当四川省活动中心老干部合唱团副团长(该团前身是合唱队)。她认真负责多方协调联络,上传下达,反映合唱团存在的现实困难,筹款项、买乐器、做演出服,做团员的思想工作。几个团干部就数她最忙,组织带领合唱团参加省上布置的中心任务演出。比如,中共中央政治局常委乔石同志和姚依林同志曾分别观看了演出,并给予了赞许和鼓励。1991 年、1992 年获省级机关歌咏比赛一等奖。1994 年获“喀城音乐会”优秀演出奖,次年 8 月在省电视台参加了纪念抗日战争及世界反法西斯战争胜利 50 周年“民族之魂”专场演出。1996 年 9 月参加了四川省纪念红军长征胜利 60 周年纪念章颁发式及“丰碑颂”文艺演出和纪念红军长征胜利 60 周年大型文艺演出。

上面介绍的仅仅是她工作的一部分,而她本人身患心脏病、高血压、腰痛等病症,风雨无阻地乘公交车在合唱团辛辛苦苦 17 年,从黑发变白发,从挺拔变驼背,几多酸甜几多苦辣,她这种热衷为老年合唱事业献身的精神,理所当然地受到了众口称赞。

她又是四川省老人保健大学学友的联络人,通知大家定期在某地点某时间聚会,几乎每次她都要为大家准备摄影,并带些美食。一次组织大家玩“老鹰捉小鸡”,她当老鹰,张开两只臂膀左右跳跃,扑向小鸡,其他人当小鸡又躲又藏,大家像孩子般开心,并录了像,给朋友们带来无限欢乐。团里有人过生日了,她也热情组织大家为其祝贺;有人生病了,她就亲自带上礼品前去看望。直到现在,她仍是圈子里的联络人。遇到谁有困难,如朋友或报上刊登需要救助的病人或山区失学的儿童,她总是主动帮助。她一生默默奉献,从不张扬,胸怀坦荡。总之她是把欢乐带给大家的天使,她是把温馨撒向人间的玉兰。

以上就是她俩在我脑海里时常呈现的印象。今天,让她俩鲜活起来和大家见面,让我们祝福她俩更加艳丽芬芳,老而弥坚!

(注:在我们圈子里的同志都有雅号,钟学礼谓“玉兰”、李梦华谓“玫瑰”。)

唱歌出现的奇迹

1986年秋，四川省老干部活动中心发出通知，成立歌咏队，我带头报名，并动员许多好友参加。从开始的二十多人发展到今天的七十余人，共唱了二十六首歌曲，包括各个革命时期、建设时期及现代歌曲，配合中心任务和节假日共演出十余场，受到领导和众多老年同志的欢迎。

省老干局、活动中心领导都十分关心歌咏队的建立，派工作人员管理，聘请辅导教师，购置乐器电子琴，为歌咏队提供了优越的条件，两年来，歌咏队的成员在原四川音乐学院院长常苏民和省歌舞团陈泳华（常任辅导教师）、喻彬等同志的指导下，从齐唱、轮唱，到二部四部合唱，有了明显的进步。而且所选的歌曲难度很大，对歌唱的技巧要求较高，如长征组歌中的“四渡赤水出奇兵”，黄河大合唱中的“怒吼吧黄河”时大家齐心协力认真学习练声发音运气，乐理知识，歌唱技巧通过艰苦的努力，终于取得了今天的成绩，并涌现出一批拔尖的队员，如王宏艺、白郁民等，他们可以胜任合唱中的领唱独唱部分。

两年来队员们风雨无阻，通过活动，大家广交了朋友，振奋了精神，培养了高尚的情操，发扬了革命的光荣传统，互相关心、相互帮助，同时身体也得到了锻炼，想要唱好歌，需要在肺、腹、腰里储存气体，用丹田运气，常做深呼吸，久之肺活量加强，各内脏通过音波有节律的震荡，是一种极微妙的运动，对神经、脾胃、心血管系统，都有很好的调节作用，促使新陈代谢旺盛。人在心情愉悦享受艺术美的情况下，能产生有利于身体的各种细胞活跃成长，对调节脾胃功能有独特的益处，增进食欲，改善消化能力，加快肠胃蠕动，在我身上竟出现了奇迹。我原来每餐饭量是一二两，唱歌后胃口大开，中午需吃三四两，有时还觉得没有吃饱。多年吃药打针治不好的便秘，通过唱歌，郁结全被打开，气流畅通，经络畅通，多年的身痛消失了，走路时腿脚有力气了，胸脯也挺起来了，像换了个人似的。其他合唱队员患头痛失眠的有的全好了，有的症状得到了改善，总之唱歌的好处很多，如果你有兴趣，建议你尽情地歌唱吧！

合唱团演出后合影留念

音乐能使人神清体健

朋友,你想身心愉快健康,多为社会主义作贡献吗? 我劝你放开嗓门纵情歌唱吧! 高尔基说:音乐是人体的灵魂,人生爆发的火花。音乐不仅能培养你高尚的情操,陶冶性情,增强对艺术的欣赏水平,更能促使你神清体健。

通过两年来的亲身实践,我得出以上结论。对于歌唱给我带来的好处,想介绍给大家……

首先是精神面貌大改观,生活节奏加快。原来我是属于善感型,整日钻在自己砌成的"土字塔里",自我陶醉,很少与外界接触。自从参加四川省老干部活动中心、省老人保健大学、成都市老干馆,以及金牛区组织的歌咏队后,一反常态,精神抖擞,饭量大增,好像有使不完的劲儿。我已是年近花甲之人,在街上走路,无意间发现和胸带红领巾的少先队员并肩走,她急促促是去上学,我急忙忙是去参加几处的活动,争分夺秒。中午回家吃饭来不及,只好到饭馆就餐,年轻人进门报的是二两三两水饺,而我一开口便是四两。以往每餐吃二两还有些勉强,如今每餐吃三四两是轻而易举,肠胃功能的运转明显增强,睡眠也有好转,精神饱满,心胸开阔,腹感不再鼓胀,周身轻松,真像歌中唱的那样,走起路来像在水上飘呀。

其次,能调节身体各部机能,脑神经处于平静较佳状态。唱歌要懂一些基本乐理,声乐技巧,特别需要学会运气,运用横隔膜储存气息,和气功掌握的丹田之气一样。每天坚持练嗓呼吸运气,可以增强肺活量,从而中气充足、嗓音洪亮。由于声波震动整个内脏肌腑,得到有规律的运动,天长日久身体自会受益,一般爱唱歌的人,寿命都比较长。下面让我用拙劣的诗句来结束本篇短文吧!

优美动人的抒情歌曲

使你感情丰满
雄壮激越的战斗歌曲
使你奋发向上意志更坚
瑰丽如繁星的各族民歌
又能使你领略各地旖旎风光
更加热爱人民热爱祖国壮丽的大好河山!
歌声使你的情趣高雅
歌声使你的心灵升华
歌声使你忘却昔日的种种愁苦
歌声使你唤回逝去的青春年华
歌声伴你心血再洒
歌声伴你走遍故乡天涯
为建“四化”永做护泥春花

迪斯科热遍蓉城

遵照成都市市长胡懋州同志的指示，市老干部活动馆举办老年健身舞（也叫迪斯科）学习班，聘请市艺术馆孙肇坤同志当教师，市属各单位派人来学，金牛区派的是我来学习，并被委以班长，协助孙老师。学习人数 80 多人，成员是离退休干部代表，主管老干部工作的同志，年龄最大的 87 岁，小的 20 多岁。

在市老干馆的四楼平台上，站满了学舞的人，最长的老者青服白须手舞足蹈，和大家一样精神饱满，学习热情之高甚为感人。老师更是严格认真，耐心教导，加上他那刚劲潇洒的舞姿，深受大家的爱戴。老年健身舞是他根据老年的特点，编为几组舞步动作，分跨步、踏步、手姿、双人组合等，伴着悠扬悦耳的音乐，跳几步不仅精神舒畅，还能达到舒筋活络、健身防病的效果。比如登山步，通过上肢肩膀交替向前推动双手，同时用脚尖前蹬，可治肩周炎。又如绞指手的扩胸运动，对增强肺部功能很有好处。

学习班结束后，大家面貌一新，老年人显得年轻，年青人更有朝气，难怪健身舞如此受欢迎。四月三日，我和老伴刘振国去省老干部中心活动时，适逢这里正在举办健身舞第一期学习班开学。九时整孙肇坤老师来了。这边人数比市上更多，锦江礼堂的大厅内，排得满满的，足有一百多人，学员有各厅局的，也有各部队干休所派来学习的。

一连学习四天，结束那天，省电视台的同志来录像，有集体跳的，也有分组教的镜头。

4 月 10 日，省老干部活动中心根据群众要求，举办第二期健身舞学习班，通知已经发出 13 日开学。但是孙老师生病了怕他不能来教。中心的梅彬主任要我当主教练，并请王、童两位同志协助。尽管我已答应去省老人保健大学教舞的邀请，加上我四肢浮肿，但在组织需要我的时候，我义不容辞，两边任务都必须完成。尽管我的脚肿得像面包一样，为了不影响大家的学习进程，我只好请桂莲昆同志去省老人保健大学教舞。

4 月 11 下午，是中心健身舞班练习时间，突然一阵雷鸣般的掌声，迎来了孙老师，他的脸色发青，眼窝深陷，一双眼睛显得更大了，他拖着瘦削疲惫的身子又来教大家了。他的革命事业心，他的工作热情太感动人了，也太值得学习了，他的到来使我减轻了担子，但是大家担心他的身体，还是请王老师给他当助手。我和桂莲昆就去省老人保健大学教舞，天气炎热，气温升至 33℃。烈日蒸人，晒得我头晕眼花，在台上教舞，汗如雨滴，有时难以支撑，几乎要倒下去，可是看到大家不畏炎热、积极学习的劲头，我硬是坚持挺下来，终于教完啦。

6 月 2 日，省活动中心通知健身舞学员录像。市上健身舞学习班和省上学习班的学员济济一堂，集中在锦江大礼堂，足有一百三十余人，大家穿着整洁美观的衣着，高高兴兴地来录像，随着音乐指令，大家从头至尾有条不紊地跳着，最后的阿细跳月舞步达到了高潮。看个个神采飞扬，步调一致，人人都沉醉在健身舞的海洋里……

在此期间，省邮电局、省疗养院、成都军区后勤部西较场干休所、神仙树干休所、市老年大学、省老人保健大学等单位都在学跳迪斯科，形成了一股老年迪斯科热，孙老师培养的学员遍地开花。以上介绍的那些镜头就是最真实生动的写照。

孙肇坤教舞随想

“两位馆长对我的赞誉，有些使我受之有愧的，若不是市老干局和市老干馆给我提供这么好的条件，若没有广大老同志的积极参加。我就是有三头六臂也无用武之地，也踢踏不开……我愿意为推动本市老年迪斯科舞的发展尽最大努力，我愿意为老年同志更好地服务。”

这是孙肇坤同志于元月 4 日，在市上总结大会上的致答词。

正如龚馆长讲的那样，自市老干馆举办首届老年迪斯科训练班以来，才仅仅十个月的时间，此项活动像雨后春笋一般蓬勃发展壮大，由 46 人发展为 260 人，在去年 9 月 11 日市艺术节比赛演出上，有 51 个单位参演，市老干馆舞蹈队名列榜首，真不愧是名师出高徒啊。

第一届毕业的尚有许多人成了优秀的迪斯科舞的热心传播者，教的单位不下数十人，学的人数至少数万人，目前从地方到军队，从机关到学校，从企业到工厂，在全市到处可以看到跳老年迪斯科的身影，到处能够听到对老年迪斯科的赞誉之词。正如刘家忠副市长指出的:“1987 年成都市到处都在跳老年迪斯科舞。”

迪斯科舞受到省市领导的好评，受到广大老中青年的热爱，银行大楼和公检局每天已将工间操改为跳迪斯科，这当然不是偶然的。早在举办训练班伊始，对待老年迪斯科舞就有两种态度，一种赞成，一种反对。这一新生事物能否站住脚，关键在领导，大家举棋不定，心中无数，市老干局坚决顶住非议，坚决把健身舞作为经常性的活动项目之一，如此，该项舞蹈像花蕾一样才有了赖以生存的阳光雨露，绽放为今天这样的瑰丽。同时也离不开孙老师这位育花人的精心培植，他用辛勤的汗水浇灌，才开得如此艳丽多姿，备受青睐。孙老师以他刚劲挺拔、优美动人的舞姿征服了广大舞友，在他身上总有一种神奇的魅力。是我发现了这个秘密，原来他的心灵是和大家相通的，他十分了解老年人的心情和愿望以及审美要求，和老年人有太多共同的语言。难怪大家来学习跳舞，都是自觉自愿的，风雨无阻。

在教授时，他既严格要求学生必须做好每一个动作，同时也少不了风趣幽默的话，将大家有些疲倦的情绪，一下子振奋起来，所以一堂课上了两个小时后，大家仍不愿离开，觉得时间过得太快了，他为什么会如此受欢迎？因为他对老同志怀有一颗真挚纯洁火一般的心。当他连续教舞劳累犯病时，蜡黄的脸上再也没有往日的笑容，炯炯有光的大眼显得暗淡无神，但他仍坚持带领大家跳啊跳啊！关心他的人，都担心他要倒下，然而，他像个钢铁似的又恢复了元气，这元气来自于领导对他的支持和帮助，来自老同志对他的关心和热爱，更来自他对这份事业的无限忠诚。

他风趣地说："我是韩信用兵，多多益善，今后也不断充实发展提高，欢迎老同志们踊跃参加，学好了带动广大中青年学跳，希望今年有十万人参加。"待到春暖花开日，翩翩起舞再相聚。

成都市老干馆迪斯科总结大会纪实

1988年1月4日，人们带着过新年的喜悦心情来参加老年迪斯科舞蹈总结大会，地点在成都市老干馆的三楼会议室。主席台上，两位馆长坐在两边，孙肇坤同志坐在中间，他是那天会议的主要角色，老年迪斯科舞蹈的领路人，受到大家的瞩目是理所当然。

龚馆长谈了三点：一是当年在成都很多地方开展了老年迪斯科活动，有了一定成效，这和去年的3月28日我馆积极举办老年迪斯科舞蹈训练班是分不开的。孙肇坤同志是舞蹈的编导、设计、教授者。当时只有46人，现在发展到260多人。当时大部分人对老年人跳迪斯科还能接受，但也有相当一部分人的非议。市领导和老干局坚决支持我们将迪斯科列为老年健身活动项目，坚持下来，共教授了38堂课，并参加了一些活动，在去年9月11日艺术节上有51家单位参演，我馆取得第一名，获得极大的成功。这个活动给厂矿、专县提供娱乐场所，为老干部及工作人员提供培训的机会，接到函件和口头邀请的有11家单位。在成都地区跳老年迪斯科活动搞得轰轰烈烈，很有成效。之所以取得这么好的成绩，是由于市老干局为我馆创造了这个好的机会。二是要开展这项大规模的普及活动，光靠我们工作人员还是不够的，我们就争取老干部自己管理自己的办法，训练班成立时，请白曙和另一同志当班长协助我们的工作，参加市艺术节的比赛，又请陈战旗、李瑛同志代替我们的工作。由于他们认真负责团结大家共同出色地完成参赛任务，取得第一名的好成绩。他们发挥余热，为青少年、老同志之间创造了较好的学习条件。今后我们不论开展哪项活动仍需老同志大力支持，我馆能开展21项活动并取得好评其中就有老同志的一份功劳。三是我馆聘请了一位深受同志们尊敬欢迎并为大家服务的好老师。今年规划继续办下去，跳舞不受场地和条件的限制，只要有老师教就行。除了迪斯科外，还要教交谊舞。范围因为条件限制可以不扩大但质量一定要提高，时间不限，至少每周两次，如果时间不够还可以增加。

大家无比兴奋，积极报名参加。健身舞是一项有益于身心健康的活动。

作者白曙教大家学跳迪斯科

将军与“迪斯科”

午睡起来，老伴就催我走。我梳洗一下，挽起发鬓换了一身蓝色柔姿纱套裙，便去隔壁约何雨农部长夫妇一齐去省老干部活动中心。何部长还带上他不满一周岁的逢人就笑的可爱的孙子。路上，我向何部长介绍了老年迪斯科的由来。

（何雨农，羌族，曾用名玉龙之义。1920 年 1 月生，四川茂县凤仪镇水西村人。1935 年 1 月参加中国工农红军。1936 年 2 月加入中国共产主义青年团，1937 年 4 月转入中国共产党。历任红军大学学员、红四方面军第 31 军 93 师师部测绘班长、见习参谋、团侦察参谋。参加了长征。1955 年 9 月被授予大校军衔。荣获三级八一勋章、二级独立自由勋章、二级解放勋章。1988 年 7 月被中央军委授予中国人民解放军二级红星功勋荣誉章。是四川省第六届人大代表、常委。1983 年被批准享受副兵团职待遇。1996 年 8 月 12 日在成都逝世，终年 76 岁。）

成都市胡懋周市长去广州、深圳、武汉参观，看到这些地方的离退休老干部开展这项活动非常普遍，很受欢迎，对健身防病十分有益。回蓉后，指示老干部活动馆举办老年健身舞学习班，培训骨干，全市推广。接着省老干部活动中心也举办了学习班，有 300 多人参加。这两期学习班我和老伴都参加了。

说话间，已经到了锦江大礼堂，这里过去是全省党政机关举行重要活动的场所。由于省领导十分关心和重视老干部工作，于今春将整个大礼堂的房产全部交给省老干部活动中心使用。1000 多平米的大厅内，足有 200 多人，他们笑声朗朗，舞姿翩翩，男宾多是西服革履，女宾中可是五彩缤纷。有时髦的西式套裙，有古典高雅的丝袍裙，还有民族特色的丝绸旗袍……服装的颜色有白色、黑色、玫瑰红、苹果绿……绚丽多彩。发式有短发、烫发及各种发鬓。她们颈戴各种美丽的项链，在悠扬悦耳的轻音乐声中成双成对，翩翩起舞。看他们矫健的舞姿，飞快地旋转，你怎能相信他们已是五六十岁的老人呢?

那边一位戴金丝架眼镜,穿雪白衬衫、米黄色裤子、黑皮鞋擦得锃亮的老者,夫人、女儿一起来了。啊,原来是原成都军区副司令员李文清同志。他的夫人向我走来,微笑着说:“听说你当老师啦!”

“不,我也是和大家一块儿来学的。”我笑着回答她。

15时30分,见老师来了,大家停止了跳交谊舞,集合排队,每行30人,一共7行。孙老师教大家新动作,教过几组动作之后,开始放迪斯科音乐,大家跳着登山步,后撤步,十六步,阿细跳月步……个个精神抖擞,汗水在脸上放射出红光。

我看到李文清、何雨农、刘振国(我的老伴)和大家一起手舞足蹈,不禁想起老伴近来的变化。他原来愁眉苦脸,不多言语,自从和我一起到市老干部活动馆和省老干部活动中心参加学跳迪斯科后,与以往判若两人,心情好了,性格开朗了,现在,他不仅自己跳,还逢人就宣传跳迪斯科的好处。今天就是他叫我邀请何部长夫妇来的。他除了在集体场合积极学习外,回到家中还常打开录音机,对着穿衣镜跳,不会的动作让我教他。他有时练一个动作不下十余次。他还鼓励我要多练习,怕我不练习就忘了,以后回单位时教不好,完不成任务。这样,我们互相鼓励,互相帮助,共同参加活动,生活内容丰富了,渐渐地,他的脾气也好多了。我的老伴和他的战友过去都是身经百战的将军,现在虽已是耋耄之年,却开始学起最新潮的舞蹈了。

将军与“迪斯科”连在一起在以往是不敢想象的,今天居然成为现实,这就是时代前进的步伐吧。

(此文发表于1988年出版的《新中国的一日》一书上,并推荐给成都晚报转载。)

将军起舞迎龙年

1988年元月6日下午，在省卫干院讲演厅里，晚霞乐队奏着激荡人心的乐曲，催促着上百人涌进跳舞的潮流里。今天是省老人保健大学为庆祝第四届学员毕业而举办的大型舞会。外面下着细雨，刮着料峭的寒风，然而室内却春意盎然，歌舞升平。

成都军区的陈明义、杨以山、王焕如、刘振国几位将军，和赵大姐（万海峰同志的夫人）周锦文大姐、武玉明大姐，还有我的好友康凯芬、钟学礼、戴承文、林祥淑等十几人组成的长龙队伍，踏着欢快的四步节拍穿梭在翩翩起舞的人流中，平添许多龙年喜气。你看，王焕如正和钟学礼跳着轻盈潇洒的中四步，不断变换着花样，右侧步，前后交错步，他那魁梧的身躯，显得更加矫健灵活。

杨以山和武玉明大姐谐和地跳着，陈明义和周大姐踏着《十五的月亮》的乐曲，全神贯注地欣赏，尽情领略着动人的场景。此情此景，不由地使我想起了五十年代，周、武两位大姐，不但不跳舞，甚至连看都不看。现在成了最积极的参与者，不仅跳交谊舞还跳最现代的迪斯科舞。之后，我请五号首长陈明义跳了两场，他开始学舞还是我教他的呢。那时在甘孜，我刚学会三步舞就教他。可现在五号首长跳得那么好，完全可以当我的老师。正如康凯芬说的那样，苴号舞姿不减当年。鼓乐师特别带劲，站起来有节奏地指挥乐队，将舞会带进了高潮，伴以高亢嘹亮的男女声二重唱《敖包相会》，多年不跳交谊舞的老伴刘振国，也情不自禁地邀请我和他跳了起来，他的步伐稳重又轻捷，虽然多年不跳，仍身手不凡，连我经常出入舞场的爱好者，还有些跟不上，我只有抱歉地说回家后再好好向你学吧！到下一曲时，老伴邀请赵大姐跳舞了，赵大姐是从北京来蓉休假的。

到了舞会结束的时候，我请乔老师为我们一行照相，留住了这美好且欢乐的时刻。

酸甜苦辣唯自知

成都军区后勤部成立老年协会

1988年春节刚过，后勤部陈哲副部长召开了老年工作会议。我被邀请参加。那天，我穿了一身咖啡色套装。第一次参加后勤部召开的会议，又只有我一个女同志，便随意坐在靠墙的沙发上。陈副部长热情地邀请我坐在宽敞明亮的大办公桌前，并亲自斟了一杯花茶递到我手上。

会议开始，他讲的中心内容是为了老干部们能愉快地安度晚年，开展有意义且益于身心健康的文体活动。成立老年协会后，王杰同志负责文艺协会的工作，要我协助。会议开得简朴扼要，领导那么忙还关心老年工作，大家决心把工作做好。王杰同志右手碰伤包着绷带还来开会，和我约好下次到我家开会研究具体实施方案。

接着制定了规划，具体负责此项工作的是老干办的夏公海同志，动员干休所的老干部包括家属自愿报名，选印歌曲。4月中旬，老干部合唱团正式成立并开展活动。嗨！那天来了五六十人，大家像过节一样，喜气洋洋地来唱歌。

一身三任（后勤部文艺协会副秘书长兼合唱团教练和指挥）的我，教唱歌、讲乐理知识、简单的发声训练，经过三个多月的练习，居然初具规模。有些歌曲大家过去是会唱的，所以唱起来不很吃力，但是我们要参加年度文艺比赛，想拿第一，就必须下大工夫唱多声部歌曲。我和夏干事商定，选了五首反映各个历史时期的歌曲：《过雪山草地》《太行山上》《南泥湾》《军民一家人》《中国中国，鲜红的太阳永不落》。比赛前，请战旗文工团的谢谊生指挥。

头一炮打响了

参赛那天，地点是战旗文工团排练场。队伍集合好，出发前后勤部钟参谋长做战前动员，鼓励大家发扬党的优良传统，树立信心，唱出最好的成绩，不要紧张，要放松。我也说了几句，希望大家鼓起干劲拿第一。大家情绪激动，跃跃欲试。

因为第一场演出是政治部合唱团，得了9.60分，这么高的分对我们有一定压力。虽然时已暮春但尤暖乍寒，我将大衣脱下，里面穿了一套黑色新款六褶裙，戴蓝宝石耳环，饰银燕胸针乌鬓高盘，斜插一朵蝶形绢花，既典雅又俏丽地出现在舞台上做指挥。

张同才和秦月英的朗诵完了，音乐响起，我一连指挥大家演唱了五首歌曲，开始我还有些拘谨，慢慢地就全身放松地进入到歌词意境，挥洒自如，唱出了红军长征中的艰难，克服困难的坚强意志，太行山上军民抗日的激情，特别是唱《中国中国，鲜红的太阳永不落》时大家更是豪情满怀，歌声嘹亮，充满建设“四化”的信心，台下爆发出阵阵掌声，评委牌上报出9.86的高分。演员们个个乐得合不拢嘴，我们的头一炮打响了。

我回到后面的座位上，边休息边欣赏其他单位的演出，最后是后勤部老干部合唱团夺魁。陈明义首长发给我们一个古色古香的景泰蓝大瓷瓶，当我从首长手中接过这件奖品时，虽然面带笑容，但我晃动了两下，王杰同志怕我晕倒，连忙和我一起将奖品抱住，夏干事跑来高兴地说：“军区要为你评功了！”

带病坚持参加活动

1989年春，后勤部老干部合唱团恢复活动，每周四下午雷打不动，唱的歌曲有《我的祖国》《长江之歌》《为四化献青春》《打得好》，以及朗诵毛主席诗词《同心干》《远方的客人请你留下来》《上前线》《四渡赤水》《社会主义好》《歌唱祖国》。

6月的一天，我去单位支部开会，回来时走到琴台路口，不小心被一骑车小伙从我右脚攒过来，受了伤，后脚肿得像面包。虽经治疗但仍然肿着。在后勤举办纪念党的生日“七·一”演出会上，我上不去指挥台，是由老干办的谢干事扶我上去的。指挥大家唱完《四渡赤水出奇兵》，再指挥《洪湖水浪打浪》时，我又得下去领唱女低音二部二重唱，接着又赶紧上台指挥大家合唱，受到了部队官兵家属的称赞。有人说：老年人比年青人唱得还带劲，声音洪亮，满怀激情，斗志昂扬。尤其是《四渡赤水出奇兵》和男声小合唱《打靶归来》《打得好》最受欢迎。当晚，省市电视台均播放了演出片断，指挥的镜头多次出现，说心里话，自己虽然受累挨痛，看到合唱团的演出，有了社会效果，被群众认可和肯定，也是值得的。

为庆贺“十·一”国庆节和重阳节，成都军区文艺调演选了一台优秀节目组成慰问团，到各处干休所演出，分给我们的任务是去马家花园干休所、四川省军区干休所、凤凰山干休所、长寿桥干休所。后勤选了大合唱《四渡赤水出奇兵》和《歌唱祖国》，女声小合唱《红色娘子军》和《洪湖水浪打浪》，男声小合唱《打靶归来》和《打得好》，同样受到观众的欢迎。

6月12日下午，摄影作品展览，驻蓉部队老干部文艺演出，在西较场干休所楼上的大礼堂，军区举行首届老干部授奖大会，军区艾维仁副政委亲自为获奖单位和个人颁奖。我们合唱团的大合唱二次荣获一等奖。会后跳舞，艾维仁副政委兴致勃勃地和大家跳舞同乐。我也十分高兴应邀和阳庆珍跳起了慢四步，(我俩是指挥搭档)庆贺我们几年来在军队地方共同努力取得的成绩。

1990年春，后勤老年文艺协会举办了迪斯科舞训练班，我受老干办委托，拄着拐杖在后勤大礼堂前厅当教练，历时半月。不久，后勤老干办发了两张疗养券，我和老伴去峨眉疗养院疗养。在疗养院用新疗法疗伤，基本上好了。

仍继续奋战在指挥岗位上

从疗养院回来，接着又是后勤合唱团和金牛区合唱队的紧张排练，每教一次歌，脚便肿得厉害。回到家里躺在床上，吃药烤电，熏药包药一起上，就这样也不见好转，因为活动多没休息好。医生批评我，老战友关心我，让我不要参加活动，主要治病，但我想，本单位难得有一次机会参加成都市的比赛，后勤这边我是指挥，责无旁贷。我本想教教大家唱歌，请杨庆珍来指挥。因她要在马家花园教唱歌当指挥，分身乏术，只好自己撑着。我的个性，不干则已，要干就要干好，何况前两年已经拿了两个第一。

去年，在省市庆祝重阳节的盛会上，曾受到好评，又收到本市艺辉文艺联谊会的表扬信，说我们的演出催人泪下，报上报道称我们为老年文艺工作者。我们的雄心是争取三连冠。每周练三次，要求合唱团团员曲调唱准，歌词背熟，还得按歌词的内涵表达出感情来，唱出歌曲的特点风格。有时我一连指挥大家唱三首歌曲，站久了全身肿了都顾不上了。

最后，金牛区老干部合唱队在市上的比赛中名列第三，后勤老干部合唱团夺得三连冠。

尽管当时遇到一些困难，由于党的各级领导的支持，大家的齐心协力，取得了一定的成绩，我也起到了一个老文工团员的作用。

军区后勤老干部合唱团成立随想

成都军区后勤部老干部合唱团成立近半以来，共演出五场：军区两场，后勤两场，一场参与青羊社区组织的歌咏比赛，名列前茅，其中三场为省、市电视台播映，共唱革命歌曲22首，配合了重大节日政治中心任务，宣传了党的路线方针、继承发扬了我党我军的优良传统。

合唱团的成立，是符合广大离退休干部及家属的愿望和要求的，为他们在生活中增添了不少情趣。当你听到高亢激越的进行曲，向前向前向前……你的精神马上会振奋起来，何况是你自己亲自参加唱，感受会更深，就像回到了战争年代，又回忆起当年风华正茂的情景，使人顿觉年轻了许多。不管你高兴或是悲哀时，都想唱些歌抒发你内心的情怀，当你欣赏到一首优美动听的歌曲时，会给你带来美的享受，精神境界得到净化升华。

参加合唱团的同志，除了丰富自身精神生活的同时，也继续当了一名党的宣传员，他们的演出宣传了党的路线方针和党的光荣传统。如去年在为成都军区组织的老红军“八·一”受勋演出，他们唱的《过雪山草地》，引起了强烈反响，老红军听了倍感亲切，有的老前辈流下了热泪：年轻战士在军营里也不时唱出“风雨侵衣骨更硬，野菜充饥志越坚，官兵一致同甘苦，革命理想高于天。”和“让汗水为四化挥洒，让青春为祖国闪光。”的豪迈歌声。这种新时代的主旋律歌声，更是鼓舞着广大年轻人，特别是平息暴乱取得决定性的胜利后，庆祝“七·一”歌咏大会上的演出，和后勤直属队老中青数百人同台演出《没有共产党就没有新中国》，声震寰宇气壮山河，老一辈创下的江山后继有人，同心齐赞党的好领导，伟大光荣正确的中国共产党，中国人民解放军，赞颂社会主义好！这强大的雄壮歌声，使一小撮反动分子听了胆战心惊，壮我党威，壮我军威！

同志们在一起演唱焕发了革命青春，精神面貌积极向上。同志之间加深了了解，增进了友谊，互助团结，心往一处想，劲往一处使，处处洋溢着党的光荣传统。在这个集体中，人人心情舒畅，生活得更有劲头，都把合唱团当成老年之家，当成老年聚会的中心。

凡是一个好的集体，除了有上级领导的关心支持外，还需有大批骨干为核心。合唱团正是这样，谢宜生、郭诚、喻彬、自曙、阳庆珍、秦月英、周锦文、武玉明、杨新民、方刚、康凯芬、刘光斗、刘振国、王宗琼、赵邦熙、李莉、郭仁学、艾丹、张同才等许多同志，都为合唱团出谋划策，亲身做出了优异成绩。

今后，他们将在成都军区和后勤部的领导下更好地为社会主义精神文明建设作出贡献。

合唱团去马家花园慰问演出时合影留念

金牛区老干部支部一日游

1988年7月23日，天已降几滴雨点，我们金牛区老干部十四个人，按计划浏览百工堪、龙泉驿、望江公园，行至沙河堡下起了飘泼大雨，在川师停有20分钟去接王大英同志，我和几个大姐都着短袖上衣，没想到会下这么大的雨，气温突然下降，燕效禹同志(支部书记)怕我们冻感冒，让范玉秀和我一块去王大英家取几件衣服穿。大英很热情，将他家人所有的衣服拿出来由我挑选，又将他的衣服拿出来，我选出了几件，给青中仁同志，刘大姐、葛大姐和我各穿一件，顿时感到温暖，就是通过这一件件小事，温暖着支部所有同志的心。

在去百工堰的途中，透过车窗玻璃看到路两边绿泊泊的麦田更清爽了，树木更绿了，不由使人感慨万千，当年冒雨行军，如今乘车浏览风景，这都是党的赐予，怎能不由衷地感谢党啊。

雨下得越来越大，车内欢声笑语，情绪极高，车至百工堪雨渐小，因为刘大姐未带雨伞，同时我又参观过，便将雨伞给刘大姐用，徐华大姐肝胆病发也未下去，我在车上护理她，她患有肝胆总管结石，我劝她早日手术，拖久了说不定什么时候就垮了。想起这两年来她和我在金牛区老干部活动站值班，她不畏风吹日晒雨淋为集体热情服务的精神，令人对她十分敬仰。

大家冒雨参观了百工堪游乐场，都觉得空气实在清新，精神振奋愉快，到了龙泉驿洛带镇，人们自由结合逛逛街、买点东西吃午餐。下午两点集合，人人都买了满意的桃李、葡萄等瓜果。又赶车到望江公园。

天晴了，太阳射得大地发光，人们也觉得豁达开朗，进了公园门，漫步在翠竹林中，空气凉爽宜人还夹有淡淡幽香，使人心旷神怡。看了薛涛井、薛涛诗书陈列馆、薛涛雕像，女诗人不仅是位才女更是位忧国忧民的人，理所当然受到后人的崇敬。

行至茶馆入座喝茶，大英、老范主动分发茶具，燕书记两次给我们送瓜子，刘葛两位大姐摆了花生米，大家喝茶吃瓜子，吃花生米，唱歌，有说有笑。休息约一个半小时后，大家又去园内观光，但见亭台楼梯布局雅致，中间池塘荷花盛开边游人，望江楼上遥望锦江长流水。葛大姐说，“今天玩得痛快，消除了多少天的疲劳。”是呀！人们在繁忙狭窄的小家呆久了，多么需要陶醉在大自然的怀抱中，调剂精神陶冶情操，更可贵的是，通过郊游，同志之间加强了了解，增进了友谊，愿我们这个团结友爱的集体永葆革命青春，愿所有的老年人都能愉快地安度晚年。

成都市金牛区老干部合唱团成员合影留念

雪域高原 至诚丹心

满头银发的白曙，依然那样美丽、挺拔。很难想象，进藏时她是身患重病的“老病号”。今天，丈夫刘振国已经离去十多年了，但那风雨相伴的46载，那患难所见的真情，让她此生无憾。将军是她终生的“亲密战友”。

1950年2月，两人相识在四川乐山。刘振国当时是十八军政治部主任，军级干部；白曙在文工团工作，普通一员。经组织介绍，同年3月8日，在进军西藏前夕结婚。婚礼照例是简单而热闹的，政治部和文工团领导、战友们前来道贺。那时，正是他这个政治部主任最忙的时候，进军前的动员和出发前的准备工作，让他无暇多和她独处。不久，他和军长、政委又率先开赴甘孜等地筹备部署昌都战役。

没想到，白曙却患上重病，严重时已神志不清。组织上派人把她送到成都医院治疗，但病情迟迟不见好转。为了更好地照顾她，组织上决定让白曙来甘孜治疗。在医护人员的精心医治下，加上丈夫的心细呵护和心理安慰，她日渐康复。白曙忘不了，在她康复的那段时间里，刘振国一有空就想办法过来照顾她，喂她吃东西，陪她说话；还曾经歉疚地告诉她，听到她并重的消息时，自己是多么的难过；也曾耐心地讲给她听，进藏任务的重要和艰巨，不能分身去成都看望她。

患难见真情，这个由军机的七号首长成为自己丈夫的男人，深深地触动了她的心。

部队要翻越海拔六千多米的冷拉山的前一天晚上，刘振国严肃地和白曙谈了一次话，既像对妻子，又像对战友。那番话，她一直记在心里。他说，“明天就要爬这一路上最高的山了，考验我们的时候到了，干革命就是要有牺牲的准备，万一牺牲了，也是光荣的！”

第二天，行军来到冷拉山的一个垭口时，天色已晚，刘振国怕后面的部队走错路，自己站在垭口，迎着寒风指挥部队。那一天，他很晚才回到宿营地。后来白曙才知道，就在那一天，有五位年轻的战士牺牲在冷拉山上。

先结婚后恋爱的感觉，也许就像是拼拼图，要用心一片一片地拼凑，才能拼出一副完整美丽的图画。他的细心、他的果敢、他的每一个侧面，对她来说，都在一点点"拼凑"中，日渐熟悉，越发喜爱，似乎少了哪一块都不完整。

刘振国喜欢下象棋、围棋，打篮球，欣赏音乐、戏曲。从西藏来到北京后，他经常和白曙步行到长安街足球场看足球比赛，有时乘公交车去听钢琴独奏，看芭蕾、歌剧、话剧……这一切，都让两个人感受到时代的进步，必须抓紧时间充实自己！

困难时期，刘振国在房后空地上种了一片玉米地，一下子收了五十斤。白曙知道他爱喝玉米粥，想给他留一点，但他不同意，全部送到机关食堂为战士补充口粮。在他一心为公的影响下，她也像他一样的拼命工作，随剧团下乡时边劳动边排练节目，为郊区、农村、工厂演出。

20 世纪 80 年代，夫妇俩回到成都干休所休养。学跳迪斯科，又让两人有了新的共同话题。除了在集体场合积极学习外，刘振国常在家里打开录音机，对着穿衣镜练习跳舞，不会的动作就让文工团出身的老伴教。还鼓励她也多练习，以免生疏。每逢活动的场合，总能见到两个人夫唱妇随、形影不离。

可惜，他先走了。在为他出版的纪念文集中，她流露出无限的眷恋和唯一的心愿："百年后，明月夜，松林岗，相依相随永远相伴在故乡！"。

风雨相伴 46 春

回顾过去，我与振国共同经历的进军西藏、建设西藏的战斗与生活，不禁思绪万千感慨万分，使我更加怀念我的亲密战友。

刘振国同志是于 1916 年 1 月 26 日出生在湖北孝感小悟乡刘家河一个贫农家庭。父亲刘弼臣，母亲刘魏氏。振国从小是个苦孩子，七岁丧母。他的六叔刘云谐，在本村办私塾，免费让他入学，并供他书籍和文具，他在私塾读了四年半的书。

12 岁时振国家境困难，他给鸭老板放了半年鸭子，只得到了五个银元的工钱。冬天他只穿一件单裤，脚上穿着一双露脚趾的布鞋，冻得瑟瑟发抖。后来他又上山砍柴，挑到较远的松林岗去卖。因身体矮小，挑一担柴，走了没多久就挑不动了，受同行的大人帮助，柴只卖了三个铜板，午饭用去一个铜板，剩下两个铜板带回家。即便如此，他家也难以维持生活。父亲将他送到蔡店杂货铺当学徒，并给老板做家务。从天明忙到天黑，稍不留神，还要挨骂。振国常想，自己何时才能有出头之日？

1930 年春，红一军一师初到蔡店，师部副官刘绍乐就住在杂货铺内，常给振国讲红军打土豪、分田地、领导穷人闹革命的故事，他听入了神想当红军。在刘副官的帮助下，他光荣地当上了红军。他在革命的大熔炉中，锻炼成长。从坚持鄂豫皖苏区、大别山的残酷斗争，到转战陕北和中央红军会师，驰骋冀鲁豫，消灭日伪顽，又参加了淮海、渡江战役和解放大西南的战役。他战斗勇敢，指挥若定，工作负责，在困难环境中从不叫苦怕难，对党领导的革命事业忠心耿耿。

1950 年 2 月，振国同志和我相识在四川乐山。他当时任十八军政治部主任，我在文工团工作。经组织介绍，我们于同年 3 月 8 日，在进军西藏的前夕结了婚。政治部及文工团的领导和部分同志，参加了婚礼祝贺。当时正面临紧张的进军西藏动员和出发准备工作。不久，振国和张国华军长、谭冠三政委先赴甘孜，筹备部署昌都战役和进藏工作。此时我在新津患了严重疾病，神志不清。组织上派徐灿霞等人，送我到成都医院诊治，病情仍日趋严重，奄奄一息。在此生死关头，多亏樊近真大姐(张国华夫人)来医院看我，急报军首长。又派陈曼石、宋惠玲将我转送到甘孜七号处(振国职务代号)。受到组织上的关怀，医护人员的精心医治，七号的细心呵护，我的神志得以清醒复苏，认出了七号，他经常亲自喂我吃东西。这时他才歉疚地说，“听说你报病危，我难过极了，因进藏任务繁重，不能分身前去成都医院看你，我在此天天祝愿你转危为安!”患难见真情，使我深受感动。

1951 年 7 月 1 日，部队离开甘孜进军西藏拉萨，行进途中振国很少骑马。过河时，他的马总要带一个女同志过河，或者他先骑马过河，然后将马赶回来，再接军直属队的女同志过河。他是考虑到女同志的生理特点，不宜泡在冰冷的河水中，应尽量减轻她们的一些困难。

一天，刚到宿营地，张军长派人送来一小袋面粉，我倒出一半，加水搅拌，做好了甜汤(无油无盐)，因为是军长送的，我俩吃起来感到格外香甜。振国边吃边说:“明天我来给你做面鱼儿吃，保证比你做的更好吃！”面粉怎么能做成鱼儿呢? 次日行军到了宿营地，他将面粉倒在茶缸里搅拌均匀，侧起茶缸，用筷子在茶缸边上刮起一条鱼儿状的条条，下在锅内，煮熟了真像一条条小鱼儿呢! 行军虽然艰苦，但到了宿营地，安排好吃住后，有时军部谭政委及李光明大姐，和我们一起打扑克牌放松放松。玩得高兴时，振国脸上像绽开了花，接着发出爽朗的大笑，引得我们也笑声不断。过冷拉山的头天晚上，振国严肃地对我说:“干革命就是要有牺牲的精神，准备随时为党的革命事业献身。冷拉山海拔 6300 公尺，严重缺氧，考验我们的时候到了，一定要做好充分的思想准备，万一牺牲了也是值得的！”

次日，我们行军在接近冷拉山顶的一个隘口时，天色已晚。振国怕后来的部队走错路，他让我和大家先走，他站在隘口迎着寒风指挥部队过完了，他才回到宿营地。后来得知那天在雪山上行军，有王位同志为革命献出了年轻的生命。

我们和部队一起爬雪山、过草地、滑冰川、淌急流，行程两千多公里，于 10 月

26日抵达拉萨。组织上分配我到文化科当干事，和时钟曼、安佩在一起工作。后又调我到政治部图书室工作，兼顾振国和孩子。

这时振国由于工作繁忙夜以继日，积劳成疾，严重失眠。每晚需服安眠药才能入睡，有时能睡两个小时，有时竟一夜无眠，第二天又坚持继续工作。一段时间后，他的身体累垮了，组织上决定让他回内地治病，他不得不离开西藏、部队和战友。回到重庆后他住在大坪招待所，参加了一个重要的会议，又被委任边疆观礼团团长，带领西藏、云南、新疆的部队代表，去北京参加"五·一"国际劳动节。1954年5月1日，边疆观礼团成员穿着崭新的军装，个个精神抖擞，被安排在天安门左边的观礼台上。天安门城楼红灯高挂，广场上红旗招展，汇聚了百万工农兵学商群众。十时整，毛主席、朱老总、刘少奇、周总理等党和国家领导人，站在天安门城楼上，挥手向大家致意，群众则热烈欢呼："毛主席万岁！"。

次日上午召开全军英模代表大会，观礼团的成员全部到会。朱老总祝贺同志们在各条战线上做出的卓越成绩，希望大家要谦虚谨慎，戒骄戒躁，继续为人民军队的建设再立新功。

在北京参观了故宫、颐和园等景点，然后去上海参观炼钢厂，到杭州参观丝绸厂等单位。所到之处，都受到了党政军领导和群众的热烈欢迎，他们通过代表团成员，向驻守在边疆的官兵，致以崇高的敬意和亲切的慰问。观礼团访问结束。七号住在北京饭店，边治病边和住在一起的张经武代表、张国华军长、王其梅副政委开会研究西藏工作。

一天，周总理代表毛主席宴请在西藏的领导同志及夫人，杨岗（张代表夫人）、樊近真（张国华夫人）、王先梅（王其梅夫人）三位大姐和我都在邀请之列。那天我因去理发耽误了宴请时间。回来后振国高兴地说："毛主席接见时，和张代表张军长和王副政委及我一一握手。周总理代表毛主席讲话，肯定了进藏部队指战员，充分发扬了一不怕苦二不怕死的革命精神，战胜重重困难，完成了解放西藏的光荣任务。希望大家今后坚决执行《十七条协议》，为保卫边疆、建设新西藏而努力奋斗。毛主席请我们吃的是北京烤鸭。振国还说，总理今晚请我们去怀仁堂看文艺演出，是由舞蹈家戴爱莲汇报演出，缅甸、柬埔寨、印度三国宫廷舞。开幕前，毛主席、朱老总、周总理、刘少奇步入会场，会场掌声雷动，我因为是第一次近距离看到毛主席，激动得使劲鼓掌，杨岗大姐笑我将手掌都拍红了。

我们住在北京饭店，和宋任穷、姬鹏飞、蔡树藩等同志同桌就餐，享受了高规格待遇，七号对我和工作人员说："咱们现在已经是提前享受到共产主义的生活，到了共产主义社会，也不过如此，高楼大厦，电梯电话，中餐西餐，办事有车。我们的今天，也是人民群众所向往的，相信不久的将来全国各族人民都能过上这么好的日子。"

七号首长兴趣广泛，喜欢下象棋、围棋、打篮球、看足球赛，也爱好音乐戏曲。在北京，我俩步行去体育场看足球比赛，北京的冬天特冷，坐在看台上脚冻僵了，便原地小踏步取暖。有时乘公交车去看由张权和李光幸运主演的歌剧《茶花女儿欣赏巫绩丽的钢琴独奏》英国蓝伯特芭蕾舞和苏联著名演员乌兰诺娃跳的《天鹅湖》《吉赛尔》，让我们大饱了眼福。由郭兰英主演的民族歌剧《小二黑结婚》、梅兰芳主演的京剧《宇宙锋》、总政话剧团上演的《曙光照耀着莫斯科》以及北京人民艺术剧院、青年艺术剧院演出的《雷雨》《日出》《北京人》等古今中外名著，使我们的生活五彩缤纷，大开眼界。我们像海绵一样汲取着文明精华，也深深地懂得时代在前进，我们也必须抓紧时机充实自己。于是，我经总政文化部陈沂部长介绍去北京艺术师范学院进修。七号非常关心我的进步，支持我买手风琴和钢琴到大学学习深造，这样为我以后做好工作奠定了基础。不久，他也进政治学院学习。

1959 年春，七号首长调贵州省军区任副政委，兼任监察委员会书记，分管机关工作，49 师部队工作，贵州省委开会他也参加。到贵州工作不久，党内开展反对右倾机会主义的运动，他担任军队小组组长，当时军区后勤部长刘晓山（老红军），曾在小组会上发言说："经是好经，就是被歪嘴和尚念歪了。"为这句话，被省委领导定为"右倾机会主义分子"，振国据理力争，认为这是个认识问题，而且是在党的学习会上，允许畅所欲言，不应上纲上线。由于振国仗义执言，次日撤消了他的小组长职务，由军区王贵德政委代之。实践证明，这位同志是被错化了，组织上终于为他平反昭雪。

部队有个别同志受到欠公正的对待，振国同志调查属实，按照党的政策给予适当调整，才使这些同志心情舒畅，更加积极地投入了工作。

困难时期，振国在房后空地上种了一片包谷，收了五十斤，他要交给食堂为战士补充口粮。我知道他喜欢吃包米粥，想给他留一点，他不同意，全部交给食堂。布票定量供应时，管理处的同志有时给我们发布票，他不要；按规定发皮鞋他也不要。有一次管理处得知我准备回老家探亲，打电话说要送来一些自己生产的粉条，让我带回家。振国一口回绝说不需要。按供给规定，八级干部每月应领三十四元的工勤费，管理处多次将钱送来，振国都不收，仍叫管理员拿去交公。在振国一心为公的思想下，我也是像他一样拼命工作，以至患上浮肿病。

后来，剧团下乡边劳动边排练节目，为郊区农村工厂演出。因我患浮肿病，振国十分关心，派人给我送些黄豆、红糖等营养品。他对我的那份深情，我不但铭刻在心还成为促使我更加做好工作的动力。

1965年，在邓小平提出“让贤”的号召下，振国提出了离休申请。昆明军区李成芳政委一再挽留，振国坚持工作到1966年秋，经批准离休。离开贵阳，搬到武汉湖北省军区元宝山干休所。这里住房前后约有一亩空地，树木葱郁，果树成行环境优美。振国置办了生产工具，率领家人除草种地，种有红薯、花生、土豆、蔬菜，每天除了劳动，就是听新闻看书报，关心国家大事，离休生活过得充实，除了种地，他对养鸡养鸭也感兴趣，而且养优良品种，什么乌骨鸡、来亨鸡，每到孵鸡季节，附近农民来换种鸡蛋，振国从来不换，都是一盆一盆地无偿赠送。武汉因离孝感家近，老家亲友常来看望，有的乡亲生病来武汉看病，住在我家，振国总是热情接待，我们或孩子们陪他们去医院看病，帮助他们排忧解难。

1971年，林彪的命令下达，老干部分别被输送到专县安置。我们在湖北恩施住了一段时间，因不能适应当地气候，又被安置到河南新乡市军分区干休所，和原沈阳军区副司令贺晋年住隔壁。我调到新乡市文化馆工作。一次我出差半月，回家后帮我管家的表嫂告诉我，上中学的老二志斌正在长身体，每天吃素菜不见荤菜，就问:“舅妈怎么不买肉吃？”舅妈说,“你爸不让买。他说当年红军是几天吃不上饭,还要负重行军打仗,现在有饭吃,已经很不错了,还吃什么肉？”

半个月,振国、孩子、表嫂三个人的伙食费,加上工人为我们做家具的工钱,总共用了三四十元。振国平常就是这样俭省过日子,他穿的布鞋,破了就补补继续穿。但同志们有困难,他会及时帮助,甚至将自己的存折都拿给有困难的同志。“文化大革命”那几年,许多老同志被关牛棚。振国的战友也是堂兄刘震上将也未能幸免。他的夫人下放到“五七”干校,大一点的孩子去当兵或到建设兵团劳动,最小的女儿十二三岁无去处。在那种形势下,有的人为了避嫌,不敢收留他的女儿。振国得知情况后,立即通知她来我家安身。又做了一床新棉被,托人给刘震大哥带去。直到刘震官复原职,小女才离开我家。振国的堂弟刘义武,从湖北老家来到新乡,找我们说老家遭遇干旱,插不上秧,急需购置水泵,要振国帮忙。振国骑上自行车,去找新乡地区负责人,说明情况,请求支援。最后解决了十二台水泵,义武立即回家筹款。没几天,地区同志通知立即去取货,可是义武尚未回来。振国和我商量,准备去银行取出家里所有储蓄,为家乡先购买水泵。此时,义武赶回来了,振国陪他取了货,办好一切托运手续。

1973年,我们接到上级通知,又搬到武汉元宝山干休所,这是周总理关心老同志,批示老同志搬回来住。1979年春,振国非常想念贵州和西藏的老战友。我陪他先去郑州,看望了原西藏老战士王兴友、陈竞波、夏钟远等同志,分别二十多年,见了格外亲。随后又到贵阳看望省军区的老战友,受到韩国锦、田化一、张星炳、陈金陵、吴人宏等同志的热情接待。最后一站到了成都,时任成都军区副司令的陈明义同志,安排我们住在军区第一招待所,见到了乔学亭、白健、郄晋武、陈子植、金良平等老战友,我们像回到了家似的,感到亲切温馨。在川办成办见到了顾草萍、王达选、侯杰、江鸿、朱伟凤等同志。又去医院看望了谭政委、李光明大姐,畅叙别情。

在医院看望了胡本铭夫妇。他俩是因在西藏工作患病的,振国对我讲:“这使他圆了几十年的梦,也了却一个最大的心愿”。

回到四川,我们又去看望驻在乐山的77156老部队。1949年2月组建十八军时振国在这个部队当政委，回老部队看看，这是振国多年向往的。受到部队康虎振、许浦等同志的热情欢迎。我们参观了部队红军连的荣誉室，走访了许多驻防部队，到宿舍慰问了病号。我还指挥连队官兵一起唱了《大刀进行曲》和《解放军进行曲》，相处非常融洽。振国对部队继承发扬了红军的光荣传统，至今仍为我军先进现代化的战斗部队，深感欣慰。

回到武汉后，振国向组织上申请，回成都军区干休所安度晚年。得到陈明义等同志的帮助，经组织批准，1980年4月，我们又回到成都部队干休所居住。1983年，振国在成都部队邓家花园干休所生活愉快。他除了参加种菜劳动外，还在五十军宣传干事吴正金同志的帮助下，撰写了三篇回忆录。他支持干休所的工作，和工休人员和睦相处，被成都军区评为先进离休干部。

1986年，振国转到成都军区后勤部西较场干休所，这是全军先进干休所之一，他心情舒畅地参加所里组织的各种学习活动，还到四川省老人保健大学学习。又在四川省、成都市老干部活动中心学跳健身舞，锻炼身体，回到干休所还辅导跳舞。

他和大家打成一片，一起唱歌跳舞，是后勤部老干部合唱团团员之一。为了使合唱团办得更好，他积极出谋划策。合唱团不仅在军区文艺汇演中多次得奖，还受命代表军区到各干休所慰问演出，受到热烈欢迎。振国和许多老干部被后勤政治部评为积极分子。

干休所每次动员为灾区募捐，振国都是捐赠最多者之一，成都电视台和成都晚报均做过报道。他曾多次赞助希望工程，帮助山区贫困孩子上学。张家口煤矿和机械厂小学聘他为校外辅导员，他给该校少先队员经常写信、寄书、寄红军资料，和孩子们建立了深厚的感情。他鼓励孩子们好好学习，当好革命事业的接班人。后来我考虑到他身患重病，建议其他同志代替他任该校辅导员，他坚决说:“不！”他的心思是只要活着就要尽职尽责到底。

我和振国相伴有十六个春秋，历经沧桑，尝遍人生甘苦。而今让我再向你表露心愿：

百年后，明月夜，松林岗，相依相随永远相伴在故乡！

生离死别

一夜狂风暴雨,发现我家后门右边的一棵大树被风吹倒了。

我直犯嘀咕,是不是不祥之兆?将此事对女儿说了,她说:“那棵树是长在院外,又不是在院里,咋会跟咱家有关系呢? ”经她这一说,我好像释然了。

为了陪老伴去北京 301 医院做膀胱癌电切手术。走之前我去商场买了条头巾,走到绚丽多彩的头巾柜前, 售货小姐主动热情地为我选了一条黑底带有钟样图案的上乘丝巾。从整体看,显得高雅别致。可是对那个十分醒目的黄钟,我犹豫了,售货小姐看到我的迟疑不定,就说本来要卖一百多元,因为就剩这一条了,优惠价 60 元,经不起她的怂恿我就买下了。钟的设计,大概是让人珍惜时间珍惜生命。可我为什么会向不好的地方去想呢? 钟与终同音,在我脑子里不时闪现。

手术顺利,从北京返蓉,当天下了飞机后直接将老伴送往医院,老伴像是回到了家,睡得特香,时间过得真快,又到腊梅飘香季节,腊月二十八日,是老伴八十大寿的日子,鲜花、寿桃、生日蛋糕、生日贺卡等摆满了一桌子。李莉、钟学礼两位好友,代表老年协会送给了他一部精美的收录机,为他播放他喜欢听的《长征组歌》,又有两位战友蒋开印和自碧英送给他一盆春意盎然的文竹, 老伴乐得嘴巴像弯弯的月亮,钟老师当即为他拍下了面带慈祥十分开心的照片。

文竹整日陪伴着老伴,病房里充满生机。转眼冬去春来又夏至,天气炎热,老伴受不了,病情加剧。我建议医院购置空调,医院十分关心病人,当即决定购买,两三天就安装好了,看到老伴不再喊热我也较为放心。谁知因老伴病情加重,桌上摆满了抢救用品,就将文竹端出来放在走廊上。由于安装空调,外面有一个散热箱,正好挨着文竹,没想到文竹被热箱烤得枯黄,一盆绿葱葱的文竹,转眼之间结束了生命。

我胡思乱想，文竹的消失是否预示着老伴凶多吉少。我很不安，心里既为文竹之死难过，更担心老伴的安危。老伴已不能进食，每日靠点滴维持生命。

每当孩子们来看他时，他很少言语，只是用眼睛痴呆呆地看着我和孩子们。从他的眼神里，我读懂了他的潜台词:我是多么地爱你们，我是多么地不愿离开你们，然而我再也没有力气和病魔斗争了。他是那样的眷恋亲人，又是那样的可怜无助无奈，眼泪不时从他的眼角流下来，我用手帕轻轻的为他边擦眼泪，边安慰他说:“你不要难过，会好的，要有信心！”

由于病情恶化，老伴昏迷不醒。看着弥留之际的老伴，我还想尽最后一次努力，使他延长生命，便马上又用艾条为他灸肚脐、丹田、气海、足三里。医院让我为老伴准备后事。

西干所送来了一套崭新的马裤呢军装，领章上的两面红旗熠熠生辉，军帽上的红色五星闪闪发光。难道这就是老伴最后的一套军装吗?！我小心翼翼地将这套沉甸甸的军装放在壁柜的最高层。忽然间想起了什么束之高阁，也许这一次用不上了，老伴一定会闯过这一关的，上次不就是发高烧四十度，医院抢救过来了!我这样期盼着、祈祷着，希望在医护人员的精心治疗下，再创奇迹。

然而事情变得一团糟，吃过午饭，我乘电梯准备回招待所休息，突然听到喀嚓一声响，电梯被卡在接近一楼的空间。正是下班时间，我喊了门卫老大爷，请他设法找人来修，可是他说下班了去那里找人?电梯里又闷又热，加上又急，我不知怎么办才好，心里突然涌起从未有过的被困无助的悲哀，眼泪止不住地流下来。约半个小时，我听到一个年轻人的声音:你站高点，将门上的扳手朝右边扳几下就开了。我连忙按他说的办，两手沾满了黑色机油，可门仍然不动。我说:不行!我板不动，还是请你去找修电梯的师傅来吧!他说你再等几分钟吧!没过多久门开了，我像冲出牢笼似的狼狈，离开了这个使我惊恐痛心的地方。午休时，恍惚间迷迷糊糊地看见躺在床上的老伴，周身被浓浓的黑雾包裹着。我被吓醒了，出了一身冷汗。难道老伴真的没救了?

6月22日上午，不知怎么回事，门上的玻璃打碎了，阿姨和公务员之间因一点小事各不相让。我站也不是坐也不是，心乱如麻，不知将要发生什么事。幸好我通知了大儿子和女儿两家人都来了，小儿子原来说要来的。外孙女婷婷走到病床前，对着昏迷不醒的外公说:姥爷我来看你了!孙子也在凄楚地说:爷爷我来看你了!没有反应。我哽咽着说:宠宠，你大点声喊几声爷爷，他会听见的。

医生和护士忙不停地在抢救，一会儿听心脏一会儿看眼底，丁护士不停地在抽注射药，为了抢时间，快速敲药瓶，手指都出了血也顾不上擦，该用的针药都用了。血压从 120、100、60、40、20、到 0，13：40 分停止了呼吸。曹医生急忙用胸外按压抢救，大家屏住了呼吸，希望医生能创造奇迹，使病人苏醒过来。然而时间过了半个小时，毫无反应。医生问我还是否继续按压，我请她再继续按压十分钟，但仍无效果。当为老伴擦身准备穿寿衣时，谁料刚一翻身，意外听到了哼的声音，这时大家又抱着一线希望，赶快跑去请医生来为他做人工呼吸，可是仍无反应。原来为他翻身听到哼的一声，就叫吊气(也叫落气)。洗干净后，医护人员为他穿好了衣服，为老伴最后一次扣上了外衣扣子。这时小儿子也赶来了，对着像睡熟一样的爸爸泣不成声，呼喊着:“爸爸……爸爸……”。

生老病死，是任何人都抗拒不了的自然规律，作为亲人，总是希望病人能延长寿命，尽量使这一天往后推迟。亲人永远走了，我们顿感天塌地陷一般，有一种日暮途穷的悲凉袭上心头。近来遇到的几件奇特现象，冥冥之中好像有一双巨手，将什么都早安排好了，让你一步步朦朦胧胧地、接近这残酷的现实——生离死别!

将军灵归何处

将军患不治之症，到了第五个年头，终于未能战胜病魔与世长辞。

他的遗嘱是:不开追悼会，不留骨灰，丧事从简，不通知亲友，待报上刊登卜告，大家就一目了然。

他活着时不愿给组织上添麻烦。上级为了使他早日康复，两次发给他疗养证，他的回答是不去。身患重病，需要治疗的药物贵了不用，还要嘱咐家人，不要找组织报销，自己付费。

每次问他，给你买些营养品，或买什么衣物，他的回答也是不要买。他对自己的从严要求简直到了苛刻的地步。然而当他得知人民群众遇到灾荒，需要救济时，他总是慷慨解囊。

在他身边工作的人员，家里遇到灾荒，他悄悄将钱寄去，直至该同志家里来信，方知此事。战友有困难，他两次将唯一的存折送人解难，长年接济亲戚，赞助希望工程。可他自己用的一个枕头一枕就是三十多年，衣服破了，补补又穿。在他心里装着的只有国家和人民，唯独没有他自己。

现在他走了，同志们怀念他，亲属朋友想念他，组织上将他的灵位安放在风景秀丽的磨盘山上，让他和他已故的战友又聚在一起。可和他相濡以沫近五十载的老伴却认为，将骨灰埋葬在他生前喜爱的葡萄树下，正好在老伴的窗前，这样可以朝夕相伴，长相厮守，就像活在她身边一样。在想念他时好将心里话说给他听，放他爱听的音乐，供他爱吃的食物，播他最关心的新闻联播和天气预报。然而，这种浪漫的构想却遭到家人的反对，特别是农村弟弟的反对。弟弟坚决主张将其兄骨灰安葬在老家祖坟。而且振振有词，说祖坟的风水如何如何好，能够荫及子孙后代。

将军跟随毛主席南征北战，戎马一生，为国家建立了不朽功绩，如今去世了，假如按照遗嘱办，组织上和家人未免过意不去。最后还是按规定，举行了向遗体告别仪式，当然也通知了亲友，连当时的全国政协副主席阿沛·阿旺晋美、原国防部长秦基伟都送了花圈。

作者白曙和儿子志平离开拉萨那天留影。

赴渝会战友

在风和日丽人间四月天的日子里，我怀着喜悦的心情，坐上由成都开往重庆的客车。车内设有电视，舒适的皮坐椅，窗外田野一片葱绿。汽车飞驰在成渝高速大道上，一切是那样美好。我要去探望一位多年未见的老战友，不知他现在身体如何？记得二十年前去拜访他时，他正在院子里抡起锄头，专注地挖地，就像一个地地道道的农民。我这位不速之客的到来，并未使他惊诧，放下锄头邀我进屋，见过他的夫人老徐及女儿(约十五岁)叙叙家常，招待我吃了一顿美味佳肴。

在我将要离开重庆的前一天，出人意料的是他竟找到了我的住处，穿了一身军装，没想到他还这么细心。大概源于来而不往非礼也的古训才来回访的吧！

这次前往，他会怎样接待，带着喜悦的心情，期盼着早到重庆。经过近四个小时的颠簸，12:50 分终于抵达。车门刚打开，便看见一位个子不高、黑红脸膛、穿着咖啡色格子西装，神情端庄的老人，身旁站着一位高个子白净面庞着西装的年轻人。啊！原来是老战友郭枫林和他的女婿前来接我，帮我提我的两个手提包，乘车返干休所他的住处。

三室两厅的房子，装修美化了一翻，比我们家更具现代化，高大的电冰箱，全自动洗衣机，卡拉 OK，堪称小康之家，给我的印象不错。

战友的女儿(就是二十年前见过的)在一所中学工作，她有个九岁的女儿上小学，加上女婿一家四口人，尊老爱幼，和和睦睦。一旦走进这样和谐的环境，让人深感亲切温暖，和战友的女儿一起唱歌跳舞，和战友的孙女同住一室，亲如家人。

换了一个环境还挺新鲜，一下子像出笼的鸟儿自由飞翔。战友陪我去看了朝天门广场，游人如织。站在石栏杆前，望江水滚滚、船舶密集，任江风吹拂涤荡心中所有的忧愁。心无挂碍，和战友并肩摄影；促膝交谈。返家途中，在饭馆吃了两碗牛肉面，辣得我满面通红，味道好极了。他又带我去买洋参片，又送给我补养身体，还给我做可口的饭菜。我有个习惯就是中午休息起床前，要打几声哈欠，哼咳哎哟的，他一听见就会过来问声是不是哪里不舒服了？我会无所谓地说：没事！是老毛病。晚饭后，我们坐在沙发上看电视，这是一天最舒心的时刻，因为四月份还是乍暖还寒的季节，晚上坐在那里看电视，尚需盖上毛毯，防止老年关节疼痛。一般到了十点就该洗脚准备就寝，战友便将两盆热水倒好，像战争年代时一样，睡觉前用热水泡脚，解除疲劳，一边回忆那个年代的趣事。洗漱完了，互道晚安。

时间过得这样快，一转眼已过了一周，该是返程的时候了，真有点舍不得，这个家庭给我的是亲情般乐融融的温馨氛围。第八天还是战友和女婿送我到陈家坪车站，带着惜别且期待红五月重逢的心情，握手告别。

不到一个月，老战友来到我家，理应盛情款待，以答谢他们一家人对我的优厚招待。次日我们一起去参加一年一度的战友聚会，他见到了几十年没见到的战友，激动万分，畅叙别情，合影留念，感慨万千。当年非常熟悉的战友，现在站在面前，居然认不出来，可见变化之大，当年的年轻小伙凯丽女孩，现在是太公太婆了。

尽管是历尽沧桑，皱纹鬓霜，但是精神仍如当年，特别是当记者录像时，大家唱起"二呀么二郎山，哪怕你高万丈，解放军铁打的汉，下决心坚如钢，要把那公路修到西藏"。歌声嘹亮，激情满怀，又像是梦回当年参加一次演出，当晚，成都市电视台播放，老战友看了高兴得像个孩子，指着荧屏上一个白发且黑脸膛的老人说："那就是我！"我打趣地说："祝贺你！当年的鼓师现在已经当歌星了！"。

我陪战友去参观了杜甫草堂，并在诗圣像前合了影。战友和我家成员相处融洽，临走前孩子还给他买了许多礼品让他带回去，礼尚往来。人间最可贵的就是真情相待，友谊地久天长。

当代蒙娜丽莎——俄罗斯女琴师

记得五十年代，在我简陋的居室里，挂了唯一的一幅蒙娜丽莎肖像，那是我最喜爱的女神。当我疲惫不堪或遇到逆境时，她会给予我无限精神层面美的享受和心田上的滋润。后来由于工作不断变动，随之居所变迁，不经意间将我心爱的女神遗失了。

见了唐渝波先生摄影的《俄罗斯女琴师》，看那匀称的构图，谐和的光彩，以及主人公怀抱橡木竖琴，高贵典雅的气度，美丽善良的面容，明亮略带忧郁的眼神，平和宁静的心态，好一个当代蒙娜丽莎。还配有罗文勃先生为之题写的诗句：涅瓦河畔的橡木竖琴，好象在倾听旋外之音。俄罗斯女琴师的双目，如两汪秋水清彻晶莹。秋水漂浮着音乐，音乐流淌着爱情。中国的一位普通摄影家，猎取了这静溢、典雅的一幕。啊!此景不再，一瞬永恒!艺术家的数码之笔，绘出了新世纪的“蒙娜丽莎”！使我的心灵为之震撼，惊喜激动，也从此又抬回了往日的梦想。我托友人帮我从唐渝波先生处获赠了《当代蒙娜丽莎—俄罗斯女琴师》精品，让她重新点燃我心中的火花，重新滋润我的心灵，去实现追求理想和完满的人生。

相处融融农家乐

向往山水绿为伴。2003 年 7 月 6 日，我去青城山下马家店农家乐避暑，主人名叫章学贵。住在一所坐北朝南的庭院，门前一条小溪潺潺流过。院中假山、盆景、花卉相映如画，银杏、桂树、香楠校繁叶茂。特别值得一提的是，围在香楠树杆上，缀满数百朵的红灯笼花，经清风吹拂摇曳颔首，像在欢迎远道来的客人。

三间正房前面放着两个大花盆，种着两棵铁树，盆内还有紫色玉娇花相伴，生机盎然。左侧厢房两层共八间，右边是两间住房加一个活动室，三面走廊相连，摆有桌椅，可以阅报、写字、打牌、下棋。堂屋设有 25 寸彩电、卡拉 OK、VCD、沙发长椅，爱好唱歌的人可以纵情歌唱。

早上，小陈打开保健操音乐，大家跟着音乐做操。打太极拳时由住在楼上的张历吾同志用电子琴伴奏《春江花月夜》，听着美妙的音乐，使大家立刻进入到气定神闲的状态。晚饭后又是张老为大家弹奏各种舞曲，伴舞助兴，使大家身心放松，尽情享受返老还童的乐趣。

张老已有 83 岁高龄，今年 3 月因患肾出血住成都市三医院出院后来此疗养，居然很快恢复健康。天天读报学习，唱歌弹琴，下棋打牌，和正常人一样精力充沛，尤其是教大家唱歌，为大家跳舞伴奏，非常受欢迎。他的人生体悟是：生命时有限，事业却无边，名利多风险，莫向牛角钻。问他的身体何以康复得这么好？他答曰：一是空气清新（此地含氧量 91%）；二是伙食营养均衡；三是老伴照顾周到；四是这里犹如一个温馨和睦的大家庭。

买来的报纸，大家互相传阅，一人买黄果兰，分送给所有爱美的女同胞，衣服晒在当院，下雨了大家争着收拣，不管有没有自己的。洗漱盛饭，上楼淋浴，均是互相礼让。当你正在看电视，严娘将煮好的盐花生，端在每个人的面前，让你尝鲜。有些住客，将自费煮好的鸡汤和肉丸子汤，分送给每人共享。吃西瓜也是每人有份。唐娘建议包饺子和抄手吃，买来肉菜调料，她和吴娘亲自操作调馅，然后高娘万娘等也参加，大家齐动手很快包完。等大家端起香喷喷的抄手饺子品尝时，“哇！真好吃，赛过龙抄手和钟水饺！”赞不绝口。

平时，有人邀约爬山，上圆明宫、玉清宫，汲取道教文化的熏陶，领略山水风光。有人邀约去青城中兴镇购物漫游。留在家里的万娘闲不住，就帮大家洗了三副麻将牌，消毒防病。

张娘为自娘治疗颈椎痛，仅按摩两次就不痛了。事情虽小，却处处体现出文明风尚、互相关爱之情。还要介绍章老板一家，热情周到地为住客服务，态度和蔼可亲，伙食常是荤素搭配，营养均衡，虚心采纳住客的建议，千方百计让住客满意，相处如家人。主人家还有一个叫富财的小白狗，也是大家庭成员之一，逢人就摇头摆尾，以示友好，受到大家的宠爱。

门前几棵高耸入云的黑须子树上，有一只活泼可爱的松鼠，不时跳跃在校头，如表演杂技，形成一道凯丽的风景。此地树上的蝉鸣格外有特色，开始如金属哨音校校林林地高音领唱，接着是蛐蛐蛐、渠渠渠、嘟嘟嘟的混声合唱，谐和悦耳，别有一翻情趣。

晴天，风和日丽蓝天白云，你站在田野任何一方，放眼望去，周围被青山绿树环绕，成片的稻米包谷，满目生翠，令人心旷神怡。

雨天遥远绵延的青山，像笼罩一层浓浓的雾障，迷迷蒙蒙汇聚成雨滴，仿佛在荡涤人间世俗浊流，升华本性，回归大自然。与人为善，亲和万物。觅淡泊宁静者，爱上这里的山山水水和人家，愿在此颐养天年，美哉!青城农家乐。

“高杨”休闲三姐妹

一天，英子来我的房间，坐在床上准备做针线活。她说她认不上针，和我住在一起的王静冰婆婆戴上眼镜站在窗前，很快穿上了白线，交给了英子。但见她盘腿稳坐，先将线扯直，用牙齿熟练地每隔两寸距离咬一下。我问她为什么？她说是避免线打绞。像个村姑似的很麻利地给新衣缝扣子。王婆婆为英子穿针的这一细节，使我产生了想记录她俩趣事的闪念。

我是 2007 年 5 月 23 日，来到青城镇大观园高杨休闲庄避暑的，进门是个大厅，是吃饭和开展娱乐活动的地方。院内整洁宽敞，种有各种花木。正面是堂屋、厨房、反 L 形状的三层楼房，可容纳近 60 人。老板一家热情勤快，住在这里像在自己家里一样舒适。

26 日同室来了一位王婆婆，面带稚童般的微笑。身材纤细，灰白的烫发头后面梳了一个圆型发鲁，皮肤白皙，皱纹稀少，顾盼之间显得风韵犹存。若不是看到她步履蹒跚和背有些驼的迹象，简直让人难以想象她已有 90 高龄了。她生活能够自理，上下午打牌不带累的，身上不痛。最让人羡慕的是，她的心态好，修养好，从不发脾气，是我学习的榜样。她常说的一句话是，年轻吃苦不算苦，老了不苦就幸福。她说，心情舒畅是解除病痛的最佳良方，健康是最宝贵的财富。怄气不要超过三分钟，遇事不急不燥。

王婆婆心地善良，她看到老板家的熊猫狗，又乖又讨人喜欢。准备亲自给它做一件衣服，为它保暖过冬。邻居的小狗来了，她将一份粉蒸肉喂它，直到它吃完，她才满意地离开。她对有灵性的东西，充满爱心。

王婆婆耳不聋眼不花，又是个老顽童，她表演的小白兔，令人捧腹大笑。她唱到红红的眼睛时，同时将她的眼睛瞪得溜圆；唱到耳朵长长的时，把两手指在头上比画着，使小兔的形象更加逼真：唱到尾巴短短的时，她还向后扭转身，用手放在屁股部位，真的好像有条尾巴。

她说，我年轻时喜欢打篮球，竟闹笑话，抱着篮球跑。她也喜欢打乒乓球。一天，在大门口摆上两个桌子，她和老板七岁的孙女打了起来，一老一少一来一往的很像回事。又和成年人打，他的反应灵活，受到大家的称赞。

王婆婆十八岁时和一个国民党军官结婚，解放前其夫起义投奔共产党，1954年因病去世。王婆婆生育有五个子女，靠勤俭持家和变卖家什养活一家人。1958年政府为她安排了工作，她白天上班，晚上给孩子们缝补衣服，每晚仅睡两三个小时，含辛茹苦，将孩子培养成人、成材。孩子对她很孝顺。所以她的生活无忧无虑，怡然自得。开朗豁达不记琐事。她有信心再活十年，争取活到一百岁，看中国特色社会主义建设更加富强，见证人民生活得更加幸福。至时她所在社区准备送给她一部大彩电，说到此她笑得更为迷人。兴之所至，我和王婆婆唱起少年时的歌曲，《地久天长》《燕双飞》《春深如海》《麻雀与小孩》，好像又回到了少年时代。舞曲响起来，我带着王婆婆和英子翩翩起舞，身心愉悦，神清气爽，不知老之已至。

和英子的相识，还有段小插曲。尽管我们似曾相识，却有二十多天观察阶段，直到有一天在大门口，我刚一回头，见到了她，两人同时打招呼，一聊才知道原来我们是师姐妹。

她五官端庄秀丽，雪白的面庞上，镶嵌了一级聪慧的大眼睛。中等身材，由于她有一个苗条的腰身和修长的细腿，加上时尚的衣着，近60的人了，仍显得亭亭玉立，婀娜多姿，笑起来甜甜的，但严肃起来，又不失王熙凤的威仪。

开始，我说她一定是位演员，她不承认。最后交往久了，她才袒露真相。原来她是某文艺团体的演员。上过戏剧学校，又在音乐学院学过七年声乐。学过声乐的人有功底，不论是唱歌曲或是戏曲，气息处理得流畅自如，唱腔加以必要的修饰，给人留下了深刻的印象。

我听了她唱的电视剧《红楼梦》里的主题曲《枉凝眉》，尽管没有伴奏，却像有伴奏的效果。她全身心投入角色，将贾宝玉和林黛玉两人的真挚情感，如泣如诉地表达到了极致，催人泪下。她曾演唱过《放风筝》《布谷鸟》《断桥》等剧目。她唱清音时，行腔根据人物性格特点时有创新。她的声音清脆婉转，音色优美，字正腔圆，激情囚溢，加之动作表演惟妙惟肖，令人陶醉在她声情并茂的艺术魅力之中，理所当然地受到观众的喜爱，曾红极一时。

她为人热情，处事老练，爱学习，肯钻研。你和她不论谈天说地，古今中外，她都胸有成竹，对答如流，思维敏捷，颇有见地，任何事休想难住她。实事求是地说，她简直成了我生活中的“军师”。

每逢3、6、9日青城镇赶场，我曾花了两百八十元的冤枉钱，买了一个木雕菩萨。又花了150元买了一本所谓的文革纪念邮票。她给我出主意拿去调换。6月16日，她陪我去镇上先买了三个漂亮的手提包，又去古玩摊上用一个木雕菩萨换了两样东西。一个是紫砂笔筒，一个是小花瓶，古香古色，令人满意。然后又去找到另一家古玩摊位刘大姐，说好下次来用买她的文革纪念邮票换她的等价物品。由于有英子的陪同，这三件事办得漂亮。一高兴来了精神，艳阳下我两步行四华里返回住处。

6月29日又逢赶场，我到了刘大姐女儿的摊前，我拿给她一本文革纪念邮票，她只给我调了一个价值三十元的菩萨和一个乾隆年制的笔筒，且有毛病，还有一个笔筒上面绘有毛主席戴红军帽的头像，后发现笔筒是破的，是用胶粘上去的，当时我竟然没有发现。英子笑我钱多了，买东西不看活该上当，就算扶贫得了。

人际之间，遇到了难题。她开导我三言两语，快刀斩乱麻梳理出头绪，找出解决矛盾的关键，放下包袱，轻装前进。说我近八十的入了该舍的就坚决舍的年龄，舍得舍得，有舍才有得嘛！

遇上两位朋友，使我的生活改变了摸样，以前由于处理不好生活中出现的矛盾，整日陷在忧愁苦闷之中，容易发火，烦恼丛生，疾病缠身。来到这里遇见王婆婆笑口常开，从不生气，给我树立了学习的榜样，不再起急动怒，心态逐渐平和，对克服我的急躁脾气有不小的影响。

英子给我的影响是全方位的。首先，她促使我将我们共同学习过的《易经》哲理运用到解决生活矛盾之中；再则，由于她的社会经验丰富，处理事情进退自如，往往变被动为主动，这一点是我最缺乏的，但又是最需要的；三则，由于英子和我共同兴趣爱好多，所以在一起时有说不完的话。她说话幽默风趣，往往逗得我开怀大笑，好久以来，我都没有这么轻松痛快过，她成了我生活中不可或缺的“开心果”，当然更主要的她还是我生活中的“人参果”，滋补着我的身心愉悦健康。就像上帝特意派来的天使，保护和关爱着我。

在高杨休闲庄避暑的众人眼里，我们三个人经常在一起和谐愉快地相处，戏称“高杨休闲三姐妹”。

农家乐三姐妹中九十岁高龄且乐观的王婆婆

为了实现周总理的嘱托

——记贵阳市筑星业余黔剧团成立前后

1998年夏的一天，原贵阳市南明黔剧团的演员刘希孟突然造访。她身着时尚套裙，言谈举止显得成熟干练，分别三十余年，自是有许多话要说。

她说："我是从成都军区杨德福同志处知道你住在西较场干休所，便马上来看你。"

她还告诉我：60年代困难时期，精简剧团。领导考虑到学员的前途，有的送去继续上学，有的送工厂当工人。在贵阳的团员，常常怀念在剧团的日子。我回去后要告诉大家，找到了白团长。我们还要组织在一起，排练黔剧，一方面自娱自乐，一方面实现对周总理的承诺，继续弘扬黔剧事业。

我当时赞成她的想法。

一年后，我应原贵阳市南明黔剧团部分演员的邀请，于1999年5月11日，抵达阔别近四十年的贵阳。刚下火车，顿觉空气清新，气管舒畅，马路加宽，高楼林立，行人熙来攘往，一派繁荣景象。假如没有人接，简直不辨东西，贵阳变化之大，出人意料。

5月13日，我参加了在阳明祠召开的筑星黔剧团成立大会。原贵州省文化厅长王恒富、省剧协主席谢振东及市京剧团、艺校等嘉宾光临祝贺。王恒富、谢振东在会上发表了重要讲话，肯定了原南明黔剧团的成绩，下达了演出任务，寄希望于筑星黔剧团弘扬黔剧的重任。

遵照他们的嘱托，剧团制定了排练计划，重排《秦娘美》《借亲配》两剧，作为向国庆五十周年献礼的节目。大家振奋精神，不辞劳苦，按计划分组排练。经过一个半月的努力，《借亲配》已排完，《秦娘美》排了六场。演员的嗓子普遍都练出来了，从生硬到行腔比较圆润自如。乐队从不太熟悉变得和演员配合比较默契，演奏起来得心应手。特别是每当全体人员唱《秦娘美》第一幕的“坐月”大歌时，气势恢宏，声音嘹亮，将人们又带回到60年代初黔剧兴盛时的情景……

记得是在1960年夏的一个中午，老伴刘振国来团里约我去看望周总理。到了交际处舞厅，见总理正在婆婆在起舞。贵州省军区政委王贵德请我跳舞，接近总理时，王政委让我和总理跳。总理的舞姿标准娴熟，轻盈潇洒。他亲切又慈祥地问我：“你在哪里工作?”“在南明黔剧团任团长”。他说，你们要发扬黔剧自己的风格，吸收其他剧种优点，融汇贯通，推陈出新，为创造新黔剧而奋斗！”

音乐停了，当我坐在沙发上休息时，看到邓颖超大姐和总理说了几句话，然后总理朝我坐的方向走来，最先和我握手告别。这一幕场景，令我既感意外，又受宠若惊。总理亲切和蔼、平易近人的儒雅风度，给我留下了深刻印象。我悟到总理不是对我个人，而是对所有从事文艺工作者的礼遇，同时又对我们寄予厚望。总理对群众的教诲，犹如春风细雨润物无声。回到团里，我将总理的指示传达给全体人员，最后说：“我们剧团已经在总理那里挂上号了！”之后大家更加积极地投入到工作中去了。当时，我在团里管业务，导演《秦娘美》，在一个月的时间内，就和观众见面，连演数十场，好评如潮。由于操劳过度，我病倒了。我嘱咐团里，如果我不在了，请在我的墓碑刻上“空有热心为黔剧”几个字。这是我当时的真实心情。

转眼四十年过去了，山河巨变，在大好形势下，原黔剧团的主要人员又能相聚在一起，为振兴黔剧做贡献，真是太令人激动了。正如谢振东同志说的“大家都恢复了艺术青春！”一点也不假，虽然他们那时是五十多岁的人了，但是化妆后，看起来真的就像是二十多岁的年轻人。

筑星黔剧团的成立，首先是贵州省文化厅、省剧协、省黔剧团、贵阳市领导的大力支持，还有油炸街办事处无偿提供场地，及社会贤达的具体帮助，加之全体团员的奉献精神。

建团初期，各种费用均靠大家省吃俭用自筹资金。困难是明摆着的，但是大家的信心十足。赵子林说：为了筹备《秦娘美》的布景，我几个晚上不睡觉，也要把它制作出来。江成碧说：《秦娘美》的服装，我自己花钱做两套就够了。王春英捐了几件乐器给剧团，刘明宗捐现金 1200 元。省黔剧团赞助了洋琴和小鼓。主要演员王章兰、崔燕鹏、杨淑仪以及阮老师等都表示全力支持。

阮老师（教打洋琴），杨老师（教表演）不顾炎夏高温，汗流浃背来为本剧团义务指导。王章兰义务为演员治嗓子，并教大家演唱技巧。我看到了这一切，颇受鼓舞并激动万分，也决心发挥余热和大家共同奋斗。有感写诗记之，后印成书签赠予同志。

阔别贵阳四十年，山水巨变换新颜；
更喜处处真情在，爱心如火满人间；
弘扬黔剧任务艰，那怕挥汗两翼斑；
为使文琴花开这，业余专业共承担。

由于受条件限制，《秦娘美》未演。国庆节演出了《岳母刺字》《借亲配》《珍珠塔》三个剧目，主要演员有谢家琪、林如修、苏桂英、江成碧、胡志慧、李祥太、单淑英、聂淑芳，他们的精彩表演，受到各界人士的热情欢迎。电台录了像并播出，记者拍了照写了通讯见报。凑巧的是，演出剧场正是当年南明黔剧团的排演场。原班人马，故地重演，抚今追昔，如梦如幻，感慨万千！

为了祝贺筑星黔剧团的演出成功，全体人员特地到花溪公园周总理和邓大姐塑像前合影留念，同时表决心：永远遵循周总理的教诲，继承发扬黔剧事业。

黔剧（原名文琴戏）是我国民族文化的精粹之一，它那清丽婉转，悠扬悦耳的旋律，深受广大人民群众的喜爱。60 年代，贵阳市黔剧团在上海、北京成功演出了《秦娘美》，受到了戏剧界梅兰芳、程砚秋等知名人士的充分肯定，他们赞扬黔剧是祖国百花园中的一株奇葩！

祝愿黔剧之花，在众多热心人的关心爱护、浇灌与扶持下，开得更加绚丽多姿，为建设社会主义精神文明贡献力量！

和贺炳炎司令员夫妇在一起的日子

1954年春，刘振国和我从西藏返蓉，住在北较场的第一招待所。一天应贺司令员夫妇的邀请，去拜访他们，见面后，首长说我们在西藏工作辛苦了!今天要陪我们好好放松一下，建议和我们打羽毛球。首长和振国一组，首长夫人姜平同志和我一组，当时我和姜平都比较年轻，二三十岁，满场跳跃，接发球灵活，最后我们赢了两位红军。首长一边夸我们球技不错，一边命警卫员准备网球，进行下一轮比赛。但见两位红军接发球刚劲有力，在球场龙腾虎跃，配合默契，我们抵挡不住败下阵来。独臂将军雄风犹存，怎么能输给女同志呢?！最后胜利的依然是常胜将军。

这时首长高兴得满脸笑容地说:“打得痛快!该吃饭了！”

午餐准备的是气锅鸡和各种炒菜，摆了一桌子。气锅鸡是云南风味，将切好的鸡块和调料放进锅里不放水，全靠瓦中间有一小孔进气，放在另一蒸锅上，约蒸三四个小时就熟了。因为不放水，靠气水蒸，吃来既扒又香嫩可口，振国和我都是第一次享用如此高档美食，首长见我们喜欢吃，一个劲地给我们碗里夹鸡肉，姜平帮我们夹其它菜，亲如家人，酒酣饭饱，我们怕耽误首长休息，随即告辞。

首长是西南军区副司令，又是四川军区司令员，百忙之中抽出时间，热情款待我们，使我们由衷感动，尽管首长话不多，但对部下的真挚关心爱护，是出于伟大的阶级友爱之情，是出于把战友当作兄弟之情，是纯洁高尚的阶级情兄弟爱，使我们铭记在心终生不忘。

没过多久，首长从成都去重庆开会，我们同住在大坪招待所，和首长又见面了。当时首长由于公务缠身，思虑过度，严重失眠，姜平同志怕首长吃安眠药多了产生副作用，便亲自将部分安眠药胶囊拆开，将安眠药面倒出来，换成各种维生素面，再装好，酌情给首长服用。这样既能保证首长入睡，又不至影响身体健康，可见当夫人的用心良苦。姜平本人是医生，在生活上对首长的照顾是无微不至，因为首长是独臂，另一只手臂在战斗中失去。姜平帮他穿衣系扣，端饭送水送药，亲自送到他手上，不离左右。我们为首长跟前有这么一位贴心的夫人伺候感到十分放心和欣慰。

姜平性格开朗豁达随和，很快她与吴静（夏川同志爱人）和我熟悉了。有一次我们三个一起上街买衣服料子，看中了一种白底带小花的彩色布料，每人做了一件上衣，款式新潮，是苏联式的。那时什么都学苏联，唱的是苏联流行歌曲《小路》《卡秋沙》《红梅花儿开》，跳的是水兵舞、交谊舞，吃的是苏制黑面包，穿的是列宁服、布拉吉。那个年代同志关系亲密无间，推心置腹，肝胆相照。至今回忆起来仍历历在目，仿佛昨日，令人无限眷恋。我能答谢和回报首长的只有心香一瓣，表达对首长的敬爱和感激！

怀念敬爱的阿沛·阿旺晋美首长

阿沛·阿旺晋美首长是我敬佩的首长,他有政治远见,始终认为西藏是中国的领土,他主张西藏政府和中央人民政府和谈。后来他受命西藏政府首席全权代表,经过双方商谈达成和平解放西藏的《十七条》协议。他不遗余力地宣传贯彻《十七条》协议。

早在昌都战役结束不久,18 军 154 团部队面临断炊,他立即决定将家乡储存的三、四百斤糌粑支援部队,解决了该团的燃煤之急,他的义举是建立在中华各族人民是一个大家族的理念上的,坚定认为藏汉兄弟是一家人的历史共识上的。理所当然地受到汉族官兵的赞扬。

后来,他被任命为西藏军区副司令员,兼西藏拉萨小学副校长等职,当时,我在拉萨小学工作,每天上班要从郎顿院附近一个巷子经过,常常遇见阿沛首长。他身着藏装官服,威武庄严地骑在高头大马上。当我向他立正敬礼时,他往往面带微笑,亲切慈祥地点头回应,给我留下了深刻的印象。

阿沛首长和刘振国同志(我爱人)常在一起商谈军队、地方工作,配合默契,亲如兄弟。有一天,他邀请我们带着刚出生的孩子去他家做客。他和夫人才旦卓嘎大姐热情接待了我们,他和振国在一间房子是谈论大事。才旦卓嘎大姐把我安排到了另一间客室。她美丽端庄,又谦和好客,是位典型的贵族夫人。他们的大女儿白玛在拉萨小学读书,正好在我班上。她既聪明又活泼可爱,我很喜欢她。她也常和我依偎在一起,还曾一起会餐,由此我们两家的关系更加亲密。

大姐和我谈论家常,说如何带好教育好孩子的事。午餐时,桌子上摆满了山珍海味,各类佳肴,饭后不久,可能是吃了一顿好的,我的奶水又多又浓,孩子吃时咕咚咕咚发出声响，我替孩子高兴。因我的孩子是个馋奶的，吃得差产的奶就是清汤寡水的，饿得孩子日夜直哭。这次孩子能吃得这么香甜，真是享了他们家的福。孩子吃饱了就乐滋滋地睡着了，这时，大姐将孩子轻轻地抱到她的卧室床上，让他舒舒服服地睡觉。我则和大姐商议如何开展上层妇女（包括青年妇女）的统战工作，直至夕阳西下，才依依不舍地告谢返家。

之后，振国因患重病，经上级批准离开拉萨到祖国内地治病，后调贵州省军区工作。记得在京治病期间，在一次晚会上，意外地遇到阿沛首长夫妇，分别数年，双方格外欢喜，畅叙别情。

1996 年 6 月 22 日，振国离开人世，阿沛首长最先发来唁电慰问我们全家，我由衷地感谢首长对我们的关怀之情。

2005 年 10 月底的一天，我住在西较场，因那天有事我不在家，回家后，听家人说，北京阿沛首长派他儿子送来一本画册，并附有亲笔信：

白曙同志：

送《阿沛·阿旺晋美画册》一本，请惠存。

阿沛·阿旺晋美 阿沛·才旦卓嘎

我看后十分感动，随即给首长写了一封长信，感谢首长多年来对我们家的关心和照顾，体现了浓浓的藏汉兄弟一家亲的深厚情谊。

每到春节，我会给阿沛首长祝贺新春佳节，首长亦频回贺卡，关怀备至，尽管首长离开了我们，但才旦卓嘎大姐依然和我在新年之际互致祝贺，保持联系。

2014 年，王其梅逝世后，他的儿子王昌将其骨灰从北京送往昌都，在路经成都举行告别仪式的会上，我看到了许多藏族二代，如张国华的儿子张小军、女儿张小康，于克勤的女儿陈小林，还有杨杞康，还有阿沛首长的三子阿沛丹增——就是他将其父画册送给我的。

2016 年冬的一天，丹增带来许多核桃、苹果和多种营养补品到我北较场的家看我，并说，他的母亲已经过世，生前嘱咐他，让他有机会就代表阿沛和她本人看望他们的汉族战友及家人，传承藏汉一家亲的世代友谊。丹增说，他们兄妹遵照父母遗命，逢年过节时经常看望在京的许多汉族伯伯、阿姨及藏二代，住在外地的有机会也一定会去看望。

从他谆朴真情的话语中，我仿佛又见到了阿沛首长慈祥亲切的、如兄长般的微笑，看到了才旦卓嘎大姐当年关爱我和孩子的情景，又忆起我和白玛在一起时的快乐日子……

从以上的叙述中，可以看到阿沛首长及卓嘎大姐是数十年来践行藏汉民族团结友爱、亲如一家的典范。他们身体力行，在他们的影响下，产生了许多藏汉一家互相支持和帮助的动人故事。在此，我希望大家都实际行动起来，传承、发扬、光大、维护来之不易的藏汉一家亲的手足之情。

我相信，敬爱的阿沛首长和卓嘎大姐在天上看到今天西藏的繁荣富强，人民过着安定幸福的生活，藏汉民族更加紧密团结，为建设新西藏共同奋斗，定会无比欣慰。

敬爱的阿沛·阿旺晋美首长，我们永远怀念您！

怀念敬爱的陈明义首长

——您的大爱精神始终延续着

敬爱的陈明义首长（五号）离开我们七年了，在我的心目中，他仍然活在我们的周围。因为他的崇高品质、他和1号、2号等首长缔造培育的“老西藏精神”无处不在，他的大爱精神一直延续着，他所关爱过的单位个人家庭，至今沐浴在他给予过的恩泽之中。

几十年来，我们（老伴刘振国）全家都受到过他的热情关怀和无私帮助，使我们念念不忘，铭记在心。记得1950年，部队驻在四川乐山，组织上介绍我和振国谈朋友，五号是最关心支持的，带我去照像，留下个年青时的肖像。那时我正在演出“钢骨铁筋”中的女秘书，头发烫过，辫梢上还显出波浪痕迹，本来我是演的母亲，为了促成此婚事，五号指示文工团领导要我改演年轻漂亮的女秘书，用心良苦。又给七号（刘振国）当高参，我们之间的书信，七号都给五号看过，五号叫七号半个月之内就要攻下我这个堡垒，速战速决，为的是要赶紧进军西藏。

1953年夏，因大孩子患卵困孔闭锁不全，医院建议必须速送回祖国内地，才能避免生命危险。经组织批准，我和孩子随夏川、郄晋武领导的观礼团一起从拉萨返回祖国内地。路过昌都，受到五号首长的多方照顾，我将防潮气床送给五号首长，以示感谢。

我返回祖国内地半年后，七号因患重病回后方治病，又受到五号兄弟般的关爱照顾，送给七号许多保健品滋补身体，为使七号的身体得以逐渐好转。

在七号离开成都去北京治病时，走前五号首长指示我要照顾好七号，这是组织上给我的任务。我遵命照办。振国经过治疗康复后，被任命去贵州工作。1959 年的春天，我们专程去军事学院看望五号首长夫妇，并向他们辞行。转瞬十几年过去了，振国已退休在湖北军区元宝山干休所。

有一次得悉五号住在武汉军区招待所，我们赶忙去看望，并约好次日请他来家吃饭，尽地主之谊。他按时带着公务员来到我家，梳着油亮的鬓型，穿着崭新的将军服，神采奕奕、容光焕发，见面时格外高兴，有说不完的话。还请他红军时期的老搭档汪乃贵及夫人张鸿志作陪。没过几天，当我们再去看望他时，已是人去楼空。听说他去上海了，我们按地址给他写了信，不知他是否收到。

直到 1979 年春，振国非常思念老战友，要我陪他专程来到成都，住在军区北较场招待所，出去办事有车保障，这一切都是五号亲自安排照顾的。尽管他工作繁忙，但还是抽出时间陪我们游览杜甫草堂，多次请我们吃饭，去他家玩，畅叙别情。

在成都期间，由于受到五号及其他老战友的热情接待，使我们感到格外温暖，振国回到武汉后，就向组织上打报告，申请搬回成都老部队安家。又是通过五号的多方联系，成都军区同意接收。搬家前五号专门给武汉军区的郑参谋长写信，请他安排专列，按大军区副职待遇的规格，让我们搬家。

来蓉后，五号经常问寒问暖，再三嘱咐有关部门将我们照顾好。这还不算，五号又发现振国是副军级别。他认为不符合党的干部政策，五号费尽心思，操碎了心，多次向军区首长及上级组织汇报情况，历经六年之久，在万海峰政委亲自过问帮助下终于为刘振国落实了政策，恢复落实了大军区副职待遇。

振国来到成都后，被聘为西藏军区党史顾问，他俩经常见面开会，之后又被选为成都老年协会八分会荣誉会长(成员多数是西藏同志)。他们为发展老年事业出谋划策，参与活动。五号还为八分会争取到一笔五万元的赞助费，作为该会活动经费。组织老战友经常在公园或娱乐场所聚会，大家看到了老首长格外兴奋，就像又回到了 18 军的革命大家庭中，尽情欢乐。有一次文工团的同志特意买了个大蛋糕，为五号庆祝生日，大伙簇拥在五号周围，高声齐唱“祝您生日快乐！”五号乐得脸上开了花。

当振国患病行动不便，即使坐轮椅，五号也要请他和老朋友在一起团聚，给他带来无限欣慰与快乐。后来振国住院医治无效，不幸去逝，五号和周锦文大姐亲自为他写了挽联："忠诚于党恨病魔久萦将军临终犹心悬九洲大业；志在雪域老西藏精神戎边为国身体力行垂典范"。表达对老战友的深切怀念之情。振国去逝后，金良平等同志要为七号出书，请五号题词，尽管当时五号重病卧床，在眼睛模糊、写字擅抖的情况下，仍坚持为振国题词："红军本色，浩气长存。"并殷切嘱咐金良平转告我，一定要把出书之事办好。

五号首长自参加革命后，历尽艰险，屡创奇迹，功勋卓著，与日月齐辉，永垂史册，他辉煌传奇的一生就是一座丰碑！谨以此文，代表我们全家献给最敬爱的五号首长，表达真诚感激您对我们重如泰山的恩情！

陈明义将军

夏川老部长永远活在我们心里!

2005年的中秋佳节快到了,每逢佳节倍思亲,正想给远在北京的夏川老部长写信问候时,突然接到老部长不幸去世的噩耗!顿时悲从中来。原本想今年去北京开笔会时,再去看望他老人家及其家人,这一突发事变,使我的愿望难以实现,想起去年冬天和他们一家的欢聚情景,仍历历在目。

老部长为了我的到来,提前出院,像兄长一样安排我的饮食住行,让大兵、小寒接送,让驾驶员开车送我去看望在京的老领导、老战友,让刘遐玲同志照顾我的生活起居,使我如同在家里一样随和舒适。他们全家还专门在饭店为我接风洗尘。老部长对我的关爱,使我如同回到五十年代革命大家庭的温暖友谊之中,使我感到无限慰籍,在失去老伴振国亲人后,享受到人间自有真情在的温馨。

自从我们从西藏回来,经常和老部长保持联系。我作为他的老部下,每到一地都要向他汇报我们的情况。记得陪振国在青岛疗养时,我将疗养院的优雅环境,描写了一番,受到他的赞赏,鼓励我不断写些东西,将来会有进步的。后来困难时期,在贵阳南明黔剧团下乡劳动时,又写下"池塘鲤鱼跃,山岗茶花香"等诗句,又受到老部长的肯定与鼓励,有时还为我修改。在老部长的教育帮助下,我有了灵感便记载下来,经常向老部长请教,受益匪浅,才有近年来我写的散文《将军与迪斯科》、新诗《川西田园农舍即景》、回忆录《火红的青春》等在全国及有关刊物上发表并获奖。这些成绩的取得,是与老部长几十年来对我的培养与指导分不开的。所以,我特别感谢老领导在写作方面对我的耐心培养与谆谆教诲。

老部长在给振国同志写的怀念文章《不是亲人胜似亲人》中谈到,历次革命阶段,他俩在革命熔炉中建立起来的纯真战友情谊,振国去世九年,他实现了他的承诺，代替战友关心爱护我们全家，经常打电话、写信问寒问暖，为了给振国出书，他出谋划策费了不少心思。当我遇到困难时，他像兄长一样宽慰我，为我排忧解难，使我树立自信，战胜困难，可以说老部长成了我活下去的精神支柱。

今天尽管老部长离开我们了，但他那斗志旺盛的精神，有一口气就要为革命事业拼搏的老黄牛精神，他那慈祥、亲切、关心同志的友爱精神，永远激励着我们前进。老部长永远活在我们的心里！

左为照顾夏川部长女儿小寒的藏族阿妈，右为照顾作者白曙儿子志平的藏族阿妈。

赞——如圣母观音的杨岗大姐

世间的事情，有些像烟云一样消散得无影无踪，可有些事情就像珍珠一样，虽经日月的磨蚀，却依然璀璨习习闪光，我想告诉大家的故事正是后者。

1953年冬，我和老伴刘振国带着一岁多的大孩子志平，住在北京饭店。一天上午孩子在床上玩着玩着，突然脸色发青，嘴唇发紫，呼吸急促，处于昏迷状态。在一旁陪着他玩的我，见状惊慌失措，老伴和公务员去北京医院看病了，怎么办？我迅速抱起孩子到住对门的杨岗大姐处求救。杨大姐连忙拨打电话找医生，眼看孩子不出气了，我慌了神怕耽误孩子，赶快喊到："大姐你不要打电话了，快来救孩子吧！"大姐快步来到孩子跟前，给孩子掐人中，孩子马上苏醒有了呼吸。好险，要不是大姐有此高招，孩子恐难有救，大姐和我都松了一口气。

一会儿，医生来了，给孩子吃了些药就走了。晚上九时过，孩子又像白天犯病那样，振国吓得直说：不行了！不行了！我又抱起孩子去敲对面杨大姐的门，杨大姐又一次准确无误地掐了人中，孩子又有了气。当我们全家向大姐表示感谢时，她只是谦逊地笑笑说道：我是跟卫生部朱莲医生学的。

八十年代，听说杨岗大姐来成都住在其兄长家，我带着志平专程去看望大姐，临行前告诉孩子，杨岗阿姨是他的救命恩人。看到大姐一个人坐在一间大屋子里，桌上放了一个不大的取暖器。她身上仅穿了一件薄锦缎丝绵袄，显得耐不住风寒的样子。我急忙乘车返回成都军区后勤部，买了一件崭新的军棉袄，马上给大姐穿上。她笑笑说：这样暖和了！你为什么对我这样好？我回答：你是我尊敬的大姐，又是我孩子志平的救命恩人啊！难道你不记得了？大姐就是这样，做了好事从不记在心上，更不会对人谈起。

今年大姐去世，我不知情，到了12月份才听说。随即给大姐的儿子张华川打了电话，才知道大姐是九月十六日因病医治无效不幸去世的，享年85岁。当时我若知道，应该去送大姐最后一程。我告诉华川，你妈妈是一位善良伟大的母亲。她曾两次救过我孩子的命你知道吗？华川说，我不知道。

大姐就是如此高尚伟大的一位女性，她的笑容如圣母般庄严纯洁，她的胸怀如观音一样慈祥悲悯……

敬爱的杨岗大姐，我们永远怀念您！

作者白曙和战友（左起为李觉将军夫人魏霞、张经武夫人杨岗）在拉萨合影。

战友情

近来,我将尘封了多年的记忆闸门打开,一个个新鲜的片段,清晰地映在脑银屏上,那是多么令人难以忘怀的往事。

1950 年 6、7 月间,我在十八军文工团工作。军政治部刘振国主任是我爱人。当时, 艰巨的进藏思想动员工作已经顺利结束了, 他正和军首长率部队挺进四川甘牧,忙于准备昌都战役,并负责在当地藏族上层人士中开展统一战线工作,组建进藏物资的运输支援机构。在新津时,我由于一些个人问题被困扰着,又没有亲人可以诉说,越想不通越钻牛角尖。起初神思恍惚,慢慢发展到不思饮食,不认识人的地步。虽然有战友尽心照料,可是我的病却越来越严重。组织上非常关心,为了治好我的病,将我送到成都住院治疗。张国华军长的夫人樊近真大姐到医院来看望我时,我已经憔悴变形,只剩下一口气了。樊大姐又难过又担心。她回到军部对军长说:“白曙病得严重,这样下去非死不可,还是赶快把她送到 7 号身边吧,可能还有一线希望”。

军首长很快派人接我出院,并送到甘孜振国住处。在上级的关怀下和亲人的呵护下,在医护人员精心治疗下,病情逐步得到缓解。在这里要特别提出的是魏侠大姐,她是李觉参谋长的夫人,是一位军医,天天来给我看病送药,同时对我进行心理治疗。当我每谈起一件事情时,她都随着我说,好像她和我一样经历过,使我倍感亲切,像遇到了多年不见的亲人朋友,越摆越高兴,她也经常说得我开怀大笑。文工团的同志也经常来看我。一号、六号首长虽然工作繁忙,也抽空来看我,每次来看我时,还给我讲些他们在战争年代的故事。教育我鼓励我加强战胜疾病的信心。宣传部长乐于涨同志,还以他只剩一个肺能来西藏高原工作的突出事例来激励我。还常常带着我拉二胡,《良宵》《寄生草》《歌唱二郎山》是我们常拉的曲子。几个月后,我迷途的魂魄,终于在二胡的琴音中找到了回家的路。我终于又能精神抖擞地伴随振国踏上了进藏的艰难征程。在这里,我首先要向曾经关怀帮助,挽救过我生命的所有领导和战友,致以崇高的敬礼和诚挚的感谢。

进藏前,在乐山,我和文工团的许思明同志合写过一首歌曲,歌名叫《西藏好地方》;歌词是我写的:

西藏,我国边疆好地方!
有牛羊,还有金银钢铁和煤矿。
我们一起去开采,
共同建设新西藏。
此歌曾发表在《西南文艺》第一期上。

到西藏后,为了配合军部开展的大生产运动,组织上叫我和另一位同志写了几首歌曲。我写的是《大家劳动多喜欢》歌词是:

片片的白云,蓝蓝的天
清清的河水,慢慢地转
拉萨河两岸风光好
绚丽野花多鲜艳
牛儿结成队哟!羊儿连成片
菜苗儿青青多肥美
一棵一棵好新鲜
你剔苗儿,我灌田
大家劳动多喜欢,多喜欢

在军区直属队演出后，受到好评。还有一次，上级叫我参加了一场话剧演出，剧名叫《永不熄灭的礼花》。剧情已记不清，记得主要演员是文化部的安佩、陈平等同志，我饰演母亲阿妈妮。因为我在文工团一贯演老旦，所以演起来比较得心应手，塑造出个活生生的母亲形象来，演出获得意外成功。张经武首长在军区看后非常满意，又命我们去地方演出，同样受到欢迎。

由于我们的成功演出，还激励了军实工团排练出一场精彩的多幕剧，演出大获成功。业余文艺工作者和专业文艺工作者互相学习，互相促进，共同提高，一时传为佳话。刚到拉萨时虽然我身体差，又身怀六甲。在大家挥汗开荒劳动时，我也争着抢起洋镐用力在未开垦过的土地上挖去，谁知地上只显现一处白点，我挖不动。我就用稍小一点的桶挑热水给同志们喝。

为了调剂大家的劳动情绪，我给大家播放歌曲《南泥湾》和《兄妹开荒》，使大家保持着愉快的心情。江一奉命调回祖国内地，拉萨小学缺音乐教员，我带着刚出生不久的孩子去补她的缺。伙房缺人手，我就去为同志们端菜送饭，而且干得乐哈哈的。我就是这样以自己的平凡行动来回报十八军首长和战友们，给予我深似海洋般的厚爱。

十八军，西藏！牢牢铭刻在我的心上。

我要永远为十八军的战友祝福!我要永远为新西藏的繁荣歌唱!

（此文章曾发表在《首批进藏女兵回忆录》上。）

怀念战友崔万铸同志

万铸同志突然与世长辞，战友们异常悲痛。我们永远怀念他。

1948 年 6 月我和万铸同志相识在豫皖苏 1 分区文工队。他比我先从当时的蒋管区投奔解放区参加革命。1949 年 2 月 1 分区文工队和豫皖苏军区文工团整编为 18 军文工团，进军江南、大西南，直到进军西藏初期，我和万铸同志一直在一起工作。之后，50 年来，我们保持着联系，离休后又同住在成都市，过从甚密。所以，我同万铸同志有着深厚的战友情谊。

万铸同志同我们永别了，他的音容笑貌，他的艺术形象，他的人品风范，我是不会淡忘的。他有着火一般的热情，笑容常挂在脸上，他幽默的话语常逗得大家开怀大笑。他工作一贯积极认真，是文工团队的文艺骨干。他和我曾是剧中搭挡。在《担水前后》中他演爹我演娘；在《血泪仇》中，他演爷爷我演奶奶。他在《白毛女》剧中扮演的杨白劳这一悲剧角色，可谓淋淋尽致。直到现在，每忆及当年的演出，杨白劳在风雪交加的夜晚，蹒跚地走着，凄惨地唱着“我哪里走哪里逃，哪里有我的路一条……”便浮现在我的脑海。万铸同志当编剧搞创作，思维敏捷。那时，为配合中心任务，歌颂英模，常临时突击编排节目。往往是先由万铸同志写出提纲或初稿，大家再补充修改，或你一句我一句地编词造句，很快编成，应急演出。

万铸同志对战友关爱备至。文工团战友裴怀杰同志在西藏高寒地区工作伤残截肢，生活艰难。万铸同志解囊相助，帮他解决困难，裴怀杰一家深受感动。我患心脏病久治不愈，万铸同志为我寻求名医。他介绍了人称“卢火神”的老中医传人卢崇汉医生给我看病，果然医术高明，二十年来卢医生成了我的“保护神”。

去年年初，原 18 军、西藏军区文工团的老领导倡议，征集并编辑一部记述从豫皖苏到西藏高原部队文艺工作业绩的回忆录，万铸同志积极响应，主动请缨，组织稿件。他最先写了一篇《从中原到“天府”—记进军西藏前的18军文工团》，接着又连续写出了几篇反映文工团、队战斗生活的回忆文章。我写了一篇《火红的青春》请他修改，他非常认真地帮我修改了文章。没料到，此文竟成了他同我最后一次合作的绝篇。

12月10日，万铸同志通知我去医院取稿子。次日，我带了一些营养品去看望他，问了他的病情。他说问题不大。还说出院后，明年去豫皖苏帷祀太老根据地，采访当年水东斗争的故事，编写剧本。我被他的激情所感染，答应陪同他去采访，看望老战友，看望乡亲们，看看老根据地的新面貌。我俩热烈地交谈，沉浸在对当年战斗生活的回忆中。临走时，他送我到电梯门口。次日，他打电话高兴地告诉我，吉德娥同志从南京寄来了回忆文章和一分区文工队战友合影照片。同这位分别50多年的吉鸿昌将军的侄女，也是当年饰演白毛女的老战友恢复了联系，我感到非常高兴。第二天，我又给他打电话，因占线没打通。不料，13日中午，万铸同志的儿子打来电话，沉痛地告诉我，他爸爸突然去世了……我如雷轰顶，这怎么可能呢……

然而，这毕竟是不可挽回的真实。我怀着悲痛的心情，急忙去安慰万铸同志的爱人薛国仕同志，急忙通知在成都和在外地的老战友。噩耗传出，纷纷发来唁电唁信。大家都为失去曾同战斗共艰苦、为革命文艺工作卓有贡献的老战友不幸逝世而惋惜、悲痛。2000年12月18日，我和郭诚、黄诗芳、包志远等代表在北京的老指导员张均同志，代表1分区文工队、18军文工团在外地的战友送了两个大花篮，参加了为万铸同志举行的遗体告别仪式。万铸同志生前单位成都市群众艺术馆馆长张士英同志沉痛致词：“……崔万铸同志工作一贯热情积极，认真负责，任劳任怨，著作多篇，业绩卓著。他的去世，是成都市文化界的重大损失……”挽联：“善书善韵一代文才，爱党爱国、赤胆忠心”概括了他的一生。大家瞻仰着万铸同志的遗容，心情沉重，泣不成声。

万铸同志走了，走得那么突然。当天上午，薛国仕同志还曾陪伴着他，未感异常。中午，薛国仕同志刚回家吃饭，医院紧急通知，万铸同志病危。薛国仕同志赶回医院，万铸同志已停止了呼吸。万铸同志因心脏病、糖尿病住院，是心脏病突发猝死，还是因打青霉素用药不当的医疗事故？死因不明，我们实难接受，又无回天之力，唯有无尽的哀思和悲痛……

还要提及的是，万铸同志的遗作《从中原到"天府"—记进军西藏前的18军文工团》，被编入了西藏党史研究室和四川新四军研究会联合出版的《从豫皖苏到西藏高原》一书，当稿费送给薛国仕同志时，她坚持转交捐献给《高原文艺战士》编委会，代万铸同志对未尽事业作了最后的奉献。

万铸同志不愧为全心全意为人民服务，为革命文艺事业奉献终生的忠诚战士！

此文发表在《高原文艺战士》上。

（崔万铸：中国人民解放军豫皖苏军区一分区文工队，十八军文工团团员，成都市文化馆专家。）

作者白曙和战友（西藏军区顾问张钧、成都市文化馆专家崔万铸）在西藏军区驻蓉办事处合影。

童年轶事

河南新乡市东关十字街口靠西北角有一家药铺，号为长春堂，掌柜叫王长吉，从小随父习医，其父王寅公在世时是远近闻名的中医，他到农村给人看病，不吃请，不抽烟，看完病就走，遇到贫苦人家他连药费都不收。医术高明，医德又好。小时候吃了许多苦，在一家药铺当学徒，中午回家没饭吃，就吃根胡萝卜又去上工了。出师后，攒了钱就开了一间同仁堂药铺。生意越做越红火。又开骡马行，杂货铺，饭馆，煤厂。东关街的生意，做了几乎一半。土地百亩，在南吃当有一处房子三进院。他有3个儿子，老大活了二十多岁就去世了，老二王长吉接了他的班，老三王纯吉嫁给一个王姓，生了一个儿子。他比较开明，在家办私塾，除了自家子弟学习外，还吸收乡邻及世交子弟入学，同时乐善好施，还寄养了一批食客。

他的祖先王文阳，王武阳在清朝时由于抗击敌人，屡建战功被授荣誉级因，五品头衔。王寅公活了六十多岁，老二王长吉将药铺改名长春堂，继承父业，侍奉老母，养家糊口。长子王联奎，先读私塾，后去百泉乡村师范读书，成绩优秀。18岁就和城里开杂货铺的李掌柜的二女儿李桂珍完婚，比他大三岁，婚后长子继续在外读书。大女儿王联芬，二女儿王联珍，次子王联垒，三女儿王联云。

从联珍记事起，家庭生活比较富裕，每逢过年都有新衣服新鞋穿，年前家里大人就忙活，准备初一到十五的食品，饺子，馒头，枣花，包子，还有用面粉做成上供的蛇、刺猬等栩栩如生的小动物，供在粮仓和水缸前面。大年三十就将整个猪头摆在神像前，还有刀头(烹熟的大块猪肉上面交插两根筷子)，加上豆腐干，银条，几盘素菜，初一吃完早饭点燃蜡烛，由父亲上香敬天地祖先，全家人跟着父亲三叩首，然后是向本家邻居拜年。初二是回娘家拜年。初三初四整个春节期间都可以走亲戚互相拜年。孩子们光知道要,有时候看大人们打牌,有时找几个伙伴,每人兑上五个铜板玩游戏。就是在靠墙根土地上挖成品字形的三个洞,离洞两米左右画一条线,每人站在线上,轮流往洞中丢钱,如果钱进了洞就归自己,小时候我最喜欢玩这个游戏,既好耍又能赢钱,因为我比别人投得都要准些。

元月十五、十六吃汤圆看灯会,记得是在北关搭天桥,上面挂满画有人物的灯笼。一般都是三国、水浒、西游记书上的人物。

春节期间还能看戏,二架钱,四架钱,河南梆子的前身,剧目有《狸猫换太子》《薛仁贵》和《樊梨花征西》。有个男演员叫小帅珍,扮樊梨花,唱、做、念、打都是一流,群众都喜欢看他的演出,还有皮影戏,演的多数是"西游记"。

春节过后不久,到了三、四月份,全家又去百泉赶庙会,进行药材交易。百泉在新乡北面约四十里路。百泉山下有一大泉,有鸭子在里面戏水,游人可以划船,晚上还可以看放荷灯,放在水里浮在水面游动,像满天星星一样好看。还有许多好吃的东西,我喜欢吃的就是糯米粥,里面有枣子、莲子,非常香甜。一般就是三天时间,大人要买的药材买齐了,我们就坐车返家,就像全家出来旅游一样。如果有人办喜事,喜欢请我家大嫂当伴娘。大嫂打扮起来漂亮极了,她高高的个子,瓜子脸,高鼻子,大眼睛,特别是那双水灵灵的眼睛,好像会说话似的。笑起来格外传神。穿一套绣花锻子衣裙,上面绣有风啊,牡丹啊,就像戏台上花旦穿的那种,光彩照人。还请我去拉纱,我也穿着花旗袍黑皮鞋,很精神,和大嫂一起参加热闹的婚礼。

我家对门有座南院,正南有三间正屋。进门靠右有一排房子约六间,是我家租给别人住的,右排房子前面种有两棵枣树,这是母亲特意为我们姐妹种的。母亲说,我们看到西院大娘家的孩子吃枣子眼红。想吃得很,所以妈就给我们种了枣树,每当枣子红了,我和姐姐就会上树摘又甜又脆的枣子吃。

我家住的房子后面东院,右边靠墙角有一棵石榴树。每逢暑假,火红的石榴花开得非常娇艳,到了中秋节就可以吃到又甜水份又多的大石榴了。后来奶奶去世了,父辈三兄弟分家,抓纸片,就像祖父在跟前一样,结果如愿以偿。大娘本来种地住在西院,正好抓到西院,搭配三十亩地,父亲抓到中间正院配一中药铺,三叔抓到东院配街上一商铺房子，皆大欢喜。

我可能是吃农村大舅妈的奶长大的，对农村有一种特殊的情结，喜欢农村，经常去农村。姥姥喜欢我，让我和她睡在一起。大舅和履中是兽医。大舅妈不爱说话，整天劳动，她有特异功能，会扶峦下神，人家请她去看病，她就去给人家下神，大舅做她的搭档。

夏天割麦子最热闹，家里的劳动力不够，还会请些短工帮忙。我和姐姐也会跟着大家拣麦穗。中午吃饭时，大家坐在宽敞的大门口，有过道风吹来特别凉快。中午一般吃的是捞面条、炒鸡蛋、黄瓜丝当菜和着大蒜汁、醋搅拌均匀，吃起来有滋有味。吃完饭，小孩也不休息，我和福兰表姐去地里上到窝棚上看菜地，窝棚搭有两人多高，因上面有草席遮盖，虽然太阳很大也晒不着，又因地势高看的远，一望无际。地里种有茄子、黄瓜、君得菜（四川叫厚皮菜），我都喜欢吃。那时民风淳朴，没有听说有人偷东西。麦子收完了，在麦场上打麦也很热闹，脱粒、扬麦、晒麦。我和姐姐拣麦子归自己，不论几斤都是我们劳动所得，和大家分享劳动的愉悦。

大舅家在农村属大户，门宽高大，畏漆门，进门左边南屋是大舅的办公室、药房兼书房。对门隔几步要进一道门，左边两间是大舅的儿子须哥须嫂住的，右边两间是伙房，往北再进一道门，上房是姥姥住的，有五大间，中间堂屋三间，是会客家人团聚的地方。左边一间是客房，右边一间卧室姥姥住，堂屋右边靠墙有火炕，冬天家人可以坐在上面取暖。院内左边三间房是二舅妈一家三口住的，她有一个女儿和儿子，右边三间是大舅一家住的，大舅一家的布局是典型的三进院。

进大门右边通往一个更大的院子，和这边大门平行的有一个大门，可以进入车辆，靠北一排房子住的是长工，房后面还有一个大园子，种有许多果树，主要是枣树和梨树，还种蔬菜。我们也经常来摘枣吃，是笨枣，个头比较大，没有灵枣甜，肉多。还有一种叫糖梨的，像花红一般大，古桐色，煮熟了非常好吃，园内还种有甜瓜，使我们大饱口福。

二舅妈待人和蔼可亲，二表兄克亮，二表姐青姐和我们姐妹相处融洽。青姐特别聪明，有些复杂的算术题，她都能心算后说出来答案。克亮哥 14 岁就结婚了，不久新娘就病死了，第二个新娘婚后不久又去逝了，都是大户人家的女儿，长得像画上的人那样美。第三个长得一般，脾气不大好，但身体好，爱劳动，能干，善良诚恳，我们都喜欢她。

以上记叙的几件事，在我脑子里经常呈现，促使我写出来才会安静，以怀念活着的亲人并追思逝去的亲人。

三十年后作者白曙与亲人团聚

俺 叔

我的父亲名叫王长吉，从我记事起就不喊他爹也不喊爸，就喊叔，后来才知道这样喊能使我们兄弟姊妹生存率高。

俺叔有一米七五的个头，五官端正，皮肤白晰，遗憾的是走路时看得出有些罗圈腿，他自幼和爷爷习医。聪明加上肯钻研，经过学习中医理论和看病的实践，他在看内、外科，妇、儿科方面颇有心得体会，写下了一本经验记录。遗憾的是我们兄弟姊妹中都未能好好向他学习中医，幸好，我大哥的孙女王芳去年考入四川中医药大学，终于有了接班人。俺叔给人看病敢下药，他说比方饭量大的人，你给他吃的量小，他就吃不饱，治病也是一样，要因人因病而下药。

有一年，有个外乡人来找俺叔看病，俺叔给他开了药让他带回去煎服。没过多久，他又来了，一见俺叔就跪下叩头连声喊爹，弄得俺叔莫名其妙，问他是咋回事？他说，他的病找了好多医生都没治好，她母亲说过，谁要是给他治好病，他就得认这位医生为爹，以示感恩。

大约是在四十年代，俺叔发明了治症疾的新药叫“四日两头丸”和“痢疮一定灵”，上市后很受欢迎，真是药到病除。我记得当时药铺除了固定的两位店员外，又请了十来个临时工帮忙。解放后，俺叔在外地工厂任厂医，因为他责任心强，医术精湛，找他看病的人特多，结果把他累得嘴巴出气时打“扑”。他就不干了，要回家休息。厂方舍不得他走，答应为他开小灶，每天限制看病人数，也答应叫我母亲去厂内居住照顾他，俺叔决心离开回家休养身体。

经过一段休养后，又在新乡市某医院看疑难杂症病人，也是颇受好评。只是由于俺叔贯自由惯了，不愿受约束，后来还是自己经营了一家“长春堂”中药铺，在东关当医生。俺叔心地善良，给穷苦人看病，经常不收药费，遇到乞丐或穷人经常将馒头送给他们充饥。我们子女也受他的影响，同情弱者。2006年我返乡探亲，听联笠弟说新乡市志上还记载着解放前新乡东关有一家长春堂药铺，这是政府对俺叔从医数十年的肯定。他还是新乡市中西医研究会的成员。

在旧社会，俺叔思想比较开明，主张男女平等，同受教育，有了知识，今后才能在社会上找到工作，经济独立，才能不受丈夫的役使。俺叔不仅让我家兄弟读书，而且让我们姐妹读书，我们兄弟姐妹五人，后来能成为国家干部，为社会尽力，是与俺叔对我们的培养教育分不开。他还主张婚姻自主，俺妈想给我姐包办婚姻，姐姐不同意，又不敢违抗母命，常常偷偷落泪。俺叔知道后，阻止了这桩婚事，我姐一辈子都铭记俺叔对她的关爱之情。

俺叔不仅擅长医道，生活上也颇有情趣，学过武术，喜好打牌，唱京剧，经常一高兴就在家唱了起来“一马离了西凉界……”嗓门还挺高，还带有京剧韵味。连我们几个孩子都受他的影响而喜欢京剧。我弟弟联经退休后，参加新乡市业余京剧社唱须生，每天都去唱几段过瘾，不时在亲友聚会上亮嗓，博得好评。

在旧社会，商人做生意都希望发财，俺叔也不例外，有几次听人家说得天花乱坠能发财，等俺叔将钱给了人家，都是肉包子打狗，有去无回。俺叔上当又不总结教训，有时濒临药铺倒闭无米下炊的困境。但是俺叔从未被困难吓倒，仍本着“天无绝人之路”和“柳暗花明又一村”的信念，与逆境拼搏着。俺叔经常教育我们“知足长乐”“能忍自安”“车到山前必有路”。俺叔开朗乐观豁达诚恳的个性，也影响着我们做子女的人生。

俺叔对家人的关爱是可圈可点的，母亲操持家务，终年劳累，时不时患病，是俺叔为她诊病号脉煎药，她吃了俺叔的药，很快恢复了健康。我患有多种疾病，有一段时间，我专门回家治病，俺叔根据我的病情开处方，炮制药（药经过土炒盐炒蜜炙，酒浸后药效倍增）配上药膳，使我在不长的时间，由全身浮肿到消肿及面有红色，都是俺叔俺妈照顾我的功劳。

尽管我们没有常守在老人身边，各有各的家，然而俺叔每到枣子下来时候，他都要买上许多红枣，给我们在外面的子女寄上一袋，吃在嘴里，甜在心上，这是他老人家对子女表达无尽的爱，难为天下父母心。我非常理解俺叔一生的艰辛，也非常钦佩他那股遇到困难时百折不挠的拼劲，更感激他老人家为我们子女所做的一切。

敬爱的叔叔，我们永远铭记您对我们的恩情！

（此文获 2008 年《中华老人诗文书画作品集》大赛金奖。）

作者白曙和孙子刘旭明、甘元进在蓉

念母亲

1979年春，我回河南老家，看望患重病的母亲。她见了我后第一句话就是"你是难得离开军营的！"这句话是批评与责怪，也包含了她对我的失望和不满。我为啥不能早点来侍奉老人？身不由己，这次来也只呆了三天，一周后，在成都得悉母亲永远离开了我。

在极度悲痛的同时，回忆起许多和母亲有关的往事。

母亲叫和履英，出身农村大户人家，知书达礼，属贤妻良母型。个子不太高，稍胖、小脚，圆脸大眼且皮肤白净，为全家操心受累一辈子。她的慈祥和蔼、善良勤俭、任劳任怨给我树立了榜样。

她是我的启蒙老师，教我读《三字经》和《百家姓》。还常对我说："莲花出淤泥而不染，做人也要像莲花一样。"在我幼小的心灵上，懂得莲花的纯洁与高雅。母亲白天下地劳动，晚上坐在煤油灯下，给家人缝制衣服，直到鸡叫头遍才上床休息一下。鸡叫三遍就又起来了，做好一天的饭，然后下地干活。四十年代初，河南遭遇水旱蝗汤（汤恩伯系国民党的高级将领）四大灾害，饿尸遍野。百姓没有饭吃，就吃树皮野菜，后来连这些都吃光了，就吃花生饼（上地用的肥料），棉花籽，观音粉。

我们家九口人，主要靠父亲行医并开一中药铺为生。遇灾荒年，百姓连饭都吃不上，谁还有钱看病？所以我家也是吃了上顿没有下顿。母亲经常拿着一个空布口袋，凄楚的脸上黯然神伤，迈着缓慢的步子去向亲友借粮，借得到就有吃的，借不到只好挨饿。

有一年过春节，别家鞭炮齐鸣，割肉过年。而我家鸦雀无声，父母坐在冷灶的对面，沉默不语。此时表兄王元禄提了一袋他卖的包子，送到我们家来，每人吃了一个包子算把年过了。

尽管家里生活拮据，父母仍然坚持供我和姐姐、弟弟读书，我们都很用功，在班上一直名列前茅，免交学费。冬天的校服是蓝旗袍，有些女生会在外面罩上一件漂亮的毛衣。母亲也想让我有一件，但又没钱买。她便和喂养奶羊租住我家房子的房客商量，以羊毛抵房租。她将羊毛拿回家洗净晒干，亲自纺成线又染成油绿色，为我一针一针织出一件套头毛衣。虽然这件毛衣没有别人的精致漂亮，但是我穿在身上却暖在心上，因为这是慈母的一片心意啊!

母亲待人忠厚、宽容豁达，然而有时遇到困难或和父亲有情感上的纠葛时，也免不了失声痛哭!此时我会站到母亲身边，安慰她说:“妈妈！您不要难过，我会永远和您在一起的。”可是没过多久，我考上了开封女子师范学校，离开了母亲。

1948 年夏，我参加了中国人民解放军，后又调到边疆。家里几年得不到我的音讯，非常着急，母亲为我祈祷许愿说，如果找到女儿，她情愿出钱为乡亲唱一台戏。她是如此牵挂女儿，愿为女儿付出所有。五十年代，我从边疆返回成都，曾给家里寄过一笔钱，报答老人的养育之恩。后来也会定期给家里寄些钱。困难时期，每月 20 元也无济于事，母亲不愿给我增添负担，拖着有病的身子天天去挖野菜充饥，有一天在挖野菜时晕倒在地，幸遇好人相救。当时我好内疚，怪自己没有将老人照顾好。七十年代，母亲已是八十高龄，患高血压冠心病瘫痪在床。母亲来信希望我回去给她看病，她将唯一生之希望寄托在我的身上。可是我犹豫不定舍不得小家，当母亲最需要我的时候，我没能在她身边尽女儿的孝道。现在我也年过古稀身患疾病，也尝到了需要子女照顾，但却由于孩子们忙，得不到及时照顾的滋味，才深深地体会到当母亲的辛酸！敬爱的母亲！我对不起您，虽然我本想好好孝敬您的，可是我没有做到，我好悔呀！

正因为我欠母亲的情太多太多，故常常思念母亲对我无私的爱，我以我的母亲热爱劳动、勤俭质朴的一生为荣。母亲，我会永远怀念您!

（此文曾获 2004 年《中华老人诗文书画作品集》大赛银奖。）

春风终被她唤回

1997年的一天下午，我在外面散步，回家路上，来了一辆轿车在我跟前戛然而止。从车上走下来一位亭亭玉立的年青女子，她身着灰色薄套裙，颈上带了一条细纹金色项链。她边下车边说："阿姨！我是专门来看你的，你还认识我吗？"

我说："好像见过面，记不清了。"随她上车到了我家，她还给我带来一盒高级补品。

她说："我叫殷挂君，原先是成都军区后勤部的一个女兵，那时我每天早上在花园内复习功课，准备报考军医学校。阿姨也在那里进行晨练，当时您好关心我，您是那么和蔼慈祥，给我留下深刻印象，甚至成为我崇拜的偶像，可是今天看到阿姨，我简直认不出来了，像是迥然不同的两个人，使我大感意外。"

啊！想起来了，原来是多年前在花园内见到的那个带着眼镜、瘦小文弱的女孩。她手上拿着本书，坐在水泥椅子上，非常专注地看着，我关爱她，让她多吃点东西，注意劳逸适度，并祝她金榜题名。有时我看她读得太累了，劝她休息放松一下，随着广播里播放的音乐，带她跳几圈交谊舞。

"你从哪里来？现在干什么，倒像个研究生。"

她介绍了她的情况："我在兰州军区工作，现在西安军医大学学习，爱人家住成都，我是来探亲的，正好接我的小刘司机认识阿姨，今天是他带我来的，没想到见着一位拄拐杖的太婆，真使人大失所望。哎呀，您该记得，那年成都军区组织合唱比赛，您指挥后勤部老战士合唱团，唱的是多声部《四渡赤水出奇兵》，您们唱得真好，当时您穿着红黄黑三色丝绒坠地长裙，高高的发髻上斜插一支淡蓝色绢花，神采奕奕，光彩照人。我当时参加军医学校合唱团，看到您指挥出色，演出成功，荣获一等奖，我真的好羡慕您啊！今天，怎么是这样？”

“我的腿脚不方便，多年前被一个骑飞车的小伙子撞伤后，至今未痊愈。这几年的变化太大了，老伴患绝症五年，去年不幸与世长辞，给我的刺激太大了，我已经精疲力竭，身心交瘁，再也打不起精神了。怎能像以前那样挥动矫健的手臂，驰骋在不同的舞台熠熠生辉呢？”

小殷激动地说：“阿姨，我希望您振作起来，去美容美发包装一下自己，还可以像以前那样焕发青春。等我再来时，希望您仍旧像以前那样在舞台上演出，我在下面为您鼓掌。”我答应了她下次见面时，绝不会让她失望。次日，我到美琪理发厅花了130元焗油烫发，经过美容师神奇的手，从镜中看到自己容光焕发，显得年轻了，也精神了许多，回到家里，都说我像变了一个人似的。

没过多久，接到小殷打来的电话，问我好不好？有什么变化？我告诉她，采纳了她的建议，已烫了长发，她听了很高兴，希望我生活得充实，并祝我健康愉快。

自那以后，在小殷的热情鼓励下，我真的又积极参加了多种活动。在成都市老年大学现代汉语班，参加学校组织的合唱比赛获二等奖，在成都军区联勤部举办的文艺会演中，指挥西干所的合唱队获第二名。在金牛区组织的合唱比赛上，我指挥的区老干部合唱队获一等奖，我又精神抖擞地重新回到人生的舞台上。

近几年，我仍在成都市老年大学，学习诗词、写作、文学欣赏等课。经过刻苦的学习，苍天不负有心人，我写的一篇七律《赞刘震上将》被《江西古诗新韵》刊物选登。不久前写了一篇散文《红红的美人蕉》也被成都晚报刊载。现在我对未来充满信心，虽然年近古稀，我想只要坚持不懈地向目的地奔去，相信一定会有所收获。

我想对小殷说：“你现在该是拿到硕士学位了吧？走上工作岗位了吧？祝你事业有成，前程辉煌！当你得知我的近况时，你肯定会为我高兴的，因为是你给我带来了生机无限的春风，扫尽我周围的浓浓阴霾，并带来了明媚灿烂的春天。”

小殷，我要好好谢谢你！

（此文曾获2005年《中华老人诗文书画作品集》大赛银奖。）

红红的美人蕉

步入暮年，喜欢怀旧，有件刻骨铭心的未了心事，常常萦绕心头。

那是1950年的秋季，我因病住在成都市一家精神病院。那时我病情严重，时而神智失常，时而又清楚一点，恍惚间，记得有位护士，长得像我一个名叫竹青的姐姐，高高的个子，瓜子脸上镶着一双又黑又亮的大眼睛，经常面带微笑，对我精心呵护，关怀备至。

病房窗外有一棵火红艳丽的美人蕉，在微风的吹拂下轻轻摇曳，似乎是在对我说悄悄话。在无数个不眠的漫漫长夜里，是那位护士和美人蕉陪我做伴，并给我以战胜疾病的勇气和力量。昏迷时，就会把美人蕉当作护士，又会把护士当作美人蕉，因为在我的心灵深处，已把他们当作亲人（当时我的爱人远在边疆）。当别人对我不友好时，那位护士姐姐总会挺身而出来保护我，安慰我，成为我的保护神。说到这里我不由得想大喊一声：护士姐姐，您在哪里？我是多么渴望见到您。如果那时不是遇到您这位纯洁善良的大姐，很难想像我能活到今天。

1980年，我回到阔别30年的成都，就想登报寻找这位和蔼可亲的大姐，无奈不知她的姓名，人海茫茫，哪里去寻？十年前我就写了此文怀念她，遗憾的是没有地方可以投稿。今天，借贵报一角，吐露未了心事，希望这位大姐看后赐一回音，我当献上一束鲜花，唱上一首赞歌，面谢您曾对我的关爱之情。

（此文曾刊登在2000年《成都晚报》上。）

革命歌声焕发革命青春

军区后勤部老干部合唱团的成立，为老干部的生活增添了不少情趣，当我们听到高亢激越的“向前、向前”的雄伟军歌时，精神振奋，好像回到了铁马金戈的战争年代，顿觉变得年轻了许多。

合唱团的成立，不仅丰富了老干部自身的精神生活，同时通过演出，宣传了党的路线方针，发扬了党的光荣传统。如我们演唱的《过雪山草地》就引起了强烈反响，老红军听了倍感亲切，年轻战士在军营里也不时唱起“风雨浸衣骨更强，野菜充饥志越坚，官兵一致同甘苦，革命理想高于天”的豪迈歌声。

我们演唱的：“让汗水为四化挥洒，让青春为祖国闪光”是时代强音，激励着人们为“四化”多作奉献。后勤录像室有的同志说，在极少数人制造动乱的那些乌云压顶的日子里，合唱团传出的“共产党好，共产党是人民的好领导，人民江山坐得牢，反动分子想反也反不了”的坚强有力的革命歌声，给予他们莫大的鼓舞。特别是平息暴乱取得决定性胜利后，在后勤直属队庆祝“七·一”歌咏大会上，以王世林部长为首的老、中、青数百人合唱的《没有共产党就没有新中国》，气壮山河，气势澎湃，雄壮嘹亮的歌声，壮我党威，壮我军威。

合唱团的同志在一起演唱，焕发了革命的青春，精神面貌积极向上，同志们加深了理解，增进了友谊，大家团结互助，人人心情舒畅，很自然把合唱团当成“老年之家”。

老红军李天民、杨以山同志，不仅按时来合唱团学唱，就是回到家里或住在医院，还经常拿着歌单反复练唱。听到他们洪亮的歌声，真还以为是中年人唱的呢。每当正式演出，男同志着西服革履，神采奕奕，女同志穿各种套裙，风度翩翩。整齐的阵容，严肃的台风，洪亮的歌声，加之沉稳的演唱技巧，富于色彩的声部变化，听起来还真有点韵味。

我担任指挥，每当看到大家精神振奋、放声高歌时，就会被他们那种革命激情所感动所鼓舞，促使我尽力指挥好。和大家在一起，忘了自己的年龄，忘了一切琐事，全神贯注到歌唱上，陶醉在艺术的美好境界中……台下一片掌声，才意识到演出结束了，大家高兴得像孩子一般，沉浸在欢乐的海洋里……

朋友！如果你想焕发革命青春，就请你放声歌唱吧！

（此文于1988年发表在成都军区《战旗报》上。）

金牛区老干部合唱团参加演出（由作者白曙指挥）

好媳妇

一位七十多岁的老妇人和大儿媳妇聊天，说起“脱离苦海回天堂”一句揭语。老人突然悟道，我天天在祈祷、在祈盼的事情，今天不是实现了吗？

大儿子、儿媳这个家，就是我的人间天堂。想到此，心胸豁然开朗。隆莲大师说过，要创建人间天堂，一个家过得安定团结和睦不就是人间天堂吗？老人和儿子、媳妇还有个共同的目标，就是创建五好家庭。尊老爱幼，和睦相处，分工合作，笑语盈屋。

老人每天写些东西，长短不限，到一定时候，就可以实现自己的创作计划。儿媳每天打扫卫生，已经住了八年的房子地板至今还是橙黄铮亮，一尘不染。屋内整洁，用品排列有序，用啥随手取来，非常方便。摆设既中西合璧又古色古香。会客室吊灯是桃花色五星状，两件卧室顶灯均为百合花状，床头茶几上放有景泰蓝花瓶，插有白果兰黑珍珠塑花；屋内柜台放有更大一个花瓶，插有一束金色麦穗样的干花。深紫色木雕大象腰系红色丝带，栩栩如生。窗台内外放着许多时令花草，生机盎然。粉红色的插画正在绽放，红色月季争奇斗艳，黄色傲菊迎霜盛开，君子兰、文竹、水竹青翠欲滴，铁树开花象征着家庭处在兴旺时期。

女主人是大儿媳吴丽，1.63 米的个子，圆脸大眼，一笑有俩酒窝，齐耳短发上随意拢着一个褐色工艺木梳，显得精干稳健。她性格开朗大方，待人热情，孝敬老人，关心姐妹，照顾先生无微不至，一日三餐送到手上，药物摆在盒盖里及时提醒他吃药。晚上做完家务，双双依偎着在一起看电视或商议家事，不时发出爽朗的笑声。

老妈来了，三人围桌进餐，相互礼让，其乐融融。儿媳很怕累着老人，什么都不让做，就让老人静享清福。老人体量儿媳，还是要尽量找些力所能及的事情做。比如,往开水瓶里掺开水,浇浇花,洗点衣物等等,以减轻儿媳的负担。媳妇为老人营造了一个优雅、安静、舒适的环境,学习、写作、颐养天年。媳妇做事时,老人也找机会和她闲聊,以解除她的寂寞。早餐是豆浆蛋糕或牛奶面包,中午有面条饺子或抄手,晚餐会炒上四五个菜,天天有高汤。有时老人午休起来,儿媳说:“妈妈,冰糖梨水炖好了,喝吧!”晚上宵夜有银耳枸杞汤,可把老妈多皱的脸上笑得乐开了花。即使是原来老妈请来的专职阿姨也没有享过如此口福。

老妈现在这是哪辈子修来的福气呀!

问到媳妇,为何如此爱劳动?她回答说:“爸爸不是常说要把劳动当作人生第一需要吗?”她是用行动来实践爸爸的教诲的。

为啥对老人这么好?“尊老爱幼是我们国家的传统美德,若是人人都能做到,那么社会和家庭就将得以安定团结,构建了和谐人际关系,人们都将过上幸福的日子。这可是大家的心愿啊!”

你们听,她说得多好呀!

每到周末,大儿子和儿媳会约请朋好友带上老人去郊外农家乐观赏风景,呼吸新鲜空气,打牌聊天,聊古今中外和天南地北。午餐后,各个轻松愉快,告辞回家。下一个节目,该是老妈洗浴。儿子赶快打开热水器,怕冻着老人,媳妇为老人洗头、搓背,洗完了又将衣服给老人穿上,让老人坐在取暖器边的沙发上歇息,尽享媳妇给自己带来的缕缕温馨……

你们看,老人这个媳妇硬是好嘛!

情暖青城农家乐

我已是八十高龄的老人了。近几年，每逢盛夏，我都从成都到青城山避暑，其间凡有心得灵感，总爱留点诗文聊以自慰。

2010 年 7 月，我像候鸟一样又飞进了青城山麓的青圃农家院。这个夏天，从四面八方来的客人共有 20 来个，远的来自武汉、重庆，较近的来自成都周边地市，既有往年的熟客，也有新添的客人新友，多数是六十岁以上的老人，少数是中青年人。消夏避暑的日子里，大家相处和谐融洽，不是亲人胜似亲人。

暑后回到成都，恰逢中国作家创作协会约我写稿，正好，触动了我写作的灵感。

古云：居山者仁，亲水者智。以"拜水都江堰、问道青城山"为旅游名片的历史文化名城都江堰市，她的青城山和都江堰水利工程，真不愧为世界文化遗产，"天下第一堰"以她造福于人类的功绩千古流芳。道教名山青城山总是以"天人合一"的道文化精髓时时处处给人以启迪。

青圃农家院的主人姓吴，女主人姓周，大家都诙谐地叫他们吴老板和老板娘。夫妇俩均 50 多岁，最大的特点是憨厚朴实，仁义真诚，一天到晚都笑哈哈的。每日三餐，他们总是变着花样让大家既吃得营养丰富，又吃得品种多样。开饭了，大家三五人一桌，自由自在，饭菜随便添。有时添多了，总是尽量吃完，大家说，吃好不浪费。常隔三五天，总有客人主动请缨到厨房献艺做特色菜，既饱口福又开眼界。平时，客人们依个人的爱好，或自由散步，或赶赶集场，或打打小麻将，唱歌跳舞，或一起看看电视碟片什么的。每每赶集回来，总有人带些水果点心，共同分享，不分你我，其乐融融，真像是过上了梦中的共产主义。

今年的客人中，给我留下印象最深刻的是岳记者一家人。岳记者 1.7 米高的个子，长方脸大眼睛，憨厚朴实，颇具爱心，一眼就能看出他是一位有魄力且负责任的男子汉。他在都江堰报社上班，是副主编，夫人姓王，是某中学的语文老师，中等身材，富态端庄，待人谦和。他俩常将自己喜欢吃的点心水果分给大家品尝。

由于我爱好写作，常和他们在一起谈论写作之事。岳记者看了我的文集《岁月如歌》后，他说老伴和我不愧是无产阶级革命老前辈，其品格和精神都感人至深，是革命的宝贵财富，岳记者早在多年前就曾看过反映解放西藏的电影《西藏风云》，还记得剧中刘振国将军的形象。当得知振国将军的原型就是我老伴时，很自然就拉近了我们之间的距离感。他敬佩我们见到过毛泽东主席、周恩来总理等许多国家领导人，很是羡慕。他评价我的一生真是"岁月如歌"，十分精彩。岳记者说他也写了一本书《玉垒颂歌》，并答应送我一本。

金秋文艺社的张省吾同志带来了一篇诗稿，读《刘振国将军纪念文集》有感：

朋友赠书触我心，深夜读之不知疲；
朴实无华章和句，更非渲染妙兴奇。
俨然在目战争史，英事感人长叹息！

在场的丁正玉同志、岳记者，我们共同交流。我也朗诵了拙作《川西田园农舍即景》：

青山绿树，白墙灰瓦；
缕缕炊烟飘天涯。
翁婆并坐，双囡同耍；
小伙荷锄把地挖。
笃转身，奔下挑桶把水打。
三三两两，漫步阡陌，
风筝高空挂。

风和日丽，燕飞、人笑；
花黄美如画。

岳记者听后，也抄读了一首辛弃疾的《清平乐村居》：

茅檐低小，溪上青青草；
醉里吴音相媚好，白发谁家翁媪？
大儿锄豆溪东，中儿正织鸡笼，
最喜小儿无赖，溪头卧剥莲蓬。

接着又抄读了一首已忘记作者名的《核桃》：

从秋天里得到的，只是满脸的皱纹吗？不还有一副成熟的大脑。
妙思奇想，哲理厚重的诗行，给人以无尽的遐想和启迪。

我知道岳记者正在主持编撰《汶川特大地震都江堰抗震救灾志》，正好我这里有些资料，就拿给他参考。得知他爱人身体欠佳，我给王老师切脉，脉跳均匀有力，活到长寿不成问题。岳记者将王老师吃的保健药方抄给我，说是很有效，我们互相切磋着养生之道。

当我一个人坐在大门口长椅上无聊时，不经意间，岳记者坐在我身旁来陪我。他说，我和他的母亲同岁，他看我像他的母亲一样美丽、慈祥，他叫我“白阿姨、白妈妈”。人间真情的自然流露，让我倍感温暖。岳记者曾每天下班时，正是下午四点过，是成都气温最高的时候，我也给他准备好西瓜汁解暑，互相关心，人之常情。

周末，岳记者的儿子、儿媳来看父母，儿子儒雅而高挑，眉清目秀，是个典型的书生。可没料到他还有惊人的武艺，身手敏捷的他，能迅速跑向倾斜的高树上，然后从容地再退下，像精彩的杂技表演。儿媳身段窈窕，具有西方美的面孔上闪烁着一双聪慧的大眼睛，蓝色上衣，白色下装，脚穿一双俏丽的红皮鞋，喜欢逗小狗玩。他们一家四口一起去都江堰灾后重建的新房。午餐后又一起打牌，不在输赢，在于密不可分的亲情传递，享受天伦之乐。得悉儿媳怀孕，王老师喜上眉梢，拿出万元红包，让儿媳保养身体。

我住的房间内电视坏了，老板也修不好。听说这对年轻人是内行，就请他们帮忙维修。费了一些周折，终于修好了。从具体生活习小事来看，老年人是离不开懂科学的年轻人的帮助的，就像他们喊我婆婆一样，我也会给他们亲人般的关爱。

晚饭后，院友放起舞曲，大家在宽敞的高棚下翩翩起舞。我请万老师给我当舞伴，她身轻如燕，舞姿轻盈潇洒，任我变换舞步，爽法也能配合默契，如入无人之境，尽情陶醉，真是人生一种最美好的享受。俗语说，酒逢知己千杯少，让我说，遇一舞伴添寿多。

时光飞逝，转眼到了农历七月初七，正是天上的牛郎和织女相会的日子，也是中国人的情人节。高孃和我商量给吴老板、岳记者两对夫妇过情人节。请老板娘准备了一桌丰盛的菜肴。岳记者买了一瓶高级红葡萄酒，为大家斟上。老年人祝福他们白头偕老，比翼双飞，幸福美满！他们各自介绍了恋爱经过：吴老板夫妇是一见钟情，岳记者与王老师历经八年初恋，终于修成正果。他们的弥坚爱情，令人久久感动。

8 月 21 日是我返家的日子，和王老师、岳记者依依惜别，互相拥抱，热泪盈眶，约好来年夏天再相会。我回家后，接到中国散文学会将我写的散文《故乡行》发表在《中华民间文化记忆作品集》上并获金奖的通知，立即告诉了他们，他们祝贺我获奖。

今年避暑，还有一件难以忘怀的事情。就是大家观看净空法师《和谐拯救危机》的光盘。光盘是同院住的王雅娴带来的。王约四五十岁，大家称她为王姐。光盘内容十分丰富、精彩，主要是提倡仁义修身，和谐从善。该光盘是饰演林黛玉的陈晓旭出资制作的，开头观看的人不多，后来，经与看过的人一感叹一交流，看得人越来越多，而且不断反复地看。今天，我们能看到这么好的演讲光盘，真该好好谢谢他们。

岳记者也特别喜欢，他还帮我去都江堰找人翻刻光盘，又去青城山集镇帮我找到一本精装待插图的《弟子规》送给我，我如获至宝。由于价值观的认同，思想上的一致，更促进了彼此的了解和情谊。

夏去秋来冬又至，2010 年除夕接到了岳记者给我发来的贺年祝词：感谢生命里所有遇到的有缘人，因为有亲人朋友，我才如此快乐，每个亲人朋友，都是生命中独一无二的财富。虽不经常相聚，但常惦记在心间，无声都很甘甜；问候只是偶尔，都很温暖；祝福永远，总是最真诚！恭祝您和家人春节快乐！

我看后，既激动又欣慰，毕竟世上还有如此真诚地祝福我的人。若朋友，似亲人。即复短信：感谢你最真诚美丽如诗句的祝福，我时刻想念你们幸福的一家人，并随时想和你们在一起，你们给予我的欢乐与安慰是我一生中最难忘的甜蜜，滋润我的心灵到永远。

我还打算写一篇文章作纪念，祝你们全家人新春快乐，吉祥如意！

我突然想起毛主席说过：世上没有无缘无故的爱。就像我和岳记者一家的亲密相处、相依、相牵挂，真是仁义无代沟，这不正是不是亲人胜似亲人的完美诠释吗？对了，2011 年春天，成都百花盛开的时候，我还要去都江堰他们的新家祝贺他们抱孙子、吃红蛋呢！同时也看看他们那里的灾后重建得怎样，以及那儿的人民过上幸福生活的新景象、新面貌，更祝愿我们两家培育的“亲情友谊之树”如松柏长青，永远屹立！

（该文曾发表在中国梦·《中华颂全国优秀作品选》及多本刊物上。）

奇葩绽放在筑城

“花开花落飞满天……红消香断有谁怜……”

近日来，黔剧清丽婉转、如泣如诉的旋律一直萦绕在我的耳畔，震撼心灵，植入心田。

黛玉葬花的饰演者聂淑芳在今年的10月11日由其儿子驾车陪同，到峨眉疗养院来看我，向我介绍了她领导的贵阳星黔剧团的情况。回贵阳后，又寄来有关资料，我为黔剧后继有人而欣慰，也为该剧团不凡的起落而感慨！

1959年，贵阳市南明区为贯彻党的百花齐放文艺方针，挖掘传承地方剧种，扶持文琴戏曲（后改为黔剧）上马，将我从文教科调出组建黔剧团。

首先，邀请当地老艺人做老师，从大中专学校招收学员70多人，又从黔西请来柳老师及演员十余人，当时16岁的聂淑芳是女生班长之一。老师耐心教，学员刻苦练，经过一段时间，便排出了《岳母刺字》和《五台会兄》折子戏后，参加了市里组织的文琴汇演，均获得了优秀奖。

接着又排练《打渔杀家》《西厢记》，演出颇受欢迎。随后，又排了《秦娘美》。该剧的主要内容讲的是百多年前，古州三保，今贵州省榕江县东江乡侗族姑娘娘美与邻寨青年珠郎相爱，为反抗“姑表婚”近亲结婚旧规，在一次行歌坐月之夜，俩人破钱盟誓，毅然偕逃贯洞寨。该寨财主银宜垂涎娘美的美貌，假意引荐珠郎入房族，借故支使其出门办货，乘机戏虐娘美，遭到严拒。银宜为达到其霸占娘美之目的，勾结钦首蛮松，借开钦会诬珠郎是奸细并将其杀害。不久后娘美得知真情，强忍悲痛，寻得珠郎骨骸。为报夫仇，娘美在大伯大库等众乡亲们的帮助下，计诱银宜，将其击毙，报了仇也为民除了害。

《秦娘美》剧中的娘美，由江成碧和聂淑芳饰演A、B角，其他主要演员有赵子林、胡志慧、李祥太、苏志燮、谢家棋、樊锡泉，我担任导演。

排好后，上演四十多场，场场爆满，观众赞不绝口，轰动全城。之后又排了《刘文学》《罗汉钱》《二度梅》《望江亭》《宝船》等大型戏剧。正当黔剧走向欣欣向荣之时，由于当时的形势导致剧团必须缩编，区上领导没办法只好忍痛割爱，最后竟撤销剧团，聂淑芳被分配到服装厂工作。沧桑递变，际遇巧合，1998年夏，当年饰演红娘的刘希孟来成都找到了我，说起剧团成员仍很热爱黔剧，怀念在剧团时的美好日子，想重新组织起来。不但可以自娱自乐，更是践行当年周总理对黔剧的指示：继承弘扬黔剧。我完全同意她们的想法。

她回去后和聂淑芳等人商议决定重组剧团。适逢贵州省文化厅、省市剧协为庆国庆五十周年，需要演出黔剧，得到了上级组织的支持，筑星黔剧团便于1999年5月13日在阳明祠正式成立。当天，省文化厅厅长王恒富、省剧协主席谢振东、京剧团团长、艺校嘉宾和我到会参加。王厅长讲话，祝贺筑星黔剧团历经艰辛，最后传奇般地获得新生。肯定了原南明黔剧团的卓越贡献。现在，振兴地方戏剧和弘扬黔剧艺术，这份重担落在了筑星黔剧团的肩上。希望大家继续为之努力。并同时下达了庆祝国庆五十周年的演出任务。于是选出了以聂淑芳为团长的负责人，白曙、樊锡泉、李祥太等为艺术指导，省黔剧团的阮老师、杨淑懿、王章兰、赵子强等义务负责教唱辅导。制订了排练计划，以聂淑芳家为排练场地。

经过几个月的排练，演员们的表演技巧和乐队的演奏水平达到了当年的表演程度。国庆期间，大家满怀激情在原剧团旧址和原班人马，如梦似幻地演出了《岳母刺字》《珍珠塔》《借亲配》等折子戏。市剧协甘永衡主席亲临捧场，剧场内人挤人，几乎无插足之地，气氛热烈。演员谢幕时，观众手捧鲜花上台向演员献花，祝贺演出成功！媒体及时报道，电视台多次播放演出实况，在群众中在此掀起一股黔剧热潮！我更是激动不已，以七十岁高龄，在一年内两次赴贵阳，支持参与剧团重组，梦想成真。即兴吟诗记之，后印成诗笺赠送大家：

阔别贵阳四十年，山水巨变换新颜；
更喜处处真情在，爱心如火满人间。
弘扬黔剧任务重，哪怕挥汗两鬓斑；
为使文琴花开遍，业余专业共承担。

为了祝贺筑星黔剧团的演出成功，全体人员特地到花溪公园里周恩来总理和邓颖超大姐塑前合影留念，同时表决心：永远遵循总理的教诲，继承发扬黔剧事业。“黔剧团演出的同志们，希望你们在党的领导下，高举总路线的旗帜，坚持毛主席的文艺方针，发扬黔剧的风格，吸收其他剧种的优点，融会贯通，推陈出新，为创新黔剧而奋斗！”（1960 年 5 月 3 日周恩来总理在贵阳对黔剧团演员们的讲话）该团的同志们说到做到，自编自导的黔剧舞蹈《咏梅》（毛主席诗词），参加了市里在艺术学校组织的比赛并获奖；在贵州省军区庆祝建军节暨军区党代表会上，《咏梅》以其优美的舞姿和动人的音乐，收到军区喻忠桂政委等领导的赞扬和接见；在市妇联召开的妇女代表大会上演出时，辛维光副书记赞其“音乐悠扬，如怨如诉……”

在庆祝中国共产党建党八十周年的庆典上，该团组织的专场演出《喜事》《秋江》《情探》大连唱，受到来宾们的喝彩。观看演出的美国朋友伸出拇指连喊“OK！OK！”

他们边看边录像，表示要带回美国去研究和交流。

在慰问二野军大校友的演出后，校友给贵阳晚报写的报道上说，他们（指剧团）怀着对军人的崇敬心情，无私奉献为我们演出了一台精彩的黔剧歌舞，曲调优美委婉，悠扬悦耳，深受我们的喜爱。他们冒着六月的高温，在灼人的阳光下，汗水流淌在他们的脸上和身上，仍一丝不苟地表演，获得了观众们的热烈掌声。我们聚精会神地观看，深深为剧团这种奉献精神和对军人的无比热爱所感动。

该团成立 14 年来，共演出 40 余场，观众达四、五万人次。他们自筹资金 3 万余元，仅聂淑芳自己就捐出两万多元，刘明宗捐了 1200 元。省黔剧团、本团王春英、军队离休干部杨霄桐为剧团捐献了多件乐器。油榨街办事处、中东社区、贵州省军区老年大学都曾热心为剧团提供排演场地。

他们不论是拥军演出，送文化下乡，为单位社区演出或参赛演出，其敬业精神和精彩表演，都受到了观众的真情喜爱。各新闻媒体的多次报道鼓励，增加了剧团的知名度，给他们极大的鼓舞与动力，辛勤的耕耘终于有了丰硕的成果，他们之中聂淑芳、胡志慧、李祥太、谢家琪(已故)为贵州省戏剧家协会的会员。聂淑芳、胡志慧、苏志燮、谢家琪、梁黔灵、赵子林、赵子凤、赵瑞凤等参加省市戏剧比赛获奖7个。更可贵的是众多艺术骨干默默无闻、任劳任怨为黔剧事业的发展贡献了一生的心血。

当我看到最近剧团的排演录像时，画面上的人物似曾相识，但却认不出是谁，突然看到弹琵琶的黄枫林，他脸上现出的胡豆般大小的老年斑让我一下子惊呆了：难道这就是当年一笑就会露出两颗虎牙的小伙子吗？尽管相隔两地，我好像又回到了和他们在一起排练时的情景。看到他们从青年变老年，依然一板一眼地、一动不动地长时间演奏时，我的心灵震颤了……如今，他们虽然面皱鬓斑，仍满怀信心地投入到振兴地方戏剧的队列历里来，能不为他们书上一笔吗？正如谢振东先生为他们的题词那样：

相伴琴音数十年，一朝兴衰故红颜；
几根弦上多哀怨，晚唱夕阳倍觉欢。
这就是对该团的真实写照。

黔剧被批准为国家第二批非物质文化遗产，是我国民族文化的精粹之一。她那清丽婉转、悠扬悦耳的动人旋律，深受人民群众的喜爱。六十年代贵阳市黔剧团(今天的省黔剧团)在上海、北京成功演出了《秦娘美》，受到了中央首长朱德、习仲勋等国家领导人的接见，得到了戏剧界梅兰芳、尚小云、荀慧生等知名人士的肯定，他们赞扬黔剧是祖国百花园中的一朵奇葩！祝愿这株奇葩在众多热心人的关爱呵护与浇灌扶持下，开得更加绚丽多姿，为我国特色社会主义精神文明建设作出更大的贡献！

(该文曾发表在《中华名人大辞典》上。)

故乡行

2008 年 9 月 8 日我和小代离蓉返新，每次回故乡的心情是一样的激动，尤其是当火车过了小冀将抵新乡车站时，更是兴奋不已。因为那是生长哺育我的地方，那里有我众多的亲友乡邻，那是我的根！

9 日上午 9 时到新乡，宝树侄儿乘坐一辆黑色轿车前来接我们，谈话中得知他已升任郊区水利局局长。到了家见了姐姐及卫华(姐姐女儿，她俩比我先返家)和家人。接着秀树侄女从香港来，云妹一家从西安来，姐姐的儿子一家从深圳来，一下增添了 11 口人，好不热闹，会客室挤满了人，欢声笑语不断，亲情乡情尽叙。

中秋节前两日，恰逢我八十寿诞，树合侄儿送我一双大红绣花北京布鞋，穿上十分喜庆；爱树侄女送了绿色玉镯；卫华送了一盒高级面霜；学友素兰送了一个绿宝石项链；秀树侄女送了带珠片闪光的香港时装，就连远在武汉的侄儿卫平、侄女湘南也托人送了一件高级丝巾，并写了祝伯妈八十寿诞快乐！中秋节那天，大家在一座酒楼聚会，包括 90 岁的元禄表嫂，89 岁的锡让表哥、清芳、福兰表姐，还有联仲弟一家，树合侄儿共囚桌。大姐向大家致词，欢迎亲友光临，逢盛世聚一堂，畅叙亲情，并邀请大家八仙过海表演节目。

妹夫瑞科即兴赋诗一首："零八年，中秋夜，花儿好，月儿圆，由深圳，由武汉，从成都，从西安，来新乡大团圆。年青人，事业兴，财运亨通，宏图大展，年长者，身体健，福如东海，寿比南山！"获得一片掌声。接着斌斌唱了一首《最初的梦想》，宝树唱了一首《摘下满天星》，均受好评。卫华唱了自己创作的《婚礼进行曲》，我也唱了自己写的《老人越活越精彩》(歌词曾登在成都晚霞报上)。

歌词是：

朝霞映得蓉城醉哟！夕阳照人乐开怀哟唱起来跳起来！
跳起来唱起来！歌声唱出心中的甜美；
舞蹈抒发欢乐的情怀，老人有老人的气派；
老人有老人的风采，青春留在希望里；
逢盛世，老人越活越精彩，越精彩！

宝红演了小品哑剧《吃鸡》，但见他看到桌上摆了一只烧鸡，高兴得拿起就啃，谁知咬不动。他就拿一把斧头，找了一颗钉子，将鸡钉在木板上，然后一块一块地撕开塞进嘴里，大快朵颐，演得惟妙惟肖，博得哄堂大笑。

联玺弟演唱了京剧《空城计》和《赵氏孤儿》选段，很受欢迎，他那铿锵嘹亮，字正腔圆的唱腔，余音绕梁令人难忘。

丁丁不愧是导演，会学伟人、名人讲话，讲笑话，逗得大家开怀大笑。大姐说话自来风趣，也引得大家笑声一片。家族大团圆，尽兴而返。

亲人返家期间，宝红负责联络饭店酒宴等事。爱国掌勺为大家做可口饭菜，服务周到，兄弟守荣身体不错，跑前跑后，亲力亲为，辛苦且高兴，买东西，买火车票，保证亲人愉快平安度假。桂树一下班即来和亲人叙谈，爱树已怀孕，又是喜事一椿。

还要谈及的是学友素兰、润兰、玉兰、玉珍、瑞甫、芳伦、长禧、子谦等请我和大姐、经弟、秀树在一家饺子馆聚会，品着家乡美食，回忆几多往事，少年伙伴，老来相会，感慨良多！巧的是玉兰、玉珍在雀姜庄小学读书时，又是我大哥王联奎的得意门生。她俩对大哥的支儿秀树格外亲热。玉兰特地叫她的儿子燕语为大家摄影留念。

席间，大家还邀我唱了一首《真情还在老地方》……好儿女，走四方，一程程，一回回，只为这方山，只为这方水，只为山河更光辉，真情还在老地方，总是心想随……这就是漂泊在外数十年的游子何以要常回故乡的根本缘由。

一天，弟妹守荣和我去市中心南街祭祀老槐树。据载老槐树有七、八百年树龄，为新乡市重点保护古树。又传说王氏家族是明洪武年间，从山西洪洞县一棵老槐树下出发移民到中原来的。有这样一段历史渊源，所以王姓来祭祀老槐树的人就居多。

我虔诚地站在古树前，凉风习习，自会感到一股股气流贯穿，老槐树能量极强，使我想起在市公园柏树山坡上晨练接地气时一样，精神极好。

乡亲都说，让我隔几年回一趟家，看看家乡的发展变化，吸取故土的山川灵气，日月精华，和亲友团聚心情舒畅，有益身心健康。

啊！亲爱的家乡，我魂牵梦绕的地方！

我永远爱您，祝福您繁荣昌盛，父老安康！

（此文曾发表在《中华老人诗文书画作品选集》上。）

恰同学少年老来会仙山（左起张亦萍、李瑞甫、作者白曙）。

可爱的哨兵

一个静谧的夜晚，我漫步在院内，这时一个画面令我感动。

一只可爱的小白猫居然在门口哨兵的双脚上睡着了！而哨兵依然纹丝不动地站在他的岗位上。显然小描已经把哨兵当作了这大自然的一部分了！我看着这感人的一幕，心绪却早已穿越岁月的阻隔回到了那峥嵘不凡的战争年代。

1950 年冬我身患重病，神志不清。不知过了多久，当我清醒过来时看到一位衣着单薄的小战士在我面前，奇怪为什么他没有穿棉衣服？而我的身上却感觉暖暖的。原来是他的棉衣盖在我的身上了！

见我醒来了，他高兴地甚乎更是激动，用颤抖的声音对我问寒问暖，无微不至地照顾着我。清醒之后的我知道他是因为一直没有穿棉衣在身边守护着我而冷得声音颤抖。我军渡江南下途经江西大山岭，一边是悬崖峭壁，一边是咆哮湍急的大河，路途十分坎坷，我们军乐队的许多大型乐器都被急流冲走。当时大雨滂沱，路滑难行，就在我即将滑倒的时候，是一个士兵及时地拉住了我才让我死里逃生，看着那咆哮的河水让我心惊胆战，至今想起都是一身冷汗！

风渐渐起了，将我从回忆中拉回现实，我轻轻地从哨兵和小猫旁边走过，不忍去惊扰这份宁静与和谐。我是 2006 年住进这个 208 号院的，每当进出院门口时总能听到年轻哨兵“阿姨好”的问候，使我倍感亲切，似乎又回到了战争年代的革命大家庭里。有一次，我和往常一样路过门口，看到哨兵的脸上闪过一丝忧郁的神情，我上前一问才知道，原来是他很快就要退伍了，很快就要离开这个大家庭了，我顿时也有种不舍的忧伤。

又到一年老兵退伍时了！岁月不饶人，流年送走了一批又一批充满朝气、责任与使命的年轻哨兵，他们为我们的安宁日夜守护，双眼布满血丝；他们为我们的方便而汗流浃背；他们为我们的一切操碎了心，对我们这些老前辈的爱从未停止过。在我们眼里，你们就是我们可爱的小孙子。

今天，你们又要离开我们了，可爱的哨兵们，我要深情地对你们说一句：一路走好！无论你们将来到哪里、在干什么，我都会为你们祝福的！

将军的爱，伴我风雨数十年

刘振国，1916年生，湖北孝感人，1930年参加革命，任52师政委、18军政治部主任、西藏军区政治部主任、贵州省军区副政委等。1955年被授予少将军衔。将军一生公私分明，在坚持革命工作的同时，数十年如一日，对患病的妻子悉心照料，体贴入微。谱写了一曲忠贞不渝的爱情颂歌。本文作者是将军夫人白睹的外甥女兼养女真实地记录下了姨妈兼养母的自述……

1930年初，徐向前率领红一军挺进大别山，逃跑的地主们不甘心失败，他们纠集反动民团，准备血洗黄阪蔡店，消灭驻扎在那儿的红军队伍。正当他们与留下的内奸接头的时候，一个14岁的杂货店小学徒在帐房先生门外听到了这个阴谋，小学徒急忙告诉了他的大朋友——红军刘副官。

就这样，小学徒还没有参军就为革命立了一功。25年后，这个小学徒成了共和国第一批授衔的将军，他就是刘振国。

一

和很多军人夫妻一样，振国和我的婚姻也是组织牵的线。

那是1950年2月，我在18军文工团又一次荣立三等功，自以为离入党又近了一步，心情好得就像早春盛开的海棠花一天，我和战士们刚刚才作完节目，组织部长和协理员就一块找我谈话。他们说，新调来的军政治部主任刘振国35岁了，还是单身，组织上觉得我积极上进，和他很般配。决定介绍我跟他谈恋爱，让我表个态。可那会儿我才21岁，对爱情充满了浪漫的想法、突然让我跟一个年长14岁的陌生首长谈恋爱,实在难以接受。我当即表示:坚决不同意!

组织部长毫不气馁,一个劲儿地夸振国如何如何好,我忍不住顶了一句:“你咋知道呢?”

他能从师政委提拔为军政治部主任,就说明他政治修养好、工作能力强嘛!组织部长的话让我无言反驳。但找爱人和提拔干部总不是一回事儿吧?我心里疑惑重重的,就是不肯答应。

从第二天起,我就陷入了“媒人”们的“轮番轰炸”中。

谭冠三政委、陈明义参谋长和文工团的领导都多次找我谈话,积极促成这件事。在传统看来,14 岁的年龄差距的确不算小,但振国秘书的一番话却使我无法以年龄作为反对的理由。

这位大姐动情地说:“首长的青春哪里去了?还不是战争年代献给人民的解放事业了!我们也应该向首长学习……何况首长的人品和脾气又那么好……”

怀着“牺牲青春”的决心,我告诉组织部长:同意见面。可忙碌的振国却没时间马上和我见面。直到几天后的庆功会上,我这个二等功臣才在主席台上近距离地看到了他。

振国个子不高,眉清目朗,洗旧了的军装很合身,醒目的白球鞋使他在脚蹬布草鞋的军人中显得温文尔雅,整洁精干,根本不是我想象中的“老爸爸”模样。散会时,政委让我坐振国的吉普车一起回军部谈心。我心慌意乱地摘下胸前的光荣花交给战友,硬着头皮上了振国的车。

从料峭春寒中走进他的宿舍,我立即被暖暖春意所包围。振国拨旺炭火,腼腆地笑着请我坐下,又拿出些四川红桔围在火盆边,说是烤热了招待我。我用热情的寒暄掩饰着内心的紧张,等他切入正题。没想到,在万人大会上滔滔不绝口若悬河的振国,居然会面带羞色开不了口!

看着他局促腼腆的样子,我倒镇静下来了。我直截了当地问他:文工团有那么多比我漂亮的女同志,能干的不少,你咋就看上我了呢?

振国红着脸说:“1949 年秋天渡江作战的时候,文工团到江西永新来慰问我们师，你在《李闯王》里演侍从女官，我觉得你演得特别好，唱歌时你的表情也最好，声音又洪亮……他还说自己喜欢看球赛，我是篮球队长，在球场上最活跃，投篮的姿态他也特别欣赏。”

我想，这就是情人眼里出西施吧。难怪组织上给他介绍了几个他都没同意，原来他心中早就有了我。振国欣赏艺术，热爱体育，使准备“牺牲青春”的我意外地找到了感情赖以生根的共同点。10 多天来，我对振国的了解与日俱增，振国的谦虚、诚恳、严于律己，给我留下了深刻的印象。

又一次融洽的交谈后，振国趁着热乎劲儿说：“如果你没有意见，我们就结婚吧。时间就选在三八妇女节，以示尊重妇女？”我羞涩地点头同意了。

尽管如此，我仍对自己半个月就肯嫁给“坚决不同意”的人感到惊讶。振国得意地说：“告诉你一个秘密，我们研究的‘作战方案’就是‘速战速决，攻克堡垒。’”

二

新婚之夜，我既紧张又兴奋，空着肚子和贺喜的首长们干了三杯白酒，没等我把写给振国的长诗朗诵完，就醉得不省人事。新娘醉卧婚床，并没有减损振国的幸福感，夜深人散后，他把我的诗连夜抄到他的日记本上，作为永久的纪念。振国自信地写到：我俩的幸福新生活从今天开始……

振国是个工作认真、感情细腻的人。在我们结婚以后，他一直坚持写日记，除了记述工作情况和想法外，也倾述着对我的思念和深情，下面抄录的是蜜月时他的几段日记：

1950 年 3 月 25 日

今天是星期六，文工团从 154 团回来，我希望白曙路过我的驻地之时，会先到我这里看看，因有好几天未见面，双方总是想念的。但是事与愿违，一直等到午后四时，我们正在吃晚饭时，文工团的两位女同志来了。我当时以为白曙大概也来了，但望了很久未见后面有人。文工团的人带给我一封信，看后才知白曙病了，当时心中突然地冷了下去，也顾不上吃饱饭，我就去看她。

1950年3月28日

今早七时起程去52师参加他们的会议，我临走时，白曙来送行。亲爱的白曙，她那一对明朗的眼光注视着我，好像是恋恋不舍的，心里想说什么又说不出来的样子。我很想说几句安慰她的话，但当时周围站着的人很多，我还有点小资产阶级害羞的心理，因此，终于没有这样的勇气说出口来。我只好用我的眼睛注视着她，表示我内心的话来安慰她。我们就在这样相亲相爱的情况下暂时离别了。确实，我们的爱情就像岩石那样的坚贞呀！

我和振国沉浸在甜蜜的爱情里。然而，新生活并没有对我露出笑脸。

从政委第一次让我搭振国的车开始，文工团的舆论就起了变化。一些冷眼旁观的人，开始议论我结婚是为了享受。结婚那天，好友们想让我更加漂亮，非让我穿上反派“女秘书”的演出服，后来就有人说我向往资产阶级的腐朽生活……在冷言冷语的敲打下，我每周六晚回军部和振国团聚，都像干亏心事儿似地不敢声张，第二天总是天没亮就爬起来赶回文工团。这样子又有了新的闲话，说我和振国是“政治夫妻”，我结婚是为了快点儿入党。我想，我是听组织的话才成了文工团第一个结婚的人，党组织是不会误解我的。没想到，有一天我无意中看到了一个党员的日记，上面写的话比群众说的话还要尖刻。

我很委屈，却又无法诉说！和振国结婚后，他觉得我各方面都极力约束自己，要求进步，对我非常满意，就放心地下部队抓进藏工作去了，我们很少在一起，更不用说交谈了。万般苦恼中，我忍不住找我最信任的老大哥谈了一次话，他还没帮我解开心里的疙瘩，说我“爱情不专一”的闲话又传开了。

疏导心灵的最后一条通道也堵死了。无数个“想不通”像洪水一样越积越多，我的精神终于崩溃了。

刚开始，我在台上正拉着手风琴，突然就停下来陷入沉思，队长气得发火，我却放下琴走到一边接着想，根本不知道自己在干什么。这期间，一个业务不佳但好劳动的男同志被批准入党了。我想，他都能入党我不是早该入了吗？恍惚间就觉得自己也被批准入党了，于是就跑到毛主席像前去宣誓，然后逢人就问我该到哪个党小组过组织生活？

虽然有战友精心照料，我的病依然越来越重，不喂东西就不知道吃喝，周围的人也渐渐认不得了。为了治病，我被送到成都住院。张国华军长的夫人樊近真到医院来探望我时，我已经憔悴变形，只剩下一口气了。樊大姐又难过，又担心。她回到军部对军长说："这样下去白曙非死不可，还是把她送到振国身边吧，可能还有一线希望。"

三

当时，艰巨的进藏思想动员工作已经顺利结束了，振国正率部队挺进四川甘孜，忙于准备昌都战役，并负责在当地藏族上层人士中开展统一战线工作，组织进藏物资的运输支援机构。我在这会儿来到甘孜，又给振国忙中添乱了。记得振国曾在婚后第一次提到我的日记里写道：我对白曙无限的爱和忠诚很难表露在她的面前，使她深刻体会到，只有在今后长期的夫妻生活中，逐步使她体会我这无限的衷心吧！

在我神智不清的日子里，振国无怨无悔地实践着他的爱情誓言。

进藏前，振国的工作非常繁忙，每天都要工作十几个小时，组织上专门安排了一个红军老大姐崔秀英来照顾我。可振国只要回到宿舍，不管有多累多困，总要先帮崔大姐做点事才肯去休息。他后来说，当时只能用这种方式来表达对我的一片真情。那时我连振国也不认识了，有一次振国领到一听水果罐头，我不肯吃，他就一口一口地边哄边喂我。我还以为是家乡最疼我的大娘来了，傻傻地问他："大娘，你不是在河南吗，怎么也到这儿来啦？"振国听了心里像刀扎一样难受，但还是强作笑颜哄我吃。这种毫无希望的日子一拖就是几个月，振国对我仍然一点儿也不嫌弃。一天，一位热恋中的部长向他汇报完工作后，忍不住夸起了女友如何有诗才，振国向他介绍的经验却是：找爱人最重要的是性格要好，要像白曙一样温柔体贴,不怕吃苦。

振国知道我是个酷爱音乐的人,也许能用音乐重新开启我心智的大门? 于是,他拜托会拉二胡的宣传部长,有空就鼓动我一起拉二胡。平时他一有空就耐心地喂我吃喝,帮我梳洗,一边忙碌,一边轻言细语地陪我“聊天”。精诚所至,金石为开。几个月后,我迷途的魂魄终于在二胡的旋律中找到了回家的路。我终于又能精神抖擞地伴随他踏上了徒步进藏的艰难征程。

昌都战役的胜利,给和平解放西藏创造了条件。18 军先是改建为西藏军区,继而又升格为大军区。振国的级别越来越高。然而,我仍然走不出越想入党越入不了党的怪圈。不仅如此,1955 年,中央军委领导授予振国少将军衔后,我在祖国内地两次考上大专,也都不能被录取。与此同时,“他为啥不娶党员”的议论也越来越多。振国怕我又钻牛角尖,决定一劳永逸地解决问题。他坦率地告诉我,这一切都源于我参军前的经历。

我出生于河南新乡一个并不富裕的祖传中医之家,兄弟姐妹都是凭成绩好免交学费才能读书的。抗战性利时,我正在读初中,班主任是个害人的国民党党员,我们全班同学莫名其妙地被他在解放战争初期集体变成了三青团员,我们清白的人生被无辜地溅上了污点……

我委屈地说:“参军后,我马上登报声明脱离三青团,全心全意地干起了革命呀!如果不是我表现突出,组织上也不会把我介绍给你做夫妻呀! 为什么我想入党、上学都不行呢? ”

振国说:“革命胜利了,难免有些人怀着不良动机往革命队伍里钻,为了保持党员队伍的纯洁性,从政策上加以限制也是必要的。如果你已经具备了党员的思想觉悟,就能理解和支持党的政策,心胸开阔,以鲁迅和宋庆龄为榜样,做一个党外的‘布尔什维克’。”

这番话如目是醍醐灌顶,使我大彻大悟。

四

振国既是西藏军区政治部主任，又是西藏工委的领导成员，他废寝忘食地拼命工作，到拉萨两年后，身体终于累垮了。先是严重失眠，安眠药最多能让他合一两个小时眼，有时吃药也彻夜不眠，头疼欲裂，接着出现视神经萎缩，无法阅读文件。1954年，组织上只好安排他去内地治疗。在北京治疗了近三年，振国的病情得到缓解，组织安排他到解放军政治学院学习深造，我则在总政文化部部长陈沂的帮助下，在北京师范学院艺术系进修作曲。那时候，我们常到中南海参加晚会，还有幸和周恩来总理等国家领导人跳过舞。

学习结束后，振国调到祖国内地工作。几年后，他旧病复发，除了休息疗养外，医生也别无他法。为了不影响革命工作，振国毅然决定提前离休，所有了解他品德和能力的人，无不深感惋惜。

干休所给每个离休干部都分有地，供他们栽花种菜，怡情养性，振国兴趣盎然地搞起了良种实验，希望在用体力劳动治疗失眠的同时，也给家乡人民提供一条改变落后面貌的路。

不幸的是，十年浩劫已经开始，干休所也不是世外桃源。造反的恶浪很快就波及而来。幸亏我体弱多病，搬家后没在当地联系工作，免去了被单位造反派揪斗的危险。但所谓的历史“污点”仍然像沉重的大山，压得我透不过气来，我每天都要面对敌意的目光，忍受刺耳的言语，有一天我去看病，值班医生不肯给我看，我忍住气，半开玩笑说：难道你们就不为人民服务了吗？

值班医生尖刻地反问：“你也算人民的一份子吗？”

在极左思潮的影响下，振国的形象也被谣言破坏了，有人公开指责他不该和“反革命”做夫妻，应该离婚再娶。有一天我正在菜地拔草，一位师级干部的夫人故意大声告诉我：你家首长就要和某某（一位红军的遗孀）结婚了，你还忙乎啥呀？我气昏了头，质问振国为什么瞒着我。振国生气地说：“这种话你也相信？不错，是有一些人劝我跟你离婚，另外娶一个党员做妻子。这又不是什么新鲜事儿，我对你的感情,你也不是不知道,难道外界压力一大,你就不相信我了吗?”

那年春节,孩子们吃着自己手种的大花生,非要看爸妈跳交谊舞。我说这是“禁舞”能跳吗?

振国笑而不答,拧开收音机,正在播送《敬爱的毛主席》,振国踩着轻快的旋律向我发出邀请。

舞步还是那样轻盈,目光还是那样多情……这份无怨无悔的爱,在黑云压顶的漫漫长夜,始终支撑和温暖着我的心。

五

对老红军来说,能活到拨乱反正、改革开放的这一天,真是莫大的幸福。

尤其是振国,他因健康问题离职多年,早已适应了退休生活,没有那种刚离休的失落感来冲淡心中的喜悦。加上我这个“党外布尔维克”终于从组织上入了党,家也搬回了我俩爱情的发源地—四川,我俩的心情真是前所未有的舒畅。

1986 年,省里推广防病健身的“老年迪斯科”,头一批学员中就有我俩的身影。振国毕竟是七十岁的老人,学起来比我慢。但是他很有劲头,从学习班学习回来后,在家里继续练习,打开收音机,对着穿衣镜反复练习学跳的舞蹈,不仅自己练习,还带动了好几对将军夫妇一起学跳舞。看着身经百战的老将军们兴致勃勃地学习着最新潮的健身舞蹈,我感触良多,一气呵成写下了《将军与“迪斯科”》一文。后来此文不仅被报告文学集《新中国的一日》选中,还作为“优秀征文”发表在《成都晚报》上。在振国的支持下,我从我所在的区发起组织老干部合唱队,从教歌到演出指挥以及化妆、服装,无不亲力亲为,结果第一次汇演就得了奖。

这一来,我这个“指挥”可出了名了,地方和军队的好几个老年合唱团都请我当指挥,我指挥的演出多,需要的演出服也多,这都是要自己花钱的。一向要求我持家从俭的振国,对此却格外大方。每次歌咏比赛,不管合唱团换不换服装,他都让我做一套新演出服,这些衣服平时又不能穿,我担心太浪费了。振国却笑着说:“该花就花嘛！我喜欢看你焕然一新地指挥唱歌，我估计，演员和评委们的想法也一样。”

掌声和鲜花，使我们的晚年生活变得多姿多彩，直到癌魔降临，我的振国始终保持着乐观平和的心态。1996 年，振国离我而去。永别之后，我才真正懂得了“此情若是久长时，又岂在朝朝暮暮”！亲爱的振国，请你放心，你的灵魂和生命已随着你奉献的无限爱心，延续在无数爱你的人们心中，你所热爱和关心的一切，也正像你所希望的那样发展变化着。你就放心地走吧!

十八军战士魏克、冀文正、赵绪英在成都与十八军子弟为刘振国将军作百年诞辰纪念。

我和周总理跳舞

“一次偶然的机会，我有幸观看了四川省老干部活动中心举办的老年迪斯科表演。进入表演厅就看见一位身材健美、举止灵活的女同志正在兴致勃勃地跳迪斯科，那动作热情奔放，充满青春活力，很难想象她已年近花甲。她就是四川省老年协会八分会的副会长白曙同志。这位将军夫人在战争年代就是一位文艺工作者，解放后曾多次和我们敬爱的周总理一起跳舞。离休后她更忙了，把全部热情都倾注在为丰富离休老干部们的业余文化生活中，献计、献策、全力以赴参加各种有意义的活动。她待人热情，谈锋甚健，没有一点‘马列主义老太太’的样子。不久前的一天，我去看望并采访她，一杯茶过后我问起她当年和周总理一起跳舞的往事。她沉吟片刻，带着无限怀念的神情说，快三十年了，每当我回忆起那逝去的岁月，一股难以排遣的情绪便油然而生。总理给我最深的印象不是那彪炳千秋的丰功伟绩，对于他老人家，我认为任何形容词都是苍白的，我是把他老人家当作最亲近的朋友来怀念的。”

上述这段文字，是成都市一位记者赖文毅同志对我的一次采访记录。

五十年代中期，我在贵州省贵阳市黔剧团任团长，一个炎热的下午，快下班了，丈夫刘振国突然坐着车子来了。他平时非常忙，从来没有时间专门过来看我。见到我就让我马上随他出去，说是参加中央首长的接见活动。我问是谁接见？老刘故意卖个关子不说，只说到地方你就知道了。我当时穿了一件短袖府绸白色上衣，白底上有淡淡的小碎花，下装是一条银灰色的裤子。我对丈夫说，这一身太随便了，是不是要回家先换一件衣服再参加活动？老刘说来不及了，就这一身吧。

车子直接开到省委大院，贵州省党政军领导都来了，一进省委交际处（现在改为省委外事处）的大门，我就瞧见邓大姐正与几位女同志亲切交谈，我顿感到一阵紧张和惊喜：原来是周总理来了！

会场气氛热烈而活跃，我刚坐下，省军区政委王贵德同志就过来对我说："请你来，不只是参加接见活动，还有个重要任务，就是和周总理跳舞。"

我一听很紧张，哎呀，我没有准备呀！

王政委说，"你是舞坛老将了，跳交谊舞还准备什么呀？"说着，他先邀我跳了一曲，然后就将我带去介绍给总理。总理脸色红润，神采飞扬，目光平易随和。见我到来，立即伸出受过伤的右手和我握手，说："你是刘振国的爱人，好年轻漂亮。还是黔剧团的负责同志，可一定要为西南地区这个剧种的发展做出努力呀！"

我当时很激动，不眨眼地盯着总理，只记得不停地点头。

那天总理穿一件白衬衣，下装也是一条灰色的裤子。跳舞开始时，我刚于总理搭手，就发现总理上衣的袖子上有一个圆形的补丁，缝补的手艺很高超，不仔细看还真是看不出来。我没有想到一个共和国的总理竟然如此朴素，这一发现，一下子将总理和我之间的距离感拉近了。第一曲我们跳的是华尔兹，总理跳舞的技艺非常高超，开始我由于太紧张，不知怎么总是合不上节奏，有一次还竟然踩了总理的脚。这一下我就更慌乱了，手足无措，不知该如何是好。总理轻轻地拍拍我的肩膀说："别紧张，跳得很不错嘛。"

我在总理的鼓励下，终于跳完了第一曲。一曲结束完刚要送总理回到座位上，总理却先送我回到我的座位，我说，这怎么行呢？不敢当啊！

总理笑着说："舞场上，应该是女同志先落座。这是规矩，我也不能例外呀。"

第二曲开始，我刚要去请总理，只见邓大姐走到总理身边耳语几句，总理听完，便回到座位拿起外套，我看出总理是有事要走，就收住脚坐了下来。总理同几位领导同志交谈几句之后，即准备退场。令我没想到的是，总理没有与那些首长们握手，却首先走过来与我握手，我当时真是受宠若惊，只听总理说，"小白同志，谢谢你，舞跳得不错，有空还要听你唱黔剧呢！"

我使劲点头,“总理,我今天实在跳得不好,希望能有机会再和您跳舞。”

接着,总理向舞场上的人挥挥手说,“很对不起,我有点事要提前退场,同志们再见了。”

舞场上的人纷纷拥簇着总理向门口走去，直到目送着他老人家的轿车消失在夜幕中……

1958年夏天,老伴进解放军政治学院学习,按当时的规定,将军去北京学习可以带夫人。我便有机会带着孩子随老伴一齐到了北京,住在总参谋部招待所。在北京,我有机会经常参加一些高档次的舞会。因为心里一直忘不了在贵阳市,那一次和总理跳舞时由于太紧张,没有发挥好的遗憾,心里总是期待着,如果有机会,一定再和总理好好的跳一次舞。这一次,终于实现了再次和周总理跳舞的愿望。

那时,中南海在每周六常常要为中央首长举办舞会。自我们到北京后,每次舞会,刘震将军夫妇就来约我们夫妻俩一起参加。我第一次去中南海参加舞会,心情既兴奋又紧张,我不断地给自己鼓励,这次一定要跳出水平来,不要再留下遗憾。我们赶到舞会地点——中南海翠微阁时舞会已经开始了。许多中央领导们都来了,连年过古稀、身膀硬朗的朱德老总也来了。他拄着拐杖在一旁兴致勃勃地看着人们跳舞。当我们找个位置坐下来时,见总理正与一群年轻人跳集体舞,脸上洋溢着欢快的笑容。集体舞举手抬肩的动作很多,我注意到总理跳舞非常认真,尽管他右臂曾经受过伤,但同样是按照节拍尽力向上举臂,看得出,有时显得很吃力。那些年轻人倒也灵醒,都将抬臂举手的动作尽量做得低一些。

由于邀请总理跳舞的女同志很多,故与总理跳舞一般要事先约定。当我知道这个规定后,就不好意思贸然去请总理跳舞了。哪知道总理眼尖,在和一个女同志跳舞时转身就看见了我,并微微点头示意问候,大概是总理从我的眼里看到了几分期待,于是下一曲开始时,总理向我走来,我赶紧起身迎接。总理握住我的手关心地说:“白曙同志,几年不见了呀,你是什么时候来的北京？来跳舞高兴吗？”

我从心里佩服总理超人的记忆力，几年前短暂的一面之见他竟然像呼唤老朋友那样熟悉,听见总理问话,我急忙回答:“当然高兴了！”。

总理笑着说，“来，我请你跳华尔兹，我记得我们第一次跳舞就是跳的华尔兹。”

华尔兹大概是首长们跳的最多的一种交谊舞了。因为它的舞步较易掌握，节奏欢快，适合老年人休息时放松。总理当时已经六十岁了，日理万机，非常辛苦。但是身体动作矫健，舞技更是炉火纯青，可以跳出许多花样，带人特别轻捷，风度迷人。像我这样跳交谊舞自认为比较“精”的，都不由得从心里叹服。我逐渐适应了这样的环境，以前的那种神秘感和紧张感慢慢在消失。这里的气氛多么融洽呀！领袖、群众，如此和谐地在一起度过一个愉快的周末，这是我以前无论如何也想不到的。

舞场上，有很多巾帼老前辈的舞蹈跳得相当好，给我印象最深的是我党杰出的文艺战士，杨尚昆将军的夫人李伯钊同志，她每次来跳舞，都穿着优雅大方，舞步优美，令人百看不厌。

1958年底，老伴从政治学院结业即将离京，一个星期六的晚上，我最后一次进入中南海舞场。这天，还特意把我们的大孩子治平也带去了。很巧，舞会地点没在我第一次来时得翠微阁。我心想，今天是最后一次来中南海跳舞了，我要多请几次总理。于是选择了一个离总理最近的位置坐下。舞会开始一会儿，总理和邓大姐来了。因为和总理比较熟了，还未等总理落座我就抢先请总理跳舞了。连跳了两曲。还想请他跳，又怕总理累了。在休息时我问总理：“总理，您身体还好吧？”

“可以，没什么毛病。这不，星期六如果没有什么大事我就来跳跳舞，活动活动筋骨。”总理回答。

总理跳舞的次数比较多，但每次时间都很短，从不超过一个小时。经常是刚到舞场跳两曲就有秘书来把他叫走了。总理的时间实在是太宝贵了！

我的孩子治平刚刚三岁，在门口玩。总理招手让孩子过来，孩子只是傻笑。总理走过去把孩子抱过来放在腿上，就用脸在孩子的脸上轻轻地蹭了一下，我告诉孩子：“快叫周爷爷。”

孩子老老实实地叫了一声：“周爷爷！”

我问孩子：“喜欢周爷爷吗？”

“不喜欢。他是大胡子，扎得人疼。”孩子说着要挣脱总理的怀抱。

我怕孩子和总理玩下去会越来越“出格”，赶紧从总理手中接过孩子，准备退场。我想跟总理说告别的话，但一时又不知该说啥好，想到从此要进入另一个环境过另一种生活，想到可能今生再难与总理这样像朋友一样谈心，像朋友一样跳舞，不觉悲从心来，泪水涟涟。

总理说：“怎么？这就走？”

我说：“我要回贵州了。可能没有机会再和您跳舞啦。”言毕泪下。

总理拉住我的手说：“不要悲观嘛，来日方长，我还要听你唱黔剧呢。”

谁也没想到，这一次的离别，竟再也没有见面的机会了。总理那么关心我国传统戏剧的保护和传承，对黔剧的关心更是始终，但是却到底也没有听到我唱黔剧，这成了我终生的遗憾。

因为有你，暖流浸透我心

敬爱的谭冠三政委（原首任十八军政委），离开我们已经三十年了，但每每想起他那和蔼可亲的音容笑貌仍历历在目。

老政委个子虽不算高，但精神抖擞，充满精气神，特别是他那双大而聪慧的眼睛，好像能洞察一切事物，能把内心世界看得一清二楚。给人一种既是首长又像严师、更像兄长般的深刻印象。

1950 年 2 月，我在十八军文工团工作，组织上给我介绍时任十八军政治部主任的刘振国同志相识。由于不了解，也因年龄差距大，从相貌上看像是我的老爸一样，开始我没有同意。经过组织上给我做思想工作，特别是谭政委积极支持。他说，“组织上是根据你们两个人的条件，经过慎重考虑，认为合适才提出来的。是对你们最大的关心和爱护。你不要匆忙否定，要三思而后行。”

谭政委的爱人，老红军干部李光明大姐也劝我，振国同志年纪是大一些，但年纪大更会体贴人，就像谭政委和我一样，还不是处得很好！你就不要担心了，是他看中你的，他一定会对你好的。

在谭政委和李光明大姐给我做工作的同时，我也联想到，在我离开豫皖苏一分区文工队时，队长孙明辅对我们几个女同志的临别嘱咐，他说，“你们将来解决个人婚姻问题时，一定要记住听组织的话。”加上当时的风言风语说白曙不是党员，只是青年团员，和首长谈朋友不合适。但是都被谭政委顶住了，他说，“白曙现在不是党员，但她参加革命两年来，立过两次三等功，根据她的表现，以后肯定会成为党员的，我坚决同意，不但批准他们结婚，我还要做他们的主婚人呢！”

我经过慎重的考虑，更为谭政委、光明大姐爱护我们的深情所打动，我立即向组织表示同意。

刘振国同志为尊重女同志，在得到我的同意后，特意选择在三八妇女节这一天结婚。之后就是准备进军西藏。在进军途中虽历尽千辛万苦，但一到驻地，谭政委将工作安排妥当后，有一点空闲时就邀约刘振国同志和我陪他们夫妇打扑克，其目的是为了借此机会让我更进一步了解刘振国同志，培养感情。谭政委要是赢了，高兴得像个孩子似地开心大笑，引得我们也跟着他笑声不止，在简单的娱乐中不仅消除了行军的疲劳，更加深了和首长之间相处的融洽感情。对我这样刚刚结婚的年轻女同志给了很好的精神慰籍，体贴之心何等细致！当时，谭政委手里的扑克牌可是军中的唯一。

1951 年 10 月 26 日，中国人民解放军进驻拉萨，谭政委除了领导军队的工作，还要领导西藏工委的工作，并兼任西藏爱国妇女联合会和爱国青年联谊会的党组书记。他每天日理万机，但他的革命乐观主义精神，使他更加老当益壮、精力充沛。

当他得知不少女同志怀孕时，嘱咐她们在做好工作的同时要注意身体，确保母子平安，保护好下一代。生下孩子之后，希望她们做妈妈的要做到使孩子健康成长，不会带孩子的年轻妈妈向有经验的女同志学习。我就是在吴静大姐的亲自帮助下，学会给孩子裁剪缝制小衣服的。吴静大姐是宣传部长夏川的夫人。

（夏川，原名卢镇华，又名卢向晨，曾用名白炎，1918 年 7 月出生，河北平山县人。1932 年考入河北省立正定中学，1935 年考入北平新闻专科学校，1936 年 5 月参加了中国共产党成立的革命队伍——中华民族解放先锋队，1937 年 8 月参加山西青年抗敌决死队，1938 年 5 月参加八路军，在八路军野战政治部民运部工作，改名夏川。9 月到延安抗大学习，12 月编入抗大一分校，1939 年 1 月参加中国共产党。1940 年调八路军第二纵队政治部，历任宣传股长，随军记者团主任，宣传科副科长、科长，宣传部副部长、部长，旅、师政治部主任，军宣传部长。1950 年 2 月奉调二野五兵团十八军任政治部宣传部长，执行进军西藏任务。1952 年西藏军区成立后任宣传部长兼文化部长。1955 年 8 月调任总政八一电影制片厂副厂长，被授予三级独立自由勋章、二级解放勋章。26 年后，1981 年再次奉调进藏，任西藏军区副政委、西藏自治区党委常委、西藏自治区政协副主席、西藏文联名誉主席。1983年离休，为中国解放区文学研究会副会长、中国作家协会会员、中国书法家协会会员、中国老年书画研究会顾问、西藏文联名誉委员。）

由于当时生活条件差，营养不良，我的奶水少质量差，孩子吃不饱老是啼哭。刚过半个月时因为吃不饱曾经给他吃了一块点心——夹心饼干，把孩子的肠胃吃坏了，到七个月之前住了五次医院，为此，我受到谭政委严厉的批评。

为了解决孩子吃不饱的问题，我后来学会了自制酥油茶，用盐巴、砖茶、酥油和开水，放进半人高的圆木桶里，双手拿起木棒上下搅拌，打好后，就成了香喷喷的酥油茶。倒在茶碗里，一连喝上四五杯，过几个小时后就产生了奶水，给孩子喂奶吃。我很欣慰。孩子有了奶水吃，身体逐渐好转，我因此也受到了谭政委的表扬。

后来，因工作调动，我离开了西藏。七十年代，我去北京马大人胡同看望谭政委和光明大姐，尽管他们当时的处境艰难，仍然热情地关心我们全家人的情况。1979年，振国和我实在太想念西藏的领导和战友们了，便从武汉专程来到成都，听说谭政委住院，就急忙赶到成都军区总医院看望，分别二十多年，见面时有说不完的心里话。1980年春，我们家经组织批准，又回到成都军区干休所，能经常和亲如兄弟姐妹的老战友见面，得到莫大的安慰。我们也经常去医院看望谭政委和李大姐，他们虽然都瘫痪了，行动不便，仍常常坐着车由警卫人员将他们从车上抱下来，来邓家花园干休所看望我们。老首长对我们的真情实意和关怀，我们永远铭记在心。

随着时间的流逝，老首长最终还是离开了我们。但我们的亲密战友关系仍然紧密地延续着。我常去看望光明大姐，大姐一直是一身戎装。我心里想，一定要给大姐做几件花衣服穿，衬托出大姐白皙的皮肤会更加端庄漂亮。

我征求了大姐的同意后，就和李秀珍同志（薛兴邦部长的夫人。薛兴邦，1956年4月至1966年5月任中国人民解放军西藏军区监察工作委员会副书记）搭公交车去牛市口商店挑选料子。最后选了大姐喜欢的红底粉色牡丹图案的布料，又选了白底枣红色玫瑰图案的料子，给大姐做好后，让大姐穿上，镜子里出现一位光彩照人的美丽夫人。她开心地笑了，说自己穿了一辈子戎装，现在总算换上了妇女时尚服装，真高兴！

我们为大姐鼓掌，当年的老红军比现在的时装模特更绚丽多姿！

李大姐最爱蒋大为唱的《牡丹之歌》，现在她穿着有牡丹图案的新衣服，大家不由得又和她一起唱起了："啊！牡丹，百花园里最鲜艳，百花园里最壮观……"

美丽的大姐，红军女战士和甜美的歌声荡漾在大姐居住的房间里。

大姐的二字戎生，从北京来成都，经常约我一起去看望住在都江堰的大姐，大姐每次都会热情招待，非要让我和她聚餐后才肯放我离开。

2011 年冬，大姐因病医治无效，也离开了我们。我代表全家前去吊唁，并在谭政委、大姐遗像前表示继承他们的遗愿，将他们的孩子当成我的家人看待，尽力关心和爱护他们，让敬爱的老首长和大姐在九泉之下安息放心！

写到这里，我突然想起八十年代，有一天两位西藏的藏族同志来邓家花园看望我们，还带来一篮子好看又好吃的高原红苹果，又甜又脆，吃在嘴里甜在心上。马上就想起当年在西藏高原上，是谭政委亲自动手实验栽种这种苹果的优良品种的。饮水思源，这还仅仅是首长为西藏人民造福的累累硕果之一，其他的如果断指挥平息拉萨叛乱，指挥一切为了自卫作战前线的胜利、保卫边疆、开荒种地、办农场、兴水利、绿化拉萨、修公路、架桥梁等等。老首长在西藏呕心沥血二十多年，作出的卓著贡献，功彪千秋，为今日的繁荣新西藏打下了坚固的基础，铺平了从艰苦走向胜利的光明道路。

所以，我们应该永远牢记，我们今天的幸福生活全靠老一辈革命者在中国共产党的领导下，抛头颅洒热血、英勇奋战、前仆后继无私奉献换来的。我们要永远怀念谭政委和老一辈革命家的丰功伟绩，继承和发扬他们的革命精神及优良传统，建设好我们伟大的祖国！

（谭冠三，中将，原最高人民法院副院长。1955 年被授予中将军衔。是中国人民政治协商会议第四、五、六届全国委员会常务委员，中国共产党第七次、第八次全国代表大会代表。1985 年 12 月 6 日，解放军卓越的政治工作者、原成都军区顾问谭冠三因病在成都逝世。

谭冠三于1901年1月31日出生于湖南省耒阳县,1926年加入共产主义青年团,同年转为中共正式党员,1928年参加秋收起义和湘南起义。曾任耒阳县第二区党团书记兼区赤卫队党代表，是共产党在湘南地区早期从事农民武装斗争的组织者之一,参加过井冈山斗争和二万五千里长征。从任职赤卫队党代表始,自1930年6月起,任红十二军(政委邓子恢)一纵队政治部宣传科科长、红四军第十二师一纵队政治部宣传科科长、三十四团训练队队长、政委(军长林彪);红一军团军事裁判所(所长张际春)书记、陕甘支队(司令员彭德怀、政委毛泽东)四大队(大队政委杨成武)政治处主任;红三军第九师二十五团政治委员、师政治部组织科科长、红一军团政治部组织部巡视员、陕甘支队第四大队政治部主任。长征和抗日战争时期,任中国人民抗日军政大学政治部主任、秘书科长、冀中军区政治部副主任、第一军分区兼七支队政治委员、南进支队政治委员。解放战争时期,任冀中纵队政治部主任、中共豫皖苏八地委书记兼分区政治委员、第二野战军十八军政治委员。中华人民共和国成立后,任西藏军区政治委员、中共西藏工作委员会第二书记、监委书记、西藏政协主席、中华人民共和国最高人民法院第一副院长、成都军区顾问。

经过长期枪林弹雨、出生入死的战争生活,十八军官兵刚刚安定下来,一听又要进藏,思想一时会转不过弯来。加上西藏是少数民族地区,情况不明,路途遥远,交通不便,补给困难。在这种情况下,迅速转入执行解放西藏、保卫边防的任务,困难是可想而知的。但是,为了肃清帝国主义的侵略势力及其影响,维护祖国领土的完整和统一,加强汉藏民族团结,建设和巩固国防,扫除西藏人民政治、经济、文化发展的障碍,谭冠三和张国华坚决贯彻执行党中央关于“进军西藏宜早不宜迟”的指示,毫不犹豫地接受了这一艰巨而光荣的任务。返回部队后,他们立即召开各级干部会,一句“西藏未平,何以家为”让广大指战员激情满怀,纷纷表示:到西藏去,“青山有幸埋忠骨”,即使一把骨头埋在西藏,也是值得的。)

(此文曾刊登在《西藏商报》上)

应邀蒲江行纪实

2010年6月8日下午，荆浩同志（原成都军区通讯部副部长）约我和唐令华同志一起去新繁塑料厂审查解放成都烈士塑像群。蒲江县陈副县长、民政局、刘总、曾科长等人陪同。看后提出几点意见：

1.画面上的解放军军帽正面有两颗黑色的扣子，不符合当时的情况。因解放成都时是在1949年12月，查证当时的贺龙老总戴的军帽上是红色五角星，应该为红五星。

2.当时解放军左胸佩有中国人民解放军字样的长方形胸佩，查证我带去的送给纪念馆一本《刘振国将军纪念文集》上的照片，刘振国将军的胸前佩有此标志。需增加。

3.提出增加战士冲锋号、挥红旗的形象。整体看来画面结构疏密有致，人物传神，战士的战斗姿态各异，战争场面充分表达出来了。认为可以做些部分的改动即可定下来。

后至蒲江鹤都酒店住下。

次日，去石象湖参观，上下台阶千余、泛舟。又观玫瑰园，方圆数十亩，各色玫瑰，绚丽芬芳，摄影留念。中午在福祥山庄住下，下午又去观看猕猴桃、茶叶基地，均是大规模的种植。了解到猕猴桃原是每年亩产收入一千元，集约化后增值到一万八千元，群众富起来了。

天高地宽，青山绿水，包谷稻田，茶叶橘香，满目生翠。猕猴桃已上架，硕果累累，一片生机勃勃的景象。道路平坦整洁，路边间有商店，人们平和淡定。田间少数人在施肥，间苗，除草劳作。三五群众悠闲地坐在门前闲聊，几只鸭子缓缓行走，一派田园风光。我陶醉在如此美好、安闲舒适的环境中，竟有宾至如归的感觉。

第三日，我们一行先去民政局，受到老龄委杨主任和小赵的亲切接待，在茶楼等候四川省军区原主任沈君如等同志。约十时，大家一起去烈士陵园参观成都战役纪念馆，商讨规划如何布置，拟于八一建军节开馆。陵园墓地在高坡上，下面绿水环绕，正面建筑上写有“人民英雄永垂不朽！”

陵墓安葬了368为烈士，他们都是十六军四十八师的同志们，是为解放成都时而牺牲的。我和沈主任因行动不便没有上去，其他人在荆浩同志的带领下上去参观并向烈士敬礼！

我和沈主任当年都是豫皖苏军区的战友，他在五分区，我在一分区，同在张国华首长领导下。共同回忆那时的峥嵘岁月，我们都很激动。他出了几本书，其中一本写自己的《八十春秋》，那天送了我一本。下午，他和荆浩同志讨论纪念馆的事情，带来了很多资料，希望能尽早定下方案，八一前要开馆，还有许多工作要做。

县上为建设烈士陵园，投资一千万，实属不易。这也代表了蒲江上下百姓对烈士的敬仰与真情。成都军区、四川省军区出资六十万，作为四川省的援建项目。荆浩同志是具体总策划人，多方协调、联络筹款。从2007年忙碌奔波至今，令人钦佩。

来蒲江后，受到各级领导及同志们的热情款待与无微不至的照顾，深受感动。看到这里的变化，好像是给我劈开了一片新天地：原来外面的世界是如此美好，天时、地利、人和，心一下子静下来了。血压正常，吃得好，睡得香，像充电了一样，有一股使不完的劲儿，真想在此颐养天年！

一次震撼心灵的参观访问

4月25日，一早起来拉开窗帘，翠绿丛中呈现一簇簇如火般的三角梅，撩人心扉。门口两边玫瑰红的月季争奇斗艳，粉红色的芍药比肩牡丹，吐露芬芳。蝴蝶在花间草地穿梭飞舞，小鸟在枝头鸣唱，最欢快的一只小鸟放开清脆的歌喉曲叽曲叽……连声叫唤，好像在向我报告喜讯。

果然，组织上通知我们去高炮防空旅、北川参观访问。十时许，我们乘车抵达该旅。刚一打开车门，就有两位女兵上来搀扶我下车并全程陪同参观。这是一个新建的营房，视野开阔，建筑宏伟。蓝白相间的办公大楼正面楼前矗立一杆红色的八一军旗迎风飘扬，楼前的横幅标语是：创建健康军营，提高健康水平。大门的右边悬挂的标语是：建设一流防空劲旅，争当英雄防空战士。

女兵讲解员带我们进入文化活动中心，正面是张爱萍国防部长的题词：蜀中文化旅。

窗明几净、一尘不染。阅览室、军营网吧、军旅史馆、连队荣誉室、俱乐部、卫生队，都有宽敞明亮的环境和现代化的就医条件以及品种齐全的药房。

看完这些之后，又去参观生活服中心，灶具都装在有轮子的铁皮篓里可以滑动，适宜野外作业。看他们做出来的营养均衡的饭菜，多样化的食品，自制的面条、米线、豆浆、油条、糕点等多达23种，摆满了一个大长案。一位女兵端来一块夹心点心让我品尝，啊！真不错，香甜可口。他们自制的纯净水起名“防空甘露”，比起市场上出售的水还要纯净。讲解员介绍喝了“防空甘露”，官兵个个精神抖擞，身体健康。

他们不愧是“蜀中文化旅”，该旅的防空旅之歌就是旅政委时天聘写的词：

长城扫狼烟，卷乾扫卫南；

战冀中越秦川，挥戈大西南。

救国殇解民难，敌寇怯匪首寒，

英勇无敌的防空旅，铁肩担河山。

多么有豪气啊！一支英勇无敌的解放军形象，顿时映入眼前。耳边好像响起节奏鲜明、铿锵有力的主旋律，让人不由自主地跟着他们前进！

旅副政委田捷岘还是一位颇有知名度的摄影家。他陪同参观，得知我是西藏老兵时，告诉我说他们旅的前身有西藏高炮分队等部编制组成的高炮防空旅。2011年11月改为13集团军防空旅。

他问我看没看过裘山山写的《我在天堂等你》?我说，她写的书和电影、电视剧、话剧我都看过，还曾被邀请参加该剧的座谈会，即兴讲了对该话剧的观后感，其中许多情节是以我们那一代人的事迹为原型创作的。我俩越谈越近，就像回到了西藏的老部队，自然随和、无比亲切，以至于我看到他们制作的如银丝般的米线，竟情不自禁的夸奖了几句，田政委立即包好一袋米线送给我，“你先拿回去品尝，以后我们再送给你。”

听了这暖心的话，使我触动不已。

以我八十有三的高龄，再赴西藏老部队几乎是不可能的，而今天终于实现了我想了解日夜向往、梦魂所系的西藏老部队的夙愿。因而忆起当时我们在拉萨时的情景：高寒缺氧、严冬无棉衣，睡的是麦草地铺，几个女孩子依偎着挤在一起取暖。仗着那时候还年轻，这样艰苦的军营生活都扛过来了。可是因为没有公路，粮食供应不上，我们连喂马的饲料豌豆都吃不上的情况下，饿肚子的滋味真是难受，那时就梦想着，如果能有一个馒头吃，别无他求！

看看现在的部队，在党的温暖的阳光照耀下，营房如雨后春笋般拔地而起，不到两年，部队就住进了现代化的营区，软件硬件设施齐全，物质文化生活丰富优越的条件，若与当年相比，多么大的天壤之别啊！

该旅从营房到现代化营区，从单一的火炮防空到弹炮立体防空，部队的发展建设节节攀升，离不开防空人的辛勤付出。他们同心同德，只争朝夕和矢志不渝、百折不挠的精神在各自的岗位上默默奉献自己的力量，他们不愧是防空建设率的希望。

这支部队曾经多次被总参和军区评委先进单位，如“老西藏英雄连”“英雄军工连”“全国抗震救灾英雄集体”“全面建设先进旅单位”等14个光荣称号。他们无论是在烽火硝烟的战场上，还是在应急艰难的任务中，为新中国解放事业和国防军队建设立下了不可磨灭的功勋。

今天，他们豪情满怀地将踏着先辈们的足迹，继承和发扬我军光荣传统，以“建设一流防空旅、争当英雄防卫战士”为目标，继续谱写新的辉煌。也正如他们营区广阔工地上长出的绚丽、大放异彩的花木一样，和祖国组成了一幅幅欣欣向荣、繁花似锦的壮丽画卷。让我们共同怀着自豪的心情，来赞美祖国灿烂的春天，永远屹立在世界的东方！

离开防空旅，11时左右到了新北川。明媚的阳光下，空气格外清新，街道整洁，店铺林立。标志的女讲解员介绍说，除了本地羌族人做生意外，还有几家外国商店。在一家糖果点心铺内，热情的老板让客人品尝他们自制的点心，甜在嘴里，暖在心上。

我对这个区域的民族首饰颇感兴趣，选了遗传珍珠项链好金白两色荷花图案的戒子，店家以三分之一的优惠价相让，使我切实体会到羌族同胞淳朴谦和的美德。

商店里有许多精美的艺术品，如：羌绣服饰、饰品、手工人物、山水画，还有从当地山上挖来的黑白彩石为原料制作出来的上乘艺术品，让人恋恋不舍、流连忘返。

中午，在北川宾馆吃饭，具有羌族风味的丰盛午餐，受到北川书记、绵阳市军分区司令员、人武部负责人的热情款待，席间，羌族姑娘还为大家演唱了高亢嘹亮的原生态羌族民歌。

大家兴致极高，顾不上休息，餐后即乘东去老北川地震遗址参观。看到许多用支架撑起的断裂倒塌的房屋，尤其是看到了原为五层现在仅剩三层的残破楼房，令人不寒而栗。想想当时正在午睡的群众,瞬间就被埋在了地下。

老北川和地震遗址形成了鲜明的对比新建成的震区房屋白墙青瓦、白墙红瓦,座座崭新漂亮的房屋坐落在参差有致的山坡绿树间,人民安居乐业。街道墙壁上写着许多标语:“用爱心抚平地震的创伤”“用双手重建美丽家园”“任何困难都难不倒英雄的中国人民”“逝者安息,活者重生”等,在“深切怀念 5·12 特大地震遇难同胞”白底黑字的横幅标语下,我们一行列队向遇难同胞敬献鲜花,肃然默哀敬礼。军区原参谋长谭士禄说,遇难同胞中有不少是他的战友,他虔诚地跪下三叩首,以慰亡灵。

讲解员说,如今最漂亮的是民居,最安全的是学校,最现代化的是医院,最满意的是百姓,灾区面貌发生了脱胎换骨的巨大变化。

通过参观,我们这些七八十岁的从战场上幸存下来的老人,今天享受到了党和国家、军队的关怀与厚爱,生活安定、心情愉快,在感恩的同时,让我们共同祝福祖国繁荣昌盛、人民幸福安康;军队攻无不克、战无不胜!

作者白曙等老战士们为先烈献花

贵阳之行探奇葩，“筑星”“山花”源一家

正值清风送爽、金桂飘香的季节，我应原贵阳南明黔剧团赵子林同志之邀，时隔十五年后又来到上有天堂、下有贵阳的魅力城市——中国避暑之都的贵阳。

2014年9月18日，甫至、黄枫林、苏志燮、江成碧、胡志慧来看我，畅舒别情。随后，赵子林、聂淑芳也来了。想起我1999年来贵阳，住在单淑英开办的“珠江旅社”，长达两个月之久。江成碧在刚到一周之内全天候陪同，其他人也是将我当成妈妈一样关心、爱护，不是赠送纪念品，就是请我到家团聚，使我深受感动。当年刘希孟11岁时饰演《西厢记》中的红娘全本，是个奇迹。她三天两头老看我，临走还为我买好了机票，大家送我到机场，难舍难分的场景，至今尤历历在目。

次日上午，我去南明区文化馆排练场，看我们剧团排练黔剧，又见到了王春英、肖虎、曾艳等同志。第一个节目是《花田写扇》，由江成碧、单淑英演唱，声音依然悠扬悦耳。胡志慧、苏志燮演唱的《蝶恋花》同样声情并茂，受到听众的赞许。我甚感欣慰。还有更高兴的是单淑英和郑大哥（离休干部）梅开二度，当场散发喜糖，更增添了喜庆气氛。

9月20日下午，赵子林陪我去贵阳黔剧院开心剧场，观看贵州省老艺术家委员会第二届薪火传承演出。第四个节目是文琴戏《秦娘美》“破钱·约逃”一场，男女青年分两排相对坐唱，身着侗族服装，手持弹拨乐器，边弹边唱，声音清丽婉转，优美动听。第九个节目是“筑星”黔剧团聂淑芳、梁权林、罗运中等演出的黔剧《歌唱贵阳》，短小精悍，亮点纷呈，博得观众热烈掌声。还看了其他很多精彩节目，尤其是看到原五兵团16军文工团的大合唱《山丹丹开花红艳艳》时，好像我又回到部队18军文工团，子啊台上穿着军装，梳着两个辫子和大家一起演出的

场景……那种久违了的战友激情，那种硝烟弥漫的革命歌曲，那种战友情谊，虽然岁月流逝，却好似永远也化不开的。他们共演出了 14 个节目，文琴剧就占了两个，且双双获奖。可见组委会对黔剧的重视，也深受群众的喜爱。我就是为了黔剧，不远千里而来。

对黔剧的牵挂和关注，在我的生命中，可以说是魂牵梦绕一辈子。

今年上半年，我写的《奇葩绽放在筑城》一文，发表在《中华名人大辞典》上，介绍了贵阳市“筑星”黔剧团和贵州省黔剧的一些概况，接着《中华国学文库》（人物志）上又向我约稿，我应该实地采访，捧出一些鲜活的事例给读者吧！

9 月 24 日，剧团大部分人员约好在贵阳湿地公园苗寨聚会。请了摄影师龚佑春负责拍照。王惠芝专程从六盘水来看望大家，还有西南变脸王、周恩来模仿秀——胡志凌（饰《秦娘美》剧中银宜角色）及夫人小陈同志（艺校毕业）参加到剧团来，给剧团增添了雄厚实力。人到齐了，先选景照相。

然后，胡志凌饰演周总理向众人致词“欢迎白曙老团长再次来贵阳看望大家！”之后他在赞扬大家为黔剧事业做出优异成绩的同时，希望大家为创造新黔剧而奋斗!完后，我邀请胡志凌跳舞，并欢迎他们参加剧团。单淑英、郑大哥、赵子林、聂淑芳、胡志慧、苏思变、江成碧、金恭凯、王惠芝和小陈，随着“歌唱祖国”的旋律，大家翩翩起舞，齐赞盛世中华!

乐曲停了，乐队、演员各就各位，排练《秦娘美》全本，第一幕坐月。乐队拉起序曲，当齐唱开始时，乐队边演奏边与演员合唱，气势恢宏、声音嘹亮，原汁原味的黔剧旋律瞬间使人们都沉醉在六十年代剧团兴盛时的回忆中……精彩的演出，吸引了众多听众围观。

黔剧是贵州地方剧种的代表，起源于分角色坐唱的曲艺文琴。出现于清嘉庆·道光年间 1796 至 1850 年，兴盛于清末，后渐衰败。解放后，重获新生。今流行于黔北、黔西北、黔中一带。

黔剧孕育期漫长，前期以贵州文琴作胚胎二百年之久。1950 年 7 月，首次以贵州扬琴音乐为主调，脱离坐唱到舞台演出，开创了黔剧的先河。1950 年正式取名为文琴戏，标志着黔剧的诞生。1960 年 2 月，贵州省委正式命名文琴戏为黔剧。

1960 年 5 月，周恩来总理观看了贵州省黔剧团演出的《卓文君》和《西厢记》选场后，接见了全体演职人员并题词鼓励。

黔剧团的同志们：望你们在党的领导下，高举总路线旗帜，坚持毛主席的文艺方针，发扬黔剧自己的风格，吸收其他剧种的优点，融会贯通，推陈出新，为创造新黔剧而奋斗。

周恩来

一九六〇年五月三日于贵阳

就在周总理为黔剧团题词的当天中午，老伴刘振国来南明黔剧团约我一同去看望周总理。到了交际处舞厅，但见总理正在婆娑起舞。贵州省军区王贵德政委请我跳舞，接近总理时，王政委让我和总理跳舞。总理的舞姿标准娴熟、轻盈潇洒，他亲切慈祥地问我：“你在哪里工作？”

我回：“南明黔剧团当团长。”

总理说：“你们要发扬黔剧自己的风格，吸收其它剧种优点，融会贯通，推陈出新、为创造新黔剧而奋斗。”

音乐停了，当我坐在沙发上休息时看到邓颖超大姐和总理说了几句话，然后，总理朝我坐的方向走来，最先和我握手告别。这一幕场景，令我既感意外又受宠若惊。总理亲切和蔼、平易近人的儒雅风度，给我留下了深刻的印象。我悟到总理不是对我个人而是对所有从事文艺工作者的礼遇，同时又对大家寄予厚望。总理对群众的教诲犹如春风化雨、润物无声。回到团里，我将总理的的指令转达给全体人员。最后说：“我们剧团已经在周总理那里挂上号了！”

之后，大家更加积极地投入到工作中去了。

南明黔剧团是经贵阳市文化局批准于 1959 年 5 月 4 日正式成立的专业剧团。当时区委书记李增贤、副书记梁冀光等领导非常关心支持剧团的建立。从人力物力财力到具体学员学习、生活、工作的安排。建团初期，我几乎三天两头向梁书记汇报请示工作。

全团108人，平均年龄不到16岁，请当地文琴界著名人士包净六、冉达夫、蔡伟恭担任教师，教唱文琴七个基本唱腔。又请市剧团的钟老师、何老师夫妇教学员练基本功、身段、表演技巧。编剧组有柳维州、阮居平、杜声太、蓝泽众；器乐组有樊锡泉、黄枫林、王春英、金恭凯、杨承琪、罗运宗、白成林等；主要演员有丁明远、江成碧、谢家琪、单淑英、宋文祥、苏恩爱、李祥泰、王惠芝、赵子林、胡志慧、聂淑芳、林如修、孙君贤、蔡国伟、刘希孟、苏桂英、陈梦霞、杨凤英等。

大家边学习边排练节目，在短短的半年之内就排出了《五台会兄》《岳母刺字》《借亲配》等戏曲，亮相筑城，一炮打响，博得了各级领导和广大群众的赞扬与好评。接着排练了《打渔杀家》《西厢记》《望江亭》《罗汉钱》《刘文学》等戏曲，公演依然受到欢迎。

之后，排练了《秦娘美》，赵子林、江成碧、胡志慧、聂淑芳、李祥泰、苏思爱、谢家琪、单淑英、刘希孟、林如修、肖虎等都参加了演出。我任导演，公演40多场，座无虚席。

让剧团值得骄傲的是，根据童话剧由阮居平改编的《宝船》，主题思想是通过动物形象的表演教育大家要勇敢团结，用智慧毅力克服困难，去争取成功。演员由单淑英、胡志慧、刘希孟、吴志饶、梁玉筑等演主要角色。公演一百余场、场场爆满，有时剧团一天要演出三场，才能满足观众的要求。在剧团成立两年多的时间内，除以上节目，还排演了《珍珠塔》《小宴》《三难新郎》《花田写扇》《木匠迎亲》《怪笑记》《潇湘夜雨》《借亲配》等二十出戏曲。

正当黔剧走上欣欣向荣之时，遇到三年自然灾害。在不得已的情况下区上忍痛割爱，剧团被撤消。直到1999年5月13日，经过大家的努力，又被贵州省和贵阳市文化部门批准为贵阳市“筑星”黔剧团。为了弘扬黔剧且践行周总理的嘱托，原南明黔剧团的主要骨干，节衣缩食、自筹资金，克服种种困难，又为黔剧事业奋斗了十五年。为工农兵和机关单位演出不计其数。赴遵义、奔六盘水参加数千人的多次大型演出并被媒体及时报导。为配合贵阳建设“三创一办”，樊锡泉、胡志慧、黄枫林等人参加为社区演出三十多场，均获好评。

更值得一提的是，贵州省黔剧团在向国家申遗报告中说：“……至今还在贵阳舞台频频活动的贵阳“筑星”“山花”两个业余黔剧团，上演了《珍珠塔赠塔》《秋江》《贵州欢迎你》《解·救》等剧目及新创节目深受群众喜爱。足以说明黔剧是广大人民群众喜闻乐见的一个地方剧种……”这里要说明的是“山花”业余黔剧团亦是原南明黔剧团的成员以黄枫林为首组建的。我很欣慰的是，不管是“筑星”或是“山花”，大家都在为一个共同目标——传承弘扬黔剧而辛勤耕耘。

想向读者介绍的很多，限于篇幅，长话短说：

1.苏思燮，家住六盘水，因热爱黔剧，专门在贵阳租房，和剧团同行经常排练演出。而且在2010年贵阳市首届举办的戏曲演出大赛上荣获两个奖励，他自己演唱的黔剧《焚香化纸》获优胜奖，他和胡志慧演唱的黔剧《蝶恋花》获二等奖，特向我及时报喜。

2.李祥泰，中国曲艺家协会会员，贵州省曲艺家协会理事，遵义市曲艺家协会名誉主席、近年来发表文艺作品上百篇，均是在国家、省、市级刊物上发表。我离开贵阳时，他送给我许多作品，供我参改，另送一张照片题词为：敬赠“团长妈妈”，学生李祥泰。使我倍感亲切。

3.阮居平，中国音乐家协会会员，中国曲艺家协会会员，中国音乐文学学会理事，贵州作家协会会员，现为贵州省文史馆研究会馆馆员，已出版十二本书，这次他送给我《祖国漫行》等五本。

任何时候，精英都是少数，而更应推崇的是那些长期默默无闻，为一项事业锲而不舍奋斗终生的平凡人，同样，我以真情赞颂之。俗云：奇葩仍需枝叶扶！

在1999年的《贵州省戏曲大观》刊物上，登了“筑星”黔剧团的五张照片，一是乐队正在演奏，鼓师樊锡泉、洋琴玉春英、琵琶黄枫林、二胡笛子金恭凯、二胡杨承琪、罗运宗；二是《借亲配》两张，一张是江成碧饰张桂英、一张是聂淑芳饰张桂英、胡志慧饰李春林、李祥泰饰王员外，还一张是聂淑芳演的《黛玉葬花》；第五张就是全团人员和文化厅王恒富厅长、谢振东省剧协主席及京剧团团长白曙合影，以上人员都是为贵州地方戏曲作出贡献的，载入戏曲史册是对他们的肯定和鼓励。

贵阳筑星黔剧团成立后的首场演出

《水西轶史》的故事

9月21日上午，省黔剧团一级演员赵子强、王章兰夫妇前来看我。介绍了目前黔剧发展的情况。他们刚从黔西帮助当地黔剧团排练《水西轶史》，并参加毕节地区乌蒙文化节精品演出的。该剧剧情大意是:清康熙初年，在云南拥兵自重，形成割据势力的平西王吴三桂，为了加强自己对贵州水西的掌控，不择手段地找借口激发少数民族起义，然后对水西进行武力平叛，从而达到统辖云贵的政治目的。水西宣慰史安坤在吴三桂的阴谋逼迫下，没有听从夫人禄天香的劝阻，采取了举反旗的错误做法，致使水西发生了一场惨烈而悲壮的故事。

安坤死后，夫人禄天香从大局出发忍辱负重不畏强敌，积极协助朝廷剿灭了吴三桂叛军。禄天香在维护国家统一、反对民族分裂中立下不朽功勋，为稳固满清政权作出重大贡献，康熙皇帝诰封禄天香为一品“柔远夫人”其子安胜祖世袭贵州水西宣慰使之职。

该剧于今年9月13日晚，在能容纳1700人的毕节大剧院上演，座无虚席。各界人士共享文化大餐。精美的舞美设计、变幻的多彩灯光，更增添了剧情的独特韵味和良好的戏剧效果。许多观众看到精彩之处纷纷举起相机拍照。整台演出赢得了满堂喝彩和阵阵掌声。

贵州省黔剧院、贵州省文艺人才培养交流中心以及毕节文艺界的相关领导及专家对《水铁史》给予高度评价。一致认为该剧突出了戏曲的思想性、艺术性、观赏性，主题深刻鲜明、情节生动感人，唱腔优美动听，演技精彩绝伦，舞美新颖独特，服装华丽典雅，具有浓郁的地方特色在保存传统艺术的基础上，重新焕发戏剧的青春，展示了黔西深厚的文化底蕴，是一部彰显重大历史主题和追求时代精神的精品力作。

该剧获得如此辉煌的成功，在这里应该介绍一下赵子强总导演和其夫人王章兰，他们都是年过七旬的艺术家。夫妻俩人不顾当地30度高温酷暑，与剧组全体人员一道共赴黔西排演《西轶史》。王章兰老师于1954年参加黔西文琴剧团，1960年调省黔剧团，她于当年7月随团到京向中央领导汇报演出黔剧“搬窑”，她演王宝川，曾受到戏剧界梅兰芳大师的肯定与赞扬，被尚小云大师收为弟子。这次特地去黔西负责该剧的声腔指导。由于演员都是业余的，到毕节比赛的当天，疲劳加之休息不好，嗓子哑了。王章兰运用她的“咽音训练”等专业方式进行训练，保证了演员们演出时清亮的嗓音。担任该剧男1号黔西文化馆馆长雷鑫拢动情地说：“要感谢我们的王老妈（指王章兰）的悉心指导。”

总导演赵子强接受记者的采访时说：“演员们全都是业余的，这一次的确很难为他们，每天练功、排练一身臭汗，台上一分钟，台下十年功，在短短的两个多月中能够演好角色，能够取得今天的成绩，我觉得很不错。”其实这里边凝聚了赵子强导演多少的辛苦与汗水，他虽没说，我们大家心里都清楚。在此，我还要特别介绍一下，赵子林（兄）、赵子强（弟）、赵子凤（妹）是三兄妹，全家都是艺术家。子凤也是省艺术学校科班出身，她演的川剧、京剧、黔剧样样精彩。黔剧《秋江》是她的代表作之一，在纪念黔剧成立五十周年展演舞台演出，深受观众欢迎。她的夫君朴小贵，是贵州省著名笑星演员，享受国家政府津贴的艺术之家，令人钦羡。

赵子强是黔剧界元老罗军团长兼导演亲自培养的年轻导演，早在1968年就是《农奴戟》一剧中的导演之一，是《磐石湾》样板戏中第1号英雄人物陆长海的饰演者，是林冲的饰演者，在《秦娘美》和《奢香夫人》等大剧中都任主要角色，文武生演技皆精湛无比。他还擅长黔剧作曲，是和秦枫老师（黔剧团权威作曲家）学习并深谙黔剧作曲规律技巧，他对黔剧音乐的继承和发展创新作出了卓著的贡献。直到今天，他还在为培养黔剧接班人日夜操劳，他常年辅导“筑星”黔剧团，并多次参赛获奖。当下“筑星”正在排练他为该团谱的“中国梦”（李祥泰词），“往事”（白曙词）两个表演唱节目，他能将作者的思想感情用准确意象、细腻贴切的旋律充分表达出来，具有浓郁的艺术感染力。他是名副其实的黔剧传人，可喜、可贺又可敬。

总之，这次的贵阳之行，收获颇丰，如果人家感兴趣的话，我会尽力一篇篇地写出来，和大家分享黔剧成立64年所创造出来的辉煌硕果。

北京行

（庆祝活动经过）

2015年9月28日，秋高气爽，我怀着愉悦的心情去北京参加了“祖国万岁——庆祝中华人民共和国成立66周年”活动。十八军子弟卢继兵（大兵）、小寒、张琪到火车站接我。到酒店后，原十八军女兵安佩和她儿子莎莎已在等候，准备了丰盛的午餐为我接风，大家相见甚欢。

我和安佩20年未见，非常想念她，担心她的健康。见面后发现她虽然行动不便，但眼睛有神，精神不错，我放心了。大兵原是西藏军区副政委，夏川的儿子，除了比父亲胖点，父子俩长得一个样。很精神，对人热情。小寒和张琪变化不大，仍很年轻，充满朝气。莎莎的脸有点黑，他说是打太极拳晒得。

随后，我去看望我的老领导张钧（原西藏军区顾问）。他红光满面，平时爱吃肉，加之整天坐在书桌前整理写作有关西藏的史料，拟汇编成册留给后人，所以腰围很粗。到下午三点，告别张钧后才回到燕京饭店。

30日上午，天空碧蓝，云朵洁白，阳光灿烂。我乘车去北京钓鱼台国宾馆芳菲苑参加庆祝活动开幕式。与会代表大多是第一次赴京，很好奇地参观宾馆大厅里摆设的名人字画，还有摆在玻璃柜里的各类古色古香的景泰蓝珍品。许多人在厅内摄影留念。一位叫彭世勇的摄影师为我拍了很多照片，他摄影技术娴熟，设备专业，将我拍得端庄大方、精神矍铄。

会议开始全体起立奏国歌，台上坐着许多嘉宾，都是国内杰出人士。建设部副部长孟宪忠致辞，称赞在座的代表都是社会精英，为国家作出了突出贡献。最后以爱我中华和中华人民共和国万岁结束发言。接着，各代表相继发言，赞扬祖国繁荣昌盛，歌颂伟大、光荣、正确的中国共产党。会议结束后，到会的八百人来到会场外，在大好的多层站台上集体合影，纪念这美好的日子。

然后，大家去黄河京都会议中心生态园用餐，下午在玫瑰厅举行“中国梦·我的梦”大型书画艺术笔会。许多画家无偿为大家写字画画。我巧遇一位名叫姜典瑞的书画家，他擅长画中国梦，但从画面上看，又体现出中国龙的神态。他为人谦和，文质彬彬，为大家不停地写画，背上的白衬衫都被汗水打湿了却浑然不觉，可谓爱心真挚。我和另一位个子高挑、乐于助人的周振环医生是他的粉丝，排了半小时的队后终于得到了他的墨宝。还趁他休息时合影；还有一位榆林来的女画家，已到82高龄，画的长幅花鸟牡丹特别引人注目，该作品后来编入大会光盘发给大家。当时整个大厅都是书画作品，连地上铺的都是，真让人大开眼界。

与此同时，二号楼圣海厅举办了共和国先进人物交流会及主题报告会，国防大学刘教授作了主题报告，引起热烈反响。晚上举办了招待宴会及颁奖文艺晚会。

10月1日上午，我们去宛平参观抗日战争纪念馆，随后去傣家村民族特色餐厅用午餐，紧接着去中国国家博物馆参观，然后登天安门城楼。我因不便登高，和一些人在广场看热闹，人如潮涌，大家从四面八方来到祖国心脏，充满激情，溢满欢乐，此时此刻使我很自然地回忆前两次在天安门的情景。第一次是在1954年的五一劳动节，我随老伴刘振国同志带领的边防（包括西藏、青海、新疆）观礼团到北京，贺龙元帅对观礼团关怀备至，不仅前来看望我们，还将他用的车拨了一台给观礼团用，使大家备受鼓舞。劳动节那天，我们站在西侧观礼台上，和百万北京群众一起接受毛主席的检阅。十点整，毛泽东主席、刘少奇副主席、朱德总司令、周恩来总理等党和国家领导人站在天安门城楼上。毛主席向大家致意并喊人民万岁，群众热烈欢呼毛主席万岁！

那是我一生中最难忘、最幸福的时刻。

第二次在天安门广场过节是在1958年，我在北京学习，李瑞甫学友出差来京，约找一起参加五一劳动节活动。在拥挤的人流中，我们和群众一起欢呼跳跃，高呼毛主席万岁！并高唱《咱们工人有力量》，兴奋自豪之情至今记忆犹新。

时隔五十七年，国家经历了翻天覆地的变化，今天我又来到天安门广场，怎能不感慨良多？忍不住即兴吟诗一首：

华夏子孙皆庆欢，高歌六十六周年；
龙深探海雄威震，鹰击长空展翅旋，
各行各业齐奋进，千军万马共争先；
一心奔入小康境，乐业安居尽笑颜。

（会见战友及子女）

10月2日上午活动结束，十八军女兵、战友李国柱派人来接我去她家看望阴法唐老首长。他九十多岁了，但神采奕奕，身板硬朗，行走自如。只是听力有点下降。他每天读书报、看文件、锻炼身体，接待朋友比上班时间还长。真是老当益壮，令人敬佩！

当天还有四位晚辈也来看望老首长。其中有一位叫宋寒飞，他的父亲叫宋次忠，曾任八路军晋冀鲁豫军区20旅58团参谋长，当时阴法唐任政治部主任，老伴刘振国是21旅的政委，他们是战友。上世纪70年代，宋次忠曾在武汉元宝山我们家聚会，当时还留有照片。这次与宋寒飞不期而遇，十分高兴。午饭后李国柱借到大兵的电话，通知我去看望周家鼎同志。说他的女儿女婿在家等候。周家鼎曾任周总理军事秘书、国防大学纪委书记。一进他家门就看见桌上摆满了点心水果。他女儿周小玲对我说，我爸听说您来看他很高兴，他说要下楼来看您。我说不用，我去楼上看他。立即上楼，工作人员正搀扶着他准备下楼。他眼睛瞪得老大，但是看不清人。多年不见自然有很多话要说，他让我代他问候在四川的西藏战友，同时感谢振国一直以来对他的关心。我也谢他有一年回四川参加149师一次庆典后，深夜去医院看望振国的情谊。他是豫皖苏军区的才子，但他一贯谦虚谨慎、礼节周到，使我有从前见面时那种亲切温馨的感觉。因为正是午休时间，我怕影响他休息，不久便告辞。他在工作人员的搀扶下，仍下楼送我到门外台阶处，招手说再见，并派人送我。驾驶员非常热情，带我参观了国防大学校园，远远看见刘伯承元帅的铜像。据说铜像后面那座楼房是为刘帅建的，但他不要，彰显了老一辈革命家处处为国家、为人民着想的高尚情操。

下午四时抵张钧政委家，本来张钧夫人、也是我的战友祁奋和小女儿张娅已将饭菜备齐，但他还要亲自去当采购员，又买来许多北京小吃，使我大饱口福，倍感亲切。次日，他又陪我去朝阳公园看“将军林”，转了好多地方都没找到，幸遇工作人员热情带路，找到我家认领的“刘振国之树”，并为我们在树前照了好几张照片，作为明年1月26日刘振国诞辰100周年纪念内容之一。

4日下午，刘竟生、徐水亮战友约我到北京饭店，由新加坡人士办的莱佛士酒店喝下午茶。张娅开车陪我前往。我赶过去时他们已经在门外等候，这是我和振国五十年代从西藏返京住过的地方。今非昔比，经过装修富丽堂皇，我们先在大厅合影留念。

英式下午茶端上来时有股异样的清香，依各人所好可加牛奶和糖。我将两样均加少许，风味别致。各式点心装在分三层的铝架餐盘中。我们坐在舒适的沙发上，听音乐、品茗、聊天，感觉韵味浓情调足，只有竟生这位艺术家才会想到，要在这样雅致的地方招待大姐。

5日上午，张钧政委为我来京邀约了20多位十八军的老战友及部分在京子弟，有张政委一家、田涛大姐母子、一分区战友苗中琴、江一母女、安佩母子、大兵、张小军兄妹、王昌为、宋寒飞侄女、金逊兄弟、宋再兵兄弟等，济济一堂，好不热闹！张政委主持，说趁我来京之际大家聚聚，还特意将他写给我的诗念给大家：

风华正茂一女生，参加革命到水东；
战争环境受锻炼，文艺宣传展才能。

解放全国大进攻，随军转战夜兼程；
路旁鼓动振士气，舞台演出赢掌声。

进军西藏再长征，统一祖国万里行；
连绵雪山战艰险，女兵群英有芳名。

然后，他请大家各自介绍自己，谈些当年值得纪念的故事。金逊说，他和大兵组织十八军子弟重走进藏路时，路过成都，我给他们写的几首壮行诗，并念给大家听：

红旗漫卷向西进，何惧风霜阻远征；
滚滚铁流相继涌，接缨自有后来人。

重走前人西藏线，长征浩气跃高原；
马嘶号急犹存耳，雪域行军映眼前。

《协议》光芒照雪山，农奴百万把身翻；
军民共建新西藏，青藏彩虹光碧天。

高原雪域换新颜，布达拉宫笑语欢；
世代辛勤作贡献，西南重镇坚如磐。

苗中琴、金逊、大兵、小康等踊跃发言，大家为张国华军长的女儿张小康写的《雪域长歌》获2015年中央电视台推荐的好书而祝贺。我们充满了自豪，大家像又回到当年的革命大家庭。有人提议先唱《二郎山》，再唱《没有共产党就没有新中国》。江一当年曾在十八军文工团饰演喜儿，她受到大家情绪的感染，主动为大家唱《九一八组曲》段落：

那里是我们的家乡，

那里有我们的爹娘，
百万荣华一旦化为灰烬，
无限欢笑转眼变成凄凉。
说什么你的我的，分什么穷的富的，
敌人杀来，炮火枪伤，到头来都是一样……

她唱得依然那么嘹亮，那么真情动人，催人泪下。接着全体伴唱，宋寒飞为大家跳起豪放优美的《洗衣歌》：

哎，是谁帮我们翻了身？
是谁帮我们得解放？
是亲人解放军，是救星共产党……

这曲歌舞将聚会推向了高潮！

在张政委的影响下，与会者各抒己见，亲如一家，简直就是革命大家庭的典型重现。分别的时候到了，大家互道珍重并相约来日再会。江一拉着我的手说：咱们是老乡，是好姐妹，我不想让你走，就住我家。我们仍然是小姐妹时的那种感情。

（持续的情感）

6 日晨，我离开北京。张红卫送我到车厢，安顿好后依依惜别。当晚就到了新乡，大兵已通知辛法亮侄儿来接站，尽管下雨，我的学友张亦萍、李瑞甫的两个女儿燕萍和小红依然开着车接我来了。小辛热情地请大家在乡村饭店用晚餐，之后又送我到亦萍家。我之前多次返乡都是住在她家。次日，我娘家兄弟联玺夫妇前来看望，并带来了油茶、小米等许多特产。在新乡期间受到亲友热情接待令人难忘。因为患感冒不敢多住，于 13 日返蓉。重阳节那天，我接到张琪短信说她小妹张娅周日做了视频，介绍我去北京见到首长、战友及十八军子弟的聚会情况。非常棒。问我看到没有？我看到了，确实很棒，真是给了我一个意外惊喜。今天是重阳节，我想对西藏战友说几句心里话，请他代我转发："真没想到此次北京之行受到阴、张、周首长及战友们和部分十八军子女的盛情接待，使我深深体会到老西藏精神的巨大辐射力。值此重阳佳节向西藏战友祝福节日快乐，吉祥安康！祝愿西藏二代继续弘扬"老西藏精神"，再作贡献。谢谢你们！"

张琪代我转发了短信，过了一会儿就收到她转来的宋寒飞的短信，大意是，我能在北京见到白阿姨，真有意想不到的高兴和幸福。自上世纪七十年代相见，刘振国伯伯搬到四川后就没有再见。今日能在京巧遇实在是太不容易了。这是我爸爸和刘伯伯在天之灵希望我们不辜负他们的厚望，一定要互相鼓励，携手前行至永远！

我即回复："阿姨见到你也很高兴，和你有同感，望代我向你母亲问好，保持联系。"

接着又接到张娅的短信："白阿姨，刚刚看到，抱歉！回复晚了。这是我们应该做的，我还会为您这次来京准备在电脑上做一个长的视频到时刻光盘给您。效果比手机强多了。现在就等 10 月 30 日那天大兵为十八军子弟演讲进藏史时，到场子弟给我父辈的照片。您年轻时的照片大兵已经给我。"

之前我给张娅发过短信，"这次我去北京你最受累，为我借车，始终陪着我。那天聚会为给我和大家拍照，你都没吃东西。难能可贵的是，这饱含藏二代对老一辈的深情，让老人开心。亲爱的侄女，谢谢你和大家给我带来无限的欢乐！"

我也忘不了藏一代为我来京所做的一切。大兵是我的总策划人，王昌为听说我来了，捎信说一定来看我。有些子弟专门从外地赶来，金坚携杨军侄女（他爱人）来看我，并将他孙女学走路的录像给我看，可爱极了！还送我一本抗日战争的书。金逊从通州开车来，带来几箱亲手种的蔬菜给长辈品尝。张小康从香港带了一条漂亮丝巾给我，当即围在胸前；莎莎也给我送了一条紫色纱巾。他们都想让老一辈健康时尚，心情愉快。的确不是亲人胜似亲人！

以上所述，可以看出老战友之间革命情谊的传承，我有幸当了一个见证人。这是张钧政委安排的一个大好机会，让大家互献爱心，传承爱心。想想革命前辈抛头颁洒热血，为了什么？不错，是为了解放全中国人民，同时也包括他们的家人后代平安幸福生活啊！遗憾的是，有许多前辈先走了，我们健在的老一辈义不容辞应尽力关爱失去父母的子女。你们看，小康为我梳头的那一瞬间，不就是对长辈爱的体现吗？我们之间真像有一种很自然的母女感情在心里流淌。我每次见了小康、小军、大兵、金坚、昌为、戎生等晚辈，由衷地希望他们常来成都的“家”看看。

通过这次北京之行，我再次真切体会到革命大家庭的内涵与温暖，战友之间生死之交的情感不仅表现在他们活着的时候互相关心，同时也为战友、后辈作出了榜样。这其实也是西藏精神传承的方式。我希望这种精神永远融入到每个人的心灵。

1948 年冬，在睢县豫皖苏军区一分区文工队合影。

健康给你带来美好心情

健康对人的重要性是不言而喻的。没有健康我们就一无所有。有了健康，我们才能去追逐梦想，兑现梦想，实现人生价值，做一个对社会有益的人。

有些事情是那么的巧合。7月中旬的一天，我无意中看到刘正老师的医学讲座，介绍用虫草清肺胶囊治疗肺部疾病，效果很好。我是个多年老慢支、肺气肿患者，深受其苦。尽管用了不少中西药但效果不明显。而用了该药几天就起神奇作用，痰较前吐得通畅，胃口大开，食欲增加，吃啥都香，人也精神了。本来坐轮椅拄拐杖的我，服药第六天我居然能一个人去理发，来回约两华里，一点都不累。从镜子里看到自己的眼睛明亮放光有神，我高兴、激动，好像身上从内到外有一种活力四射的感觉，使我对战胜疾病充满了信心。

我记得患病的原因是八十年代，我在成都军区后勤部老干部合唱团任指挥期间，因感冒咳嗽肺部感染，当时没有怎么理会，依然带领大家紧张地排练参赛节目，最终拿了一等奖。而我也被送进了医院。干工作就是要拼命完成任务，尽管肺部疾病染身三十来年我无怨无悔。毛主席说过，人是要有一点精神的。

之后我很注意生活规律，饮食清淡、适当锻炼。每天看书阅报，有时应邀写些文章，且被多家报刊登载，对我是鼓励，甚感欣慰。老了还有事做，过得充实。

同院一位阿姨患帕金森病，郁郁寡欢，严重时又哭又闹打自己。有时半夜要来我家，说是听到我呼唤她的名字。照顾她的阿姨次日一早就带她来了，因为是老战友，我和她谈起当年在西藏一起工作时的情景她很高兴。我边弹琴边和她唱歌，她记忆力好，歌词都唱对了，我夸她唱得好，她就唱得更加悦耳且笑容满面，跟正常人一样。于是，她隔几天就来找我一起唱歌，聊天，说说心里话。

人是需要交流的。尤其是老人。一个人在家的时候无所事事，呆着寂寞孤独，往往会导致抑郁。身心健康对任何人都是必要的，特别是老年病人，更需要爱心关怀，使其保持精神愉悦、心理健康，树立信心，持好心态，按自己的兴趣特长安排好生活，提高生活质量。现在社会条件这么好，每天可以听到教授专家的讲座，增强对疾病的认识，科学治疗，一定能使自己恢复健康的。

“八一”建军节前夕，上级领导来家里慰问，我作为一名文艺老兵，弹了一曲《解放军进行曲》和大家共唱，庆祝建军88周年。我在弹琴时浑身是力，手指灵活，节奏鲜明，激情澎湃，就像又回到当年带领合唱团排练节目时的情景。将客人送走了，我接着弹《没有共产党就没有新中国》《社会主义好》《洪湖水浪打浪》等……眼前展现出一片新天地，云白、天蓝、树绿……

花红，夹杂着果香、蝉鸣，生活都么美好！大家有了健康，不是活得越老越好吗？在我们的国家繁荣富强、社会和谐稳定、科技医疗迅速发展的今天，要学会保健养生，保持身心健康，为振兴中华实现伟大中国梦而贡献力量！

作者白曙与冀殿英合奏民歌《桑塔露奇娅》。

共送天下爱心人

——怀念安一林战友

秋已深，菊花浓，菊香更醉人，
秋深菊浓花醉人，花人皆醉人。
倘心不相近，咫尺之间如隔尘，
心相近，天涯若比邻。
心中有梦可揽月，
无梦之人梦怎临？
吾与汝，常在梦中摘星辰……
共送天下爱心人！

突然想送给你一片芬芳，
好像青春时的梦回到了我的身旁。
深夜“寄生草”的琴声又在我耳边迴响，
忧郁哀怨的倾诉震撼了我的心房……

这是我深深怀念一林战友时的心声。

惜乎阴阳相隔，无法寄出。时逢他的妹妹安佩约我写一点有关他哥哥的情况，故将此作为起文。

我和一林战友相识在1948年夏的河南杞县。我们同在豫皖苏一分区文工队工作，他是乐队的主力，吹笛子、拉二胡都特棒。一米六八的敦实个子，四方脸大眼睛，不多言多语。我虽然主要是做演员，但那时号召一专多能，所以有时也学习拉二胡，少不了请他指导。

由于一林同志和我都喜欢音乐，上级就交给我们一项任务，要求在几天之内必须要编印出一本革命歌曲。为了完成任务，他硬是几天几夜不休息，连续工作，搜集歌曲整理编写，亲自刻印，眼睛红肿得像两个小灯笼，最后，甚至累得口吐鲜血。我看到，心里很是替他难过担忧，他却说，“不碍事，一定要替我保密！”

淮海战役时，文工团随分区机关进驻商丘后，各学校已经停课很久。我们先进入学校向教职员工做工作，争取早日复课，并向他们发放我们文工团自己编印的革命歌曲小册子。完成争取教职员工的任务后，又向市民演出了多场小型节目，如《担水前后》《张德宝归队》《逃出阎王殿》和《金戒指》等，观众反映我们的演出很精彩。

之后，又演出了大型歌剧《血泪仇》。崔万铸饰王仁厚，许思明饰王东才，江一饰东才妻，我演仁厚妻，裴怀杰演田保长，安一林演特务医生。还有孙明辅队长、张钧指导员、劳奇教员都分别担当了一个角色。

演出中，我们都投入了真情实感，悲剧气氛十分浓烈，常常是台上台下哭成一片。

在商丘市内公演后，又前往朱集火车站，向参加淮海战役的支前部队和民工进行了慰问演出。当时，中原野战军文工团驻扎在朱集，他们全体同志都来观看我们的演出。江涛、吴毅、史超等知名文艺工作者在座谈会上赞扬我们的演出非常成功。

淮海战役胜利后，文工团随分区机关回到中心区进行整训。这时接到豫皖苏军分区命令，调文工队到鹿邑县吴台庙参加汇演。会演后，由于一分队文工队综合素质比较好，上级决定让我们与军区文工团合并，并组建了人民解放军第十八军文工团，开始了向江南进军。

我永远忘不了那段冒雨行军的艰苦历程。

在江北时我们每人发了几双拥军鞋。拥军鞋都是用布缝制的，而江北地方的路面都是石渣路。一双鞋在石渣路上很快就被磨破磨穿了。但行军在继续，谁都不能也不可能停下找鞋子，况且也没有鞋子可换可找。鞋子都穿坏了，就用旧衣服撕成布条打布条草鞋。我不会打，一林同志就帮我和其他同志打了很多双布草鞋。打布草鞋的布条子用完了，大家再也没有可以代替鞋子的东西了，就只能打赤脚行军。我们的双脚走在石渣路上，很快就打满了血泡。

安一林同志不仅会打布草鞋，他还经常在行军途中，在大家最最痛苦的最难耐的时候，摘个竹竿子分成几个小节，再用刀子在竹竿上刻几个圆孔，吹起来就是一只笛子，鼓舞战士们的士气。一路上，他制作了许多这样的笛子，不但在乐队里演奏，还送给战士们，教大家吹笛子。

在那个艰苦的岁月里，我们除了进行部队行军鼓动宣传工作外，还抓紧时间排练歌舞节目，边和战士们一样行军边背台词、对台词，一到宿营地放下背包顾不上休息，就抓紧时间排练。记得在《李闯王》一剧中，詹望饰演李闯王并兼导演，朱子铮协理员演李炎，云月演牛金星，江一演红娘子，我演闯王身边的宣诏官，刘淑安演费贞娥，安一林演罗虎，是李闯王下面的一员战将。剧情描述了李闯王进京胜利后贪图美色欲占贞娥，贞娥不从，用剪刀将罗虎刺死。这段故事就叫“费贞娥刺虎”。

安一林在台上塑造的任务活灵活现，给观众留下了深刻的反面教员印象。《李闯王》一剧在江西给部队和群众演出，深受好评。

部队到了四川乐山期间，记得上级派了秦同志去置办乐器等文工团的必需用品，回来后，我分到了一架手风琴，当时兴奋极了，如获至宝。但是我们没有机会出去学习各种乐器的使用和技巧，我们只好各自摸索。那天我一个人在宿舍里琢磨低音贝司是怎么回事时，一林来了，很热心地和我一起探索贝司的功能。他人很聪明又始终有一股钻研精神，什么乐器到了他的手里，用不了多久，肯定会很熟练地演奏。

终于弄懂了它的和弦作用，我们激动得欣喜若狂。这样可以右手弹旋律左手加伴奏，自然拉出来的歌曲效果很好。

一林经常拉的二胡曲子有《寄生草》《良宵》《空山鸟话》《光明行》《二泉映月》《梅花三弄》等等。白天有正常的工作和排练，晚上，为了不影响战友们的休息，他经常在夜深人静的时候，坐在偏僻的空地上专注地拉着，听到的人会随着他演奏的曲子的悲喜凄欣、昂扬悠闲、跌宕起伏的感情抒放陶醉其间。

大家钦佩他的人品和才艺，敬重他的待人诚恳友善，工作热情、认真负责、一丝不苟。所以大家都很喜欢他，有什么事也愿意和他交流，他也会诚恳地给大家出主意，想点子，最后他的点子总会被采纳，经常帮助战友们在思想上排忧解难，大家都说他不仅心灵手巧，更是蕴藏丰富智慧的好人。

我也把他看作是最可信赖的战友及兄长。进藏之前，组织上给我介绍男朋友，就是十八军政治部的刘振国主任。我对刘主任不了解，当时就婉言谢绝了。后来，组织上的同志又耐心地劝说我，当时真是拒绝也不好，不拒绝又心里没底，实在无奈，拿不定主意了，就去找一林商量，征求他的意见，表明自己的顾虑：刘主任的级别高、年纪大，像我的老一辈或者是长辈一样，怎么能跟他谈婚论嫁呀！

一林听了我的陈诉之后，对我说："像刘主任他们那样的老同志们的青春哪里去了？还不是为革命牺牲了吗？"

言下之意，我应该向刘主任他们那样的老同志学习。

在一林的劝导下，我接受了组织的安排。

结婚那天，还邀请了文工团的部分同志们参加了我们的婚礼，包括一林同志。

之后，我们一起随部队进军西藏。1952 年我和刘主任添了可爱的儿子，大家都为我们高兴，祝福我们。一林的妹妹安佩、文工团的宋惠玲、安一林等同事也经常来看望我们。直到我和振国先后离开西藏时，我们一直相处得很亲切，像家人一样融洽。

七十年代，我住在湖北元宝山干休所，一林的妹妹安佩出差来看我和七号首长振国，谈起一林的情况，才得知他在四川江油一个工厂工作。文革期间挨整被停止了工作，直到平反后调到重庆冶金局工作。妻子不仅贤惠，工作做得也很好，是单位的先进工作者。我们都为好人一林后来有个幸福的家庭和稳定的工作而欣慰。

1979 年时，我和七号首长振国重返四川看望战友，路过重庆，一林得到消息，携妻子前来我们住的大坪招待所看望我们。久别重逢，那种亲切、那种感慨、那种激动人心的场面让我们都热泪盈眶，历尽沧桑，此刻的一林不再是当年那个热血沸腾、终日勤奋手脚不停忙碌着的热心人的样子，沉稳少言。大家分别谈了从西藏分别后的各自情况，临走时，我送他们到招待所大门口，握手告别，互道珍重。还以为今后再有相见的机会一定再好好叙谈的。谁料到，这竟是我们最后的一次诀别。

1989年9月25日，一林的妹妹安佩通知我说一林同志因病突然离世，我当时蒙了，怎么可能啊？我们大家那样钦佩的好战友，坚强的战士一林，怎么这样突然就离开了大家呀！

这一消息如雷轰顶，哀思如潮，舅舅不能平复心灵上的哀痛。写了下面四首七律悼念战友：

华章未就惦怀频，噩耗忽闻心转惊；
往昔书缄文思涌，今成佳曲谁人听？

忆君杞地夜三更，跌宕琴声战士情；
磅礴宫商催奋进，至今犹记“光明行”。

为编革命战歌集，昼夜操劳总不息；
双目似灯血出唇，肝肠寸断为君泣。

暮景山城幸会君，豪情坦荡世无争；
安贫励志一生正，耿耿丹心照汗青。

亲密的战友一林，安息吧！我们永远怀念你！

我家来了一位文艺女战士——白曙

好友白曙不远千里从四川省成都市来到了河南省新乡。新乡是她的故乡。自从她1948年参军以后很少回来，此时她年逾八旬，能还乡看看，我特别高兴。

她是我小学和初中的同学、儿时的好友，也是唯一还键在的几位女同志之一。所以，这次来就住在我家，虽然我家比不上她家的别墅房条件优越，但三室两厅、双气俱全，既向阳又靠近中心公园，阳光充沛，空气新鲜，很适合她居住。

白曙原名叫王联珍，新乡东关人，1947年毕业于新乡县立中学，当年考入开封女子师范。1948年四野和刘邓大军解放开封时她很荣幸地参了军。她是当年二野十八军文工团的团员。也是第一批随军进入西藏的女兵。她不仅口才好，能讲会唱，钢琴和手风琴演奏得也非常出色。她曾经是成都军区老干部合唱团的指挥，是我们军营中文艺战线上的一颗不落的明星。

白曙是5月6日来到新乡的，师兄李瑞甫为她接风洗尘，东方面食馆里为她要了一桌豫菜和水煎包、蒸饺、酥油饼等，白曙高兴地讲道："我很久没吃家乡饭了，今天吃了家乡的菜和饭，感到特别开心。"她还讲，"我最喜欢吃小叶(李瑞甫的儿媳)做的粉浆饭(指:用做凉粉剩下的浆子放夜发酵之后，再下入面条和黄豆、花生米、芹菜叶做成的粉浆饭)"。这是具有特色的河南饭。

第二天师兄李瑞甫就邀请白曙和我到他家吃了粉浆饭。真乃同学之情胜似亲情。

每当她还乡，我都要积极地为她织织一次老同学聚会。虽然聚一次人数要少一次，但我们心心相映，感到无比的欣喜和兴奋。

5月29日，白曙宴请了他的弟弟、弟妹以及从香港远路赶来的侄女秀树，同时也宴请了仅有七位键在的老同学。他们是李瑞甫、张广福、任芳伦、王之谦、孙长喜、张亦萍和北京老同学江一的姐姐汪瑞斌，我们都称她大姐。宴会上由师兄李瑞甫做了“献辞”发言，除了表示对白曙还乡热烈的欢迎外，还做诗表达了同学之间的深情爱意，最后他建议大家同唱二十年代周璇唱的名歌《何日君再来?》，表示同学相聚时的欢喜和离别后的思念。

宴会上白曙亲自指挥与大家共唱了“东方红”“社会主义好”和“洪湖水浪打浪”等歌曲。大家边吃边拉家常，边祝酒边问好，气氛和谐、欢快、温馨。

“天下没有不散的宴席”，持续到下午两点，相聚的家人和同学结束了这次友谊的宴会，相互握手告别，相互祝好而去。

6 月 11 日老伴殿英从南昌来到新乡，13 日我和殿英、白曙应郑州欣欣的邀请去郑州她家见面。第一，欣欣和我是多年的老朋友，也是老同事了，见一次面很不容易；第二，欣欣爱人王大哥是二野部队转业到地方的，白曙也是二野部队转业到四川地方的，他们应该说是战争年代的老战友了，都想再想见见面；第三，欣欣要学弹钢琴，听说白曙钢琴弹的好，一定要白曙去她家面授。为此，13 日早晨我让儿子李宪派车把我们送到郑州欣欣家里，虽然欣欣与白曙是初次见面，但一见如故，十分热情，特别是见到欣欣爱人王大哥，两位老战友倍感欣慰和喜悦。见面后除寒喧几句，他们忆往昔有叙不完的话，特别听说白曙爱人刘振国将军是进藏修建川藏公路西段的副主任时，王大哥感叹不已。

除谈话外我们还合影留念。欣欣请我们到“瓦罐居”吃了郑州最有特色的饭。下午，白曙对如何弹钢琴、特别是指法的运用，对欣欣进行了指导，她们边磋商边示范。之后，白曙弹钢琴、殿英吹口琴，合奏了《九九艳阳天》《洪湖水浪打浪》《没有共产党就没有新中国》等歌曲，直到下午四点半时，我们向欣欣和王大哥依依不舍地分手告别，离开了郑州又回到了新乡。白曙讲：“在新乡居住到郑州与欣欣和王大哥会面的日子，使我难以忘怀。”

（张亦萍：曾任河南省舞阳工委宣传部副部长，河南省统计局秘书，退休前任河南新乡市统计局财贸科科长兼新乡市统计学会秘书长。画家、作家。）

身着“泥彩”进四川

若问五十年前我们进入四川时是何等模样？说得文诌些叫身着“泥彩”服，讲得通俗点，个个都是“泥猴子”。原因是在云贵川边的横断山脉中急行军摔跟斗摔的。当时我在二野18军52师师直筹粮队任副分队长，没机会见到军级以上首长，师长吴忠、政委刘振国等师的领导大都和我们一样，个个像泥塑的一样，只不过他们身上的“泥彩”色调稍稍淡一些而已。

我军自1949年11月中旬在席卷大西南中进军贵州省以后，为了追歼残敌，行军的速度一再加快。刘邓电令称：“我已占领重庆，今后作战重点在西面，在占领泸州宜宾后，应力求占领乐山、夹江、峨眉三县，完全截断胡宗南向西南退却之道路。因此，18军应取捷径出宜宾川。”所谓取捷径，即指神速踏破云贵川三省交界处的横断山脉，出敌不意进兵川南，达成战略合围态势。

时至初冬，横断山脉雨淋淋，雾茫茫，山险路滑，寒风袭人。52师师直部分于12月9日从四川进入云南邛县境内，夜宿上罗乡一小村庄，第二天行军出门就爬了一座上下各有20多华里的大山。这天摔跤的人特别多，筹粮队炊事班的大行军锅都摔扁了，当天艰难急进至盐井溪宿营。我们刚吃过晚饭，准备烘烤衣被，队长张杰、指导员贾志敏即命令我们分队立即出发，继续前进，于拂晓前进入洪县县城，并于12时前筹好五万斤以上粮食。军令如山，坚决执行。我们分队在细雨蒙蒙的薄暮中，穿着湿衣服，背着湿背包向北进发了。开始时行军的情绪比较沉闷，我叫老筹粮队员关金祥给大家摆个故事，活跃一下气氛。关金祥是个老兵，山东人，矮胖，嘴甜，幽默，懂政策，守纪律，关心人，会宣传，人人喜爱，外号“关政委”。他给大家说了这么一件事：

1947年12月，邓小平政委率野战军主力部队继续在大别山区开创根据地新局面。刘伯承司令员则率野司后方指挥所出大别山，担负外线作战指挥任务，沿途由一纵20旅(52师前身)负责护送。一天夜里，刘司令员就跟随在关金祥所在营的行军队伍后面，但全营的干部战士都不知道。那天夜里天黑雨大，部队沿着稻田埂子蜿蜒行进，不少人摔了跟头。那时行军，为了保证部队行动的隐蔽性，是不准有声音和亮光的。但是营长发现在行军行列的队尾不时出现微弱的手电筒光亮在晃动。几次传口令下去均不见效。营长命令通讯员关金祥去查看，关金祥回来说了个"代号"，但这"代号"是谁大家还是不知道。这次营长火了，气势汹汹地往路边一站倒要看个究竟，嘴里还嘟囔着："是谁吃了熊心豹子胆，敢这样不守规定?！"灯光近了营长迎上去一看，愣了！啊，怎么会是刘司令员！这时的刘司令员没戴眼镜，没打雨伞，浑身流淌着泥水，拄着根木棒，凭着微弱的灯光，在警卫人员护卫中，像瞎子探路那样，边敲边走，还喃喃说着："给同志们添麻烦了。"

此情此景，让营长这位北方大汉火气消了，心也酸了，他怎忍心让这位深受十万将士敬爱的统帅跟着自己吃苦受累啊！这时刘司令员打了个趔起，营长连忙上前搀扶，只听得的"喀嚓"一声，大家定睛一看，不是别人，竟是"关政委"摔了个手脚朝天，疼得哇哇直叫，逗得大家大笑一场。

到了后半夜，雨越下越大，山路也越来越难走，都摔了不少跟头，又走错了路，但大家的情绪很高昂，终于在天亮时走进了入川后的第一个县城——珙县城。入城后我们来不及休息便分头找地方上的同志和有关单位联系筹粮事宜。谁知事情竟出乎意料的顺利。据原县府财粮局的一位时负责人称，我们所需的粮株，完全可以保证供应，并派人带我们去查看了几个仓库，总量约在七万斤以上。能轻松地完成任务便是十分感激当地人民群众的大力援助了。

午饭是和早饭一起吃的，饭后，我们随同当地人民群众一起到城外去迎接师首长及机关、直属队入城。吴忠师长、刘振国政委等均身着"泥彩"服神采奕奕地走过来了。这时，有两位乡绅模样的老者突然拦住吴师长问："请问，劳苦功高的吴师长在哪里？"吴师长淡然一笑地说："已经过去了，过去他可是个地地道道的川南人啊!”一位老者不无遗憾地说。刘政委笑着悄悄问吴师长:“你的家什么时候从川北搬到川南来了?”刘政委知道吴师长的家在川北苍溪县。“你不是经常教育我们以四海为家吗?这不就落实了哇!”

两位首长边走边说边笑,逗得我们在一旁也偷偷地笑了起来。两位老乡绅还愣在那里说:“今天打解放军入城起,我们就候在这里,路过的个个都像泥猴儿,没见过有模有样的大官啊!”

关金祥把我一拽说:“你瞧,傻样!他们都上了国民党反动派军队有模有样大官的当喽……”

我们部队在珙县得到了粮株补充,更加加快了向川西地区推进的步伐,终于圆满地完成了刘邓首长交给我们的作战任务,和友军一起彻底消灭了宋希濂残部,并取得了成都战役的最后胜利。

抚今思昔,感慨万千:“泥猴子”是一种吃苦精神的体现,是我们的传家宝,至今还有着旺盛的生命力。我由衷地呼唤着:“泥猴子”,光荣啊!

十八军首席记者魏超夫人李宁(左)、作者白曙(中)、郑文珊(右)在拉萨。

书信篇

给任跃庭同志的信

跃庭同志:

您好!近日承蒙您让家人送来你的佳作诗选,拜读后受益良多。以前,我曾在报刊上读过你的作品,在我的印象中,您是一位名副其实的军旅诗人。诗文题材广泛,内涵深邃,语言淳朴工整,意象贴切灵动,结构严谨。不仅有刚烈磅硝之势,也有柔柳丝竹之情,有气吞山河之象,也有清风朗月之韵,总之,是一部值得我学习的佳作。

我也是个诗词爱好者,遗憾的是至今尚未入门,特将拙作寄上,求教于您指导。

您的诗选有一首《牧人的骏马》,达到炉火纯青的境地,《列车北去》和《部山夜归》写得都很真切感人。《部山夜归》中的最后一句是:诗人留下琅琅吟月“半天”。因为整篇诗韵都是枣跃调韵,我建议将“半天”改为“诗稿”。不管对与不对,我是班门弄斧,幸勿见笑。

此致

敬礼

白曙

2004 年 11 月

给赵邦玲战友的信

邦玲战友:

你好！首先向你们全家拜年,祝你们福寿康宁！再要祝贺你的杰作问世。写得真实、精彩、生动,感人泪下,说是一部杰作,一点都不过分,更可贵的是写出了进藏部队崇高的品格和军魂。

我有一个想法,像这样的好书,应该扩大其影响,不仅进藏部队人员应该看,同时也是对后人进行党的传统教育和爱国教育的极好教科书。世世代代永远不应忘记进藏部队所付出的、跨越生命极限的无私奉献。建议组织一班具有评论水平的同志写出有分量的文章。

还有一个想法,就是将此书的内容改编成人文记录片,或者以此书为素材加工编写成故事片,适当介绍穿插西藏风光,把西藏悠久璀璨的历史文化,推荐给全世界。具有特色文化的西藏应属于世界。

看了你写的书后,心潮起伏,久久平静不下来,产生了重返西藏的渴望。再看看湛蓝的天,片片的白云,耸入天际的雪山,碧蓝晶莹的湖泊,茫茫草原上的牛羊,坝场上打青稞的男女,寺庙前转经筒的老少,布达拉宫的瑰丽,八角亭畔的繁华。再看看咱们亲手开垦的土地,尝尝长出栽培的蔬菜水果,看看今日的西藏军人,是如何威武雄壮、英姿勃发、守卫边疆、保卫祖国。了却了半个世纪魂牵梦绕的西藏情结。

此致

敬礼

白曙

2004 年 8 月

致马骏昌同志的信

昌友：接来信，得悉你摔伤的腿，经过半年的休养，已能在室内扶物走路，为你庆幸。老年人骨质疏松最易摔伤，以后千万小心！你希望知道我的情况，我就先从我的居室介绍吧。

我住在二楼，南北向，房间约十六平方米，北面开了两扇玻璃窗，有门可以通向前晒台。正门是开在东面右手边上，进门左边是两个壁柜，放了两个沙发和一个椅子，壁柜与另一个门之间的墙上，挂有一个大挂历，上面有蓝天白云，一棵挺拔的桦树下面还有绿树、河流、草丛。下面有一个茶几，放有录音机、磁带和书籍。北面窗前桌上放了一台电视，桌前有一把皮椅，是我写东西的地方。我的床设在南面靠墙，半躺在床头上看电视正合适，靠西墙一边放有一架钢琴，紧挨着有梳妆台，台上有两个金银色像框，里面有我和老伴及两个儿子的全家福，一个是我和四川省老干部活动中心合唱团的合影。花瓶内插着六朵粉白相间的香水百合，散发出阵阵幽香，是女儿卫华送来的。还放着一盆鸡蛋大的金黄枇杷，是小儿媳王蓉昨晚去龙泉玩带回来给我品尝的。

现在，我靠在带有熊猫图案的靠垫上（是大儿媳吴丽送给我的），给你写回信，床的右侧是床头柜，上有电话，有我和孙子刘旭明合照装饰的台灯。窗外滴滴答答正下着小雨。前院右边一棵批把树上，结满了金黄果，引来无数鸟雀啄食，有时一个枝头上，可见三只鸟交替啄食的喜人景观。左边有棵正结青桃的桃树，还有一棵樱桃树。大门和客厅之间是葡萄架，因不结葡萄改种绿油油的七里香，已爬上架。院内还种了迎春花、君子兰、海棠、紫罗兰、玉兰、茉莉、盆景等花卉。还要向你介绍的是，邻居的香棒树、竹丛，都在我的视野之内。当我写东西和看书报，眼睛疲劳时，站在前晒台上，看到这些养眼的绿色景观，不仅解除了眼睛的疲劳，更觉心旷神怡。我斜依在靠背上，透过窗向外看，绿树环绕，众鸟栩翔，有时还停留在我的窗前晒杆上陪伴我。

走出通往后晒台的门，是一个有二十平方米的平台，设有洗衣服的水池及水龙头，可以在此散步做健身操，是休闲的好场所。并且又是我和老伴夏日纳凉之处。早上我们并排坐在一起看天空中盘旋的鸽子，听树上鸟雀鸣唱，晚上观繁星围绕月亮闪烁，微风吹拂，荡尽一切烦恼忧愁，平添爽朗怡静，白发偕老，相携相伴，人间天堂美景也不过如此。遗憾的是他先我而去，触景伤情空留悲怆。

下面该说说我的生活安排，早上七时起床，和邻居去球场打太极拳，早饭后阅读或写写东西，中午饭后读报到一时半午休，三时起床又看报或处理家事，晚饭后看新闻联播，之后去本院花园散步，周二去上老年大学听文学。偶尔由单位组织活动或友人聚会也去参加，享受回归大自然及与友人团聚的乐趣。

常记日记，因为没有做到每天记，好像每天时间还挺紧，往往在不知不觉中就过去了好几日。有时也会脱口而出哼几句小曲，或弹弹琴或活动活动筋骨。

“五一”大假，随吴丽及她的娘家共七人，驾两辆车去温江，浏览百亩园艺花木景点。最后在一个清洁安静的园林家歇息。品农家风味，玩儿童乐园，滑梯、秋千、翘翘板，感觉又回到了童年。最后大家齐上阵“血战到底”(一种麻将游戏)，不分老幼，畅所欲言，其乐融融，达到回归自然放浪形骸的境地，身心无比愉悦。

5 月 11 日，文工团聚会。假如你的腿好了，明年欢迎你来参加。和老战友见面的激情和乐趣，真叫不摆了，太棒了。下一步的计划是，给老伴写纪念文章，出样板书，够我忙一阵子的。你想了解青城山的情况，且听下回分解。

白曙

2002 年 5 月 15 日

致童年伙伴李瑞甫学友的信

听说你从今年2月20日患了双耳失聪病，连忙给你家打电话询问你的情况。玉兰告诉我你的耳朵被确诊为神经性耳聋，正在输液。如果是年轻人患此病，还有望治愈，年纪大了很难见效，好在你们女儿小恩是医院领导。她会尽一切努力为你治病的。我嘱玉兰转告你不要着急，玉兰说，你除了此病其他检查均好，并说可以写字对话，提醒了我不由地想和你摆摆童年趣事。

记得在小学时，你爱穿一身洁白的运动服，加上一双白力士球鞋，在男生中显得很帅，你又喜欢运动，篮球打得特棒。我也喜欢运动，咱们住的地方又比较近，所以经常在一起玩。月光照耀的篮球场上，众多小伙伴追逐嬉戏，其中就有我们天真活泼的身影：和张祖金、李鸣鹤等学友在卫河上荡舟，在田间小路上漫步。当时我们像出笼的鸟儿一样，在田野上奔跑、飞翔。在封建势力统治下的年代，我们的行动是向旧社会的挑战，是旧礼教的叛逆者，理所当然地要遭恶势力的围攻和恐吓，校方的干预、家庭的阻力，而我们仍我行我素，像觉慧、小琴一样向旧社会挑战。

为了保护玉兰、润风放学时不受个别军官的骚扰，我和魏文援、桂英、定兰、晓仙等伙伴，经常送她俩过北关大桥，导致他们的愤恨，给我写了通牒信。我拿给祖金大哥你们看，你们给我壮胆子，鼓励我做得对，不要怕。我一直把你当成小弟弟，因为你的脾气特好，老是笑咪咪从不发火，人缘又好，总是被女孩包围。我和瑞英、桂英等同学经常去你家玩，爷爷奶奶对我们格外热情，有好吃的总是拿出来招待我们，叔叔婶婶也喜欢我们。当时你们家算是比较开明的，也是比较民主的，所以才有那么多的同学找你玩。在我当时的日记上，凡是和你及瑞英一起玩时，都是记着双瑞。这想起童年趣事回味无穷，我为当年有一批童年朋友而庆幸无比。

后来，我去开封女师读书，得知你和玉兰都在国立十中，甚欣慰。再后来，我当了兵，你们在家乡参加工作，改变着家乡的面貌。五十年代初，我们又见面了，振国同志为我们照了许多张像。

每次我回老家，都要去看望你们一家，你和玉兰总是把我当亲人一样热情接待，不分彼此。将学友们约到你家，畅所欲言，共饮团聚酒，你们家成了学友的联络站，给学友带来无限欢乐和美好的回忆，同时延伸着大家的友谊。从少年、青年到中老年，你们的家也是众学友的家，始终是社交的中心和温暖的港湾。

去年我和王颖大姐回家探亲，时逢你家喜得玄孙，四世同堂，学友们前去祝贺，宾客满堂，有一晚辈给你俩脸上涂了红装，令人忍俊不禁，爽朗的笑声此起彼伏。盛世逢喜事，古稀聚一堂，大家祝贺你俩喜上添喜，再来个五世同堂。现在，你虽然听不见了，我想也没有太大的妨碍，因为你仍可以和亲友书信交流，更可贵的是你有一个和睦幸福的温馨家庭，有老伴玉兰和子孙相伴，还有朋友带给你的关爱之情，你仍像以前那样受到大家的尊重和欢迎。童年的伙伴，永远祝福你！

白曙

2007 年 3 月 20 日

日记篇

1988 年 8 月 25 日晚

在锦城艺术宫欣赏中央芭蕾舞团音乐会《红色娘子军》《梁祝协奏曲》《贝多芬第五交响曲》等，首席指挥卡祖善亲自讲解各乐章的意义。他说，如果没有听到过贝多芬的第三、第五交响乐，那么他就等于没有听过音乐。原来我是没有好好欣赏，今晚大饱耳福。音乐把我带进艺术的天堂，随着音乐的旋律神游。这么美妙感人的音乐，我多年来没有享受了。所以如干渴的心田适逢甘霖雨露。孔朝辉的小提琴独奏，把梁祝的悲剧命运，如泣如诉的凄婉心境，淋漓尽致地表现出来，使听众产生共鸣，对梁祝的遭遇产生深刻同情与惋惜。曲目完了，观众几次爆发出雷鸣般的掌声。他们又加演两曲，一是比才的作品，二是天鹅湖片断，尽兴而归。蓉城的观众是文明的，既热情又不过分。

卡指挥不愧为中国第一流的杰出指挥，挥洒自如，力钧如泰山压顶，气轻如紫燕颤飞，一会儿似万马奔腾，一会儿如杨柳春风。多位一体，神通默契，真是耳听八方，眼观六路，上下捭闺，出神入化。我坐在第一排，看得真切，无比钦佩。

1988 年 9 月 20 日

阅读贵州出版的《晚晴》杂志，登有诗人田兵同志赞颂吴静同志的诗，摘录于后：吴夏合欢四十春，雪域炮火记犹新；满堂儿女淑魂云，安得灵芝苏故人！

吴静同志是我最敬佩的一位大姐，她对工作极为认真负责，对同志热情帮助，又是一位贤妻良母。听说她因心脏病去世，我和老伴十分悲痛，又不胜惋惜。看到此诗，甚为欣慰。她在天上当知，战友依然深深地怀念着她！

杂志上还刊有任耀庭同志挽钟华同志的诗，其中我最欣赏的两句是：郁郁青山长眠去，泪水伴墨送诗人！钟华同志是我的战友张实同志的爱人，是位著名的军旅诗人。

我很爱看《晚晴》杂志，质量较高，是薛光等同志主办的。

1988 年 10 月 16 日

一早去接学礼和喻彬到邮政礼堂演出，已有部分同志先到。随即化装，化完装演唱合琴，喻彬伴奏，试唱不大理想，主要是《四渡赤水出奇兵》，大家注意力不集中，后来又到院子里练一遍，我鼓励大家要有信心。

演出大获成功，我自觉发挥得不错，大家唱得也很带劲，受到观众的热烈欢迎，这说明我们这几年在老年圈子里的影响。梅彬（四川省老干部活动中心副主任）、（王希援负责合唱团的干部）都很高兴。每个合唱队员都高兴。下来我大汗直流，心脏又痛了一阵。大家处于兴奋状态之中，我们几个又去看其他人的演出，还抽空照了两张合影。今天我穿的是带珠片彩色毛衣，颈带白色象牙条项链，黑呢时装筒裙。我已有深刻体会，每次演出只要我的形象光辉，精神焕发，大家都会受到我的感染，这是成功的因素之一，当然更重要的是人心齐泰山移。

昨天在文化宫的演出，我穿的是黑色白珠毛衣，下着紫裙子，颈戴白色项链，显得别致。在我坚持要大家演出时穿裙子的情况下，今天个个五彩缤纷，珠宝闪光，梅彬说从台下看太舒服了，有色彩、有活力，给人以新鲜感。主持人是邓敬苏（战旗话剧团的演员）对我说，她的一个北京战友来成都看过我们成都军区后勤老干部合唱团的演出，说我们的演唱水平不亚于北京的离休干部合唱团，大家听了更充满信心（后勤老干部合唱团部分骨干也是四川省老干部合唱团团员）。

1989 年 10 月 30 日

收到共青团中央委员会来函，通知我写的散文《将军与迪斯科》征文决定年内出版。又写些鼓励的话:“摄时代于一瞬,集世态于一书,人民、世界感谢您。”既受鼓励,今后再继续写吧!订了两套,每套16.70元,去邮局寄钱。应得稿费15元。这几天实在有说不出的高兴,一旦自己的劳动得了结果,得到社会的认可,自然高兴。

1989年6月30日

上午去四川省活动中心老干部合唱队,参加庆祝党的生日活动。第一个节目是大合唱,我指挥所有在场的人唱《没有共产党就没有新中国》。然后合唱《在希望的田野上》和《中国中国鲜红的太阳永不落》,我自己认为指挥没出什么问题,得心应手,但由于麦克风的原因,声音放不出来,有点遗憾!今天我穿上黑色闪金光的连衣裙,胸前带了一朵彩色绒花,显得端庄大方。唐国荣同志对我说:“仍有艺术气质和演员风度”。合唱队又照了不少像,我和老伴也照了一张,和学礼等人合照多张。歌曲加表演和花花绿绿,活活跃跃,还是很受大家欢迎。我想庆祝“八一”建军节时,最好也搞得活跃一些。

1989年7月2日

今早出发到峨眉,一路青山绿水,风景宜人,十分惬意。开始是瓢泼大雨伴我们行,空气格外新鲜,超越城市污染和家庭烦琐,精神得到净化。下午五时见到孙华部长,他是组织大家来学气功的,他对人热情,工作认真负责,本是西较场干休所合唱队的负责人,希望他出来主持,他同意了,我们说好准备12日回成都。晚饭后,在院中散步,但见绿树环绕,院中心是水池塑像,鹤群栩栩如生,鱼背上坐一孩童。粉莲浮于水面,景色美丽。周围用水砌成许多双人排椅,供游人想息。正面是接待大楼,对面是理疗科,上方是大礼堂,下方是门诊部。四周青山泡逝,白云缭绕。

1989年7月4日

一早收音机里播放《雨打芭蕉》乐曲，昨晚是一夜风雨，今天周山云雾蒙蒙，有时黑云浓卷，犹如战火峰烟，有时白茫茫一片，宛如白纱冉冉升起，燕子绕树翔飞，夏蝉嘟嘟奏鸣，池塘红荷浮面鲤鱼悠游，绿树红花，白房倒映成画。假山瞬句，犬牙交错，曲经通幽。池分两面，中间为一四柱圆形分开，下面砌成两个弧形石椅，可容二十人许，上有一拱桥，连接地面。园内草坪如茵，桂兰吐香，松竹屹立，夹竹挑美人蕉粉黄相间。两个捉鱼鸟，绿色黄脯尖嘴，停立石上，伸颈展翅，犹做体操，偶而嬉戏翩舞。老伴在晒台上打拳，我随着音乐《绣荷包》的节奏，下意识地跳起老年迪斯科，此情此景，不是天堂胜似天堂，大自然无私奉献给予人们美的享受，令人陶醉，也令人深思。翻过来人们又给予大自然几多关注？蓦然看见四个孩童拿着塑料袋在捕捉小鱼，可怜的小鱼，在他们的摆弄下，一会儿就两眼翻白，呜呼哀哉！

1989年7月9日

和小向、小吴一块去清音阁、洗心亭游玩，洗心亭下面的两股泉水像两条蛇一样狂舞。有趣的是，一股是白色，一股是青色，传说是青蛇白蛇的化身。坐在亭子中间听涛声凉凉，空气清新无比。绿树层叠，望不到边，如大海的波浪，令人心旷神怡。主殿门前一幅对联写的是：玉沙琼草连路碧，石路源泉两寺分，是描写此处景致的。

虽然是绵绵细雨，游人纷纷，上有七、八十岁的老姐，柱杖攀登，下有五、六岁孩童健步紧迫。从停车场至清音阁，皆是石板曲径。道侧临山一涨清泉，清彻见底，道的另一边是宽敞的河床，由于天干，大部分无水。河的对面，峰峦叠障，蔚为壮观，鸟语花香，翠竹松柏，天下之秀在峨眉，真是名不虚传。沿途摊点林立，饭馆成排，出售峨眉土特产药材、水果，还有一景观，就是到处都会遇上抬花杆的壮年男子。他们围着你劝说你乘坐，价钱便宜，只要两、三元钱。我都婉言谢绝了。还有数匹马等待客人乘骑登山，捎背篓装茶上山的，少数骑自行车带货上山的。山上有茶馆、饭馆、旅店、清洁舒适，为游人考虑得周全。

在清音阁，我们三人抱小猴合影留念，照完了给小猴的主人两角钱，他还让小猴给我们举手敬礼，真有意思。小吴说佩佩（我的孙女）让她带个小猴回来，真猴没带，照片上的猴子可是带来了，我又给佩佩和婷婷（外孙女）买了两串绿色项链，七角钱一幅，不算贵。走去走回共十华里路，然后乘车返疗养院。路上要付过路费和停车费，公园票计 5.5 元。

回来后，周锦文大姐约我下午去看峨秀湖，我欣然同意。

然而一躺下来就起不来了，胸闷，混身无力，接不上气，后来大姐来喊我，只好违约了。躺了一下午也没有恢复疲劳。在山上我查了一下脉搏，跳得较快时有八十多次，再上到最高处清音阁，头有些闷海拔约八百米处，人就有反应，说明心脏有问题。到了晚上服了“冠心舒合丸”才稍微好一些。

1989 年 7 月 10 日

白天休息玩牌，晚上院里池中喷泉齐放，水柱射花，五彩缤纷，煞是好看。徐风吹来，顿觉凉爽惬意。散步返回路上，我扶着老伴瘦削的胳膊，艰难地往上爬坡，我内心无限感慨。好像他很快就要离开我了。来疗养院后，他对我关怀备至，看到我热了，就连忙将电扇打开。饮食方面总是提醒我不要吃得过量，以免增添心脏负担，一切以我为轴心。他说，要是我回成都一时回不来，他也要回去，老夫老妻难以割舍的样子令我心酸、心痛不已。

1989 年 7 月 11 日

一早起来，转了几圈，吃完早饭就出发，临走前未见老伴甚为遗憾。一路顺风回到家里已是中午，因天气太热，先吃西瓜后吃饭。下午两时半去合唱团，后勤部老干办谢干事说给我捎话，让我一定回来。后勤要录像，郭诚同通知我，军区确定演出由我指挥，并要我和他及李政委（原战旗歌舞团政委）负责教唱六首歌，其中两首较生，需下力教唱，加上人员也不齐，长寿桥干休所车辆保证不了，时间又紧，25日就要彩排，问题不少。一个人总不太习惯，老是听到老伴的脚步声。我想他会和我有同感的。晚上太热睡不着，峨眉凉快，比家里舒服多了。

1989年7月14日

孙华部长留我抓一下合唱队，我答应了。后勤合唱团只来了几个人，歌选得也不适合，《上前线》唱不起劲，大家仍想唱《过雪山草地》。

1989年7月15日

昨天晚上小森（五号首长的儿子）说小王送家乡客人去峨眉，这样我和婷婷（小森女儿）搭他家的车，今早出发，一路顺风。皇冠的质量性能不愧为世界上第一流的豪华轿车，坐着稳当舒适。

车行至离夹江不远的地方，恰遇老伴的车往回开，商量后还是重返疗养院，老伴处处为我着想，真难为他了。一回疗养院，浮肿慢慢消退，也变得精神了。为了慎重起见，王医生还是帮我开了心电图检查单，做了心电图，因我右胸痛，她还帮我开了法骨水，她既热情又负责。和周大姐一家耍牌，我认为打牌可以松弛神经，是医疗烦闷的最好办法之一，戏之为“麻将治疗气”。

和老伴商量确定21日返蓉，又是迁就我开会、指挥。陈明义首长给合唱团批了五百元作为防暑降温费，关心老干部的健康，这一消息定能鼓励大家更好地完成任务。

1989年7月21日

在疗养院又过了几天轻松的日子，今天早饭后返蓉。路过眉山三苏祠浏览并品尝了东坡肘子、东坡鱼，饭后出发，三点后到家。气候炎热，较疗养院热多了。

1989 年 7 月 23 日

参加排练节目，我还是晕呼呼，吃了点参，才勉强唱完三首歌，谢宣生指挥，因我病了换的他。前天从峨眉回来受了热，左脑血管跳个不停，是脑痉挛。后果是脑血栓，李道芝主任赶来看望，并开了些止痛药和扩张血管的药。

今天的排练效果不错，尽管天气炎热，但为了完成任务，大家唱得都很带劲。

下午四时，解放军报记者小杨同志来家采访"八一"授勋的感想，老伴同他谈了谈。

1989 年 7 月 24 日

晚饭后，去接钟学礼同志，一起去北较场彩排，万海峰政委审查节目，大家精神抖擞，威风不减当年，特别是当唱到"向前！向前！向前！"时，更是威风四射、斗志昂扬，使观众颇受感染。除了八十多名老干部及家属外，最高一层站立的是朝气勃勃的十个文工团员。在二十多人的乐队伴奏下，战旗文工团的刘指挥，挥臂飞舞，台上阵容蔚为壮观。演毕，全体演员站在前台，像绽放的花朵，个个笑逐颜开，万政委登台向演员一一握手，勉励大家继续努力，提高演出水平。晚会上还有邓敬苏同志的诗朗颂，激情满怀，激励大家回忆战争年代血与火的经历，振奋精神，建设四化，保卫国防。

张菲同志在下面看我们的演出，她说，你的表情最好，阳庆珍也好，有些人表情差一些。"她又问我对她们演出的迪斯科的意见，我说很好!博得两次热烈鼓掌。你跳得舞姿不错，就是面部表情有点严肃。"她说"是紧张的关系"。

今天演出，女同志个个光彩夺目，仪态万方，李莉今天着了浅粉色空花连衣裙，加上人长得美，简直像一朵出水芙蓉。学礼一身灰色套裙，带项链，油亮的乌发，一副高级教师派头。丁金平同志穿圆领蓝低黑花旗袍裙，风度翩翩。每个人都变得年轻貌美。遗憾的是男同志没有打领带，显得不怎么精神，谢宣生说："以后演出还是要打领带。"

我看到大家又热又渴，就买了十瓶汽水给大家喝，后来公家也准备了汽水，一人发了一瓶。今天的演出是吴丽帮我梳的头，发警挽得好看，受到大家的称赞，都说我适合这种发型。

1989年7月26日

失去许多机会看《茶花女》今晚7点在华协影院总算如愿以偿，场面壮观，华丽无比，演员是世界上第一流的。主要演员演得真切感人，尤其是演茶花女的角色，让你不自觉地随着人物命运而悲喜哀乐，剧情处理得合情合理，人物刻画逼真，二部合唱得默契动人，谐和统一，强弱高潮处理分明，层次清晰。世界名剧一定要观看，提高欣赏能力，充实精神生活。否则，人会变得空虚平庸。遗憾的是音响开得太大，假如音响开得适度，那么，会收到更佳的艺术效果。空调太凉，本来就感冒，结果更加重，不过愿望实现了，其它都是次要的。

近来，老伴对我很是关心体贴，因为太热，为我扇扇子减热，从外面回来，感冒督促我喝水吃药，可是我由于受不了环境污染，头痛、胸闷、心慌，又好发脾气，很不好。老伴经常在练规定的三首歌，有时我们一起唱，他对分给他的任务是严肃认真的。

1989年7月29日

老伴去参加王银山老红军的遗体告别，我因重感冒去不成。志平从北京回来，带来了北京糕点，沈克娟侄媳也带来六盒，她还是很关心我们。刘震大哥也给我们写了信，约我们明年去东北转转，关心振国的身体，建议他适当吃些补养药物。趁能动的时候，多出外走走，见见世面，开开眼界。

1989 年 7 月 30 日

中午下雨，仍按约定去接钟老师，我们先到，在军区大礼堂等大家。大厅里数十个着白色衣裤的少先队持乐鼓欢迎老红军和老干部，外面鞭炮齐鸣。主席台上，苍松翠竹，红花点缀其间，披红带一级红星勋章的老红军将军整齐排坐，全体官兵肃穆静坐。听台上首长讲为老红军授勋的意义，向老干部祝贺。

我们在饭堂化装，我带领大家练习几遍歌曲，后来才知道谢宣生病了发高烧，我领着大家练唱后，在化装室休息，他向我表示谢意。其实我做点事是应该的。演出时大家激情满怀，唱得不错，“向前”一曲，由于起音高与战旗的同志一起唱，有个别同志唱低了，反正有乐队大声鸣奏，即或唱错了，也听不出来。战旗歌舞团演出的集体祝贺授勋节目、合唱、男、女声独唱、乐器演奏都不错，老人孩子们的节目也没有出差错，老年迪斯科特受欢迎，我们合唱团有六、七个披红授勋的老红军为合唱团大大增辉。演完后，一小女孩问我：“你是不是代表？”她看到我也别了一枚奖章，我说：“我是来参加演出的。”顺便将桔子送给她吃，她很有礼貌地说：“谢谢奶奶！关心下一代，人人有责。”

1989 年 7 月 31 日

人无力气想休息，估计是昨天出力过头了，晚上新闻看到授勋场面，节目放映了两个画面，一是老干部合唱团，我站在前面，一身高质量蓝色套裙，特别显眼，还有军区幼儿园儿童跳舞的场面，一闪而过，辛苦了这么久总算完成了任务，告一段落。

1989年10月18日

老伴代表我参加成都地区文艺工作者“艺辉”联谊会，庆祝重阳节联欢，我因感冒没有出席，老伴破天荒代表我与会。说明他对我工作上的全力支持，这种精神是很可贵的。

他回来说有五号（原西藏军区司令员，后任成都军区副司令）、蓉燕（五号女儿）、谢宣生、魏克、王杰同志都去了，还有五十年代的老文艺工作者，遗憾的是我没去。一切应从实际出发，凡事不可勉强，最好一切顺其自然。

2003年9月3日

下午离开成都赴昆明，有吴丽陪着，一切方便，软卧舒适清洁，同室有两个是攀钢退休干部（夫妇），是去新疆旅游返回的。女同志患膜骨软化，上铺困难，吴丽发扬互助精神，让她睡下铺。同是出门在外，尽量给有困难的人排忧解难是人之常情。望窗外，不是青山就是河流或是良田，风景如画，美不胜收。记得有本书上说，见山生智，见水生仁。山水也是给人智慧启迪人生感悟，是真正的老师，山水可以使人脱离凡俗，精神得到升华。绿油油的碧水在阳光下闪耀着金光，河边停留或江中有一两个扁舟，有时又看到岸边浅水处有两个玩童在戏水，生机盎然。

次日8点25分准时到达昆明车站，昆明疗养院来了两个同志接站，除我俩，还有13军的优秀基层干部同车抵疗养院。此处建于五十年代，所以房内设备有些陈旧，但不影响疗养。医生先给我查了个心电图。伙食不错，丰富、质量高，鸡鱼肉蛋，每天都有，住一段时间肯定要增加体重。我们住的房间窗外是山，窗下是一条江，江水日夜不停地流淌，江对岸停有两座楼船，名曰望江楼，招待游人。空气清新，环境幽静，院内柏树翠竹成行，还有粉红色的芙蓉花，开得美丽极了。大门正在修建，又建了军委总部疗养楼，竣工后，疗养院更会显得雄伟壮丽。

下午我和吴丽去游泳馆游泳，吴丽从小就爱游泳，她像条美人鱼似的在水中自由穿梭,很是舒服。我也用了30元买了一件泳衣也下去游了一会儿,是半游,用双肘撑在岸边,因为年大体衰没力气,连狗泡式也不会了,还喝了一口水,不过在水里泡泡等于水疗。

2003年9月5日

适应一下院内作息,每天7点20分早餐,中餐11点20分,晚餐5点20分。周二晚上有舞会,本来想去跳一会儿,但没有舞伴。再说音乐也不太理想,节奏感不鲜明,自始至终只有两对在跳,看的人也有,就是不跳,我只好看电视。

2003年9月6日

八点半准时开车去参加世博会,是旅行社组织的,每人交15元车费,到了世博园又每人交了15元车费,怕走不动。因有7个主要景点,看了中国馆温室、国际人与自然、花木等景点,没有看完就已经觉得累得慌,在休息棚下休息,看人来人往,还有吹奏乐及花车数辆通过。吃饭前返回疗养院。晚上给原昆明军区张景华参谋长及汪德荣同志打了电话,告诉他们我已经来了。他们都很热情要来看我,参谋长留我住一段时间,他的夫人陈其素同志建议我去石林看看,我采纳了她的建议,既然来了,还是不应留下遗憾,开始担心脚肿,怕受不了,休息两天估计问题不大。

2003年9月7日

给苏音大姐打电话未打通,也许是我将电话弄错了,怎么会是军队电话,但是有地址,那天去昆明按地址再去找一下,几十年不见了真想看她,同时我还给她带了几张五十年代她和其老伴林亮同志着藏装照的照片。

2003年9月9日

昨天下午四点，在楼下接到张参谋长夫妇及汪德荣同志。参谋长夫妇腰板硬朗、红光满面，原来是每周打三次网球之故。相比之下汪部长体质要差一些，但精神很好。老陈还给我带来一大盒月饼，又热情地相邀我们周三去吃过桥米线，在一起畅叙别情。他们家的老四张卫平硕士毕业，在加拿大工作，和刘峰在一个城市。又说到他们的建房问题，需上报批准，钱是准备好了的，这边大军区副职遗孀，配一名工作人员，照顾得很好。汪部长送给我一罐茶叶和一本姜思毅传记，姜思毅同志是军事科学院副院长，振国同志的老战友。还带来一次性的照像机，大家在一起合了影，这是最好的纪念。见了老朋友十分高兴，晚上睡得特好。

上午和吴丽先去买茶和木耳，又去天然氧吧吸氧，疗养院斜对面有座公园，树木茂盛，刚过大门就觉得特爽，上了十几个台阶，在平台上做深呼吸，吴丽一人上山，犹如世外桃源，此处曾是吴三桂练兵的地方，电视上播放过此景，又是杨升庵住过的地方，堪与青城山媲美。一会儿，来了一对夫妇，原来是从成都双凤桥干休所来的，和我们是一个大单位。他们每年外出疗养两次，北戴河、大连、广州等疗养院均去过，他们很会生活，女同志比我大两岁，但头发全是黑色，人显得年轻且精神好，看起来我要比她大五岁都不止，可见经常浏览山水，对身体大有裨益。发现中午泉水较晚上热，是太阳照射的缘故吧！洗了个热水澡，午休特舒服。愈来愈发现这里的优点很多，条件极好。

2003年9月10日

八时过一点起程赴石林，路过海拔两千多米处，耳朵出现轰鸣声，随即将车窗开大，让大量氧气进来，感觉好一些，参观石林是需要力气的。走累了就休息，总算坚持了下来，加上医生、导游、疗友的关照与帮助。丛同志夫妇还热情地让小苏导游为我们拍照，我自己照了三张留念。

石林值得一看，是二亿多年前留下的海底礁类演化成现在的石林，峰峦屏障、千姿百态，最有意义的是阿诗玛和阿黑哥的传说，一对坚贞不屈、生死相恋的情人。林内草坪花卉，池塘金鱼交映成趣，各色民族服装，到处都是物美价廉，1.5 元就能买一个漂亮的小花手袋，我还买了两个阿诗码金像。到了品茶屋，我们走进去品茶，挺有意思，两个装扮成阿诗玛的姑娘为来客讲解茶道，并进行表演，先后品尝了四种奇茶，普洱、红茶、冷香等，她们像魔术师似的，让人品尝到香甜浓淡相宜的茶。这是一种艺术享受，同时也增长了知识面，原来茶叶不仅有提神作用，还有许多保健医疗作用。茶还能和枣子、水果等食品同时炒制成一种更美好的味道来。品完茶，又去看了一场歌舞演出，“远方的客人请你留下来”，着民族服装的青年男女，持鼓背坡跳起优美娴熟的舞蹈，加上欢快的歌声，使人赏心悦目。

三时整，离开美丽的石林返程，还要补充一点的是，中餐每人十元，且菜肴丰盛，气锅鸡、鸭、肉、菜蔬都味道不错，服务也热情。回来，疲倦了睡得香，一觉天亮了。

2003 年 9 月 12 日

昨天上午老陈来接，先看苏音大姐，她仍像以前似的干练，生活自理，精神焕发，虽 81 岁高龄，看起来有六十多岁。她的生活充实，参加牌类、唱歌等活动。中午一起吃过桥米线，参谋长夫妇作东，苏、汪作陪，美味佳肴，畅叙别情。感谢他们给予我的热情款待。老陈又送给我一个漂亮的玉镯，苏大姐送给我一包“三七”贵重保健药物。她又带了我去看了西藏战友：穆星忠和王镜夫妇，新家装饰一新，全部是地板，用去 8 万多元，买房 4 万多元，五十多年未见，尽谈西藏之事，他们希望我能重来昆明，苏大姐还答应陪我一起去大理和丽江游玩。5 时 20 分返疗养院，今天办出院手续，结帐，明天返蓉。

【友人篇】

白曙同志青春留影

张 均

风华正茂一女生，参加革命到予东。

战争环境受锻炼，文艺宣传展才能。

（注:1948 年，开封战役期间时年 19 岁的开封女师学生白曙投奔豫东解放区，参加了豫皖苏一分区文工队。在这支战斗中成长的文艺宣传队里，白曙同志实现了理想，热情洋溢，激情满怀，发挥了才干。）

解放全国大进攻，随军转战夜兼程。

路旁鼓动振士气，文工团里显身影。

（注:1949 年，解放战争已转入战略进攻，打过长江去，解放全中国！一分区文工队和豫皖苏军区文工团合并为 18 军文工团，随军转战九省，行程万里。男女文艺兵们团结互助，不怕苦，不怕累，不掉队，坚持完成任务。白曙同志是其中光荣的一员。）

进军西藏再长征，统一祖国万里行。

连绵雪山战艰险，女兵群英有芳名。

（注:1950—1951 年，随 18 军执行进军西藏、解放西藏任务。高寒缺氧，雪山连绵，艰苦异常。刘伯承司令员比喻为“第二次长征”。18 军指战员们发扬长征精神，战胜重重艰难险阻，完成了伟大的历史使命。在进军西藏的首批女兵中，白曙同志是光荣的一员。）

（张钧:原豫皖苏军分区文工队指导员。后任中国人民解放军 54 师文工队指导员、十八军区直属机关协理员、成都军区民运部部长、西藏军区顾问。）

吟军营里的一棵牡丹树

王吉祥

一棵神奇白牡丹，
常年艳开大西南。
风吹雨打它不动，
百年挺立在四川。

（王吉祥:老八路,四川省物质局副局长,四川省老干部合唱团团长。著有诗集和革命回忆录。）

革命人永远年轻

焦东海

倾接白曙同志送来的《岁月如歌》，展卷阅读，字里行间，我感觉到了一种非常清晰的思维。

白曙同志和我是同乡。我的家在河南但师，她的家在河南新乡。1948 年前后，我们先后在不同的地方参军。而白曙身为一名年轻女子，冲破重重阻力，毅然参加了解放军。实在难能可贵。更可庆幸的是，我们虽来自不同的地方，参军后却都分到了 18 军。我搞宣传工作，她搞文化工作。说也有缘，当时 52 师的政委，后来 18 军和西藏军区政治部主任刘振国将军是我们的好领导，也就是后来同白曙同志相濡以沫 46 年的亲密伴侣。

所以，《岁月如歌》中记述的许多事，比如刘振国将军在西藏的许多感人故事，我都是亲眼见过且亲耳听人讲过的。现在由白曙同志写出来，入重温往事，倍感亲切。

《岁月如歌》中也记述了跟随刘将军辗转四川、西藏、贵州、湖北、河南，最后定居成都的历程。可以看到，她在文化工作战线上是很有作为的。在担任贵州省贵阳市南明黔剧团团长期间，按照周总理的指示。组织演出了著名的黔剧《秦娘美》，当时在全市引起很大反响。

《岁月如歌》中我们看到了白曙同志离休后为传播老西藏精神，为精神文明建设所做的许多工作，特别是她组织的一些文体健身活动，不仅使自己越活越年轻，更使许多老同志深深受益，使缠身之疾病渐离渐去。所做的工作，受到四川省委和军区领导的赞扬。

白曙同志多才多艺,会诗会琴会唱歌,文笔也流畅。收入本书的文章有回忆,有随笔,有日记,有散文,有诗歌。每一篇既给人思想上的启迪,又给人艺术上的享受。她的诗意境高深,笔底波澜。

试看她写的《川西田园农舍即景》:

青山绿树,白墙灰瓦,缕缕炊烟飘天涯。
翁生区并坐,双因同耍,小伙荷锄才巴地挖。
蓦转身,奔下挑桶把水打。
三三俩俩,漫步千陌,风筝高空挂。
风和日丽,燕飞、人笑、花黄美如画。

短短数语,川西美丽风景跃然纸上。可见白曙写诗的功底是很好的。

总之,我觉得《岁月如歌》这本书,表达了一个革命老人美好向上的心声,大家不妨都找来看一看。看看一个革命者的青年、中年、老年究竟应该怎样度过。白曙同志爱唱《革命人永远是年轻》这首歌,她也经常指挥大家唱这首歌。现在,就让我用这句话作为我这篇短文的标题,也一并奉献给广大的老年朋友。谢谢。

(焦东海:中国人民解放军十八军52师战地记者、教导队筹粮队分队长,十八军进军西藏前线记者、西藏军区政治部报社编辑、记者;亲历过湘南战役、成都战役、昌都战役、拉萨战役、山南战役。转业到西藏自治区党史办专家。著有纪实文学集《东海采》《光点集》《彩霞东来》。)

“年轻”老人的如歌岁月

——成都日报记者采访记

白曙：“我和书、和成都都很有缘。我就是在成都，在你们的报上实现了小时候的文学梦！”

编者按：2005年，距离书博会拉开帷幕还有短短一个月，在《成都日报》与成都市新闻出版（版权）局联合推出的“说出你与书的故事”活动中，记者又寻访到一位与书、与成都颇有渊源的八十多岁老人——白曙。她的第一篇文章就是发表在《成都日报》上，而她的第一本书也是在成都诞生！

“白阿姨”的文学梦在成都实现。

“我是白曙，写了一本反映部队和老年人生活的书稿。”

刚接到白曙参加本报“说出你与书的故事”活动报名电话时，记者从声音判断，话筒的那一端是一位对生活充满热情的中年人。

而当记者敲开阿姨家大门时发现，白阿姨笑容满面、精神烁烁，直到她说出自己已经八十有余高龄时，记者才恍然大悟：白阿姨是一位心理年龄很年轻的老人。白曙周围的人都认为她热爱生活，心理年龄依旧年轻，虽然到了做奶奶的年龄段，大家还是愿意亲切地叫她阿姨。而且大家都知道这位白阿姨最爱看书写文章！

“1987年10月4日，我的文章《将军与迪斯科》在贵报上刊登后，对我鼓舞很大。感到自己童年时的文学梦实现了！”

白阿姨跟记者聊到她与《成都日报》的故事。这二十多年来，白阿姨一直珍藏着报纸原件。她说，自从文章在报上发表之后，她开始对自己充满信心，也有很多朋友开始鼓励她积极写作。后来就陆陆续续在报上发表了很多文章。

白阿姨出生在河南，参军后1951年随军进藏，是首批徒步进藏的女兵之一。后转业到地方工作，现为成都市金牛区离休干部。她说：成都这座城市实现了我的文学梦。这里的人们对人都很热情，对生活也很热情，正是这种热情唤起了我写作的激情。

2001年，她的文章《战友情》和《火红的青春》分别被收录在《首批进军西藏的女兵们》和《高原文艺战士》两本书中。2009年，她的文章《战斗在水东地区的难忘岁月》荣获中华老人诗文书画大赛金奖。

"如果没有在你们报上发表第一篇文章，就不会有我后来的成绩。我是在你们报上，在成都圆了自己的文学梦呀！"

白阿姨对《成都日报》、对成都充满了无限感激！

"这本书在2009年总共印了500册，并没有公开发行，都是用来送朋友的。这只是我作为党的女儿，对新中国成立60周年的献礼。"

渐渐地，白阿姨的粉丝越来越多，老战友、老同事，都抢着看她的文章，而且连孩子们也对这些记录战争年代文艺生活的素材有了浓厚的兴趣。在众多朋友的帮助下，一本《岁月如歌》的书稿终于诞生了！

在序言里白曙的老领导魏克这样写道：她的文章和歌充满激情，见了作品就如见人。她歌颂共产党、歌颂毛主席和周总理，歌颂祖国；她关爱亲人，热爱战友，热爱大自然，她把自己的经历和情结都生动、形象地写在她的作品里，并汇集成书，留传后人。

记者细心翻阅白阿姨的《岁月如歌》书稿，在里面果真找到了她过去那如歌的岁月：《战斗在水东地区的难忘岁月》《活跃在川西大地的文艺兵》《革命歌声焕发了革命的青春》《川西田园农舍即景》等随笔文章和诗歌近百篇作品，将自己参军时代的见闻和转业后在成都开展工作和文艺生活详细记录下来，每一篇文字都有将读者带回那一段如歌岁月的魅力。

闪烁的星

郑 克

宽阔的大厅、五彩的灯光，一曲激昂、高亢的“游击队之歌”在这里悠悠飘荡。“我们都是神枪手，每一颗子弹消灭一个敌人，我们都是飞行军，那怕山高水又深，在密密的丛林里……”，这歌声像一股激流，冲开了人们的心扉，将人们带进了战火纷飞的年代，勾起对历史的回忆和思念。这是四川省委老干部合唱团为庆祝建国四十周年在文艺晚会上的演唱。那台上的指挥员就是原西藏军区文工团的团员。她面带甜甜的微笑，双臂随着音乐旋律，在空中有力地挥动着。她中等身材，穿一身浅蓝色柔姿纱套裙，浓密的黑发在脑后挽起了髻。仪态端庄、举止优雅，仍然流溢着当演员的气质和风韵，看上去她是那样年轻有活力，谁能相信她已近花甲之年呢?

白曙的形象在我脑海的屏幕上重叠着。战争年代里，她浪迹天涯，冲破敌人的封锁线，加入了中国人民解放军，活跃在豫东部队的宣传队里。那时她一双短辫，一副戎装，英姿飒爽，是文艺战线上的 ·名女兵。在战斗激烈、生活艰苦的时候，她和同志们一样昼夜行军，风餐露宿，每到一地，写标语、散传单，宣传和组织群众支援前线，还演出各种文艺节目。长时间都是戎马，碌碌奔波，夜晚行军过分困顿了，走在狭窄的田梗上竟能进入梦乡。

在向祖国大西南进军中，她已是演员中的佼佼者。情感真挚、演技超群。她主演的大型歌剧《血泪仇》，每次演出都震撼着人们的心灵，台上台下哭声一片，使军民们受到革命的洗礼。湘南战役中，粮食匮乏，部队在断炊中行军作战。一天攀登一座高峻山峰，正当饥渴交加，行走十分艰难时，突然见她正和其他团员站在陡峭的半山中，说快板、扭秧歌，为大家鼓劲。火辣辣的阳光下，她气喘吁吁，红红的脸上挂满了汗珠。这在同志们行进的路上闪过来一道光亮。

似水流年，韶华已逝。当年的年轻女战士如今已儿孙满堂了。可是她们仍在闪光。她离开拉萨后，因身体有病转业下了地方。后来她离休回到家里。作为将军的夫人，她有丰富的物质生活，幽静舒适的环境，房前屋后树木葱笼，花团锦簇，还有钢琴、书籍。可以舒适地安然度过晚年。不！每个人在这宏大的宇宙中都有自己的位置和使命，她将自己的生命看成一道流淌的小溪，要流进大海中去。大批老同志退休后认为日近黄昏，有严重的孤寂感和失落感。为此，她四处奔走，广泛联络，将那些退休的干部、学校教授、还有当年驰骋在沙场的将军们和战友们动员起来，参加唱歌跳舞，打乒乓球、羽毛球，从事多种有益身心健康的活动。省、市、金牛区老干部活动馆，以及老年保健大学、老年协会、老干部合唱团、成都军区联勤部和西较场干休所，都成了她常年活动的舞台。一周之内，她往返穿梭多次，全身心地投入工作，奉献出自己的力量。赢得老同志的广泛赞誉，人们亲切地称她为“白大姐”。

老年迪斯科风靡一时，它动作舒缓，姿态优美，兼有保健娱乐的功能。白曙成了它热心的传播者。在强节奏的迪斯科乐曲中，她舞姿优美，动作潇洒自如。大雁柔肩、钟摆手、兰花手、登山步、阿西跳月，一二三、搭搭，她跳仍像当年那样矫健和轻盈，大伙儿跳得精神抖擞，容光焕发，又像回到打腰鼓、扭秧歌的年轻时代。她已教了四期老年迪斯科训练班，有时一天之内，需去四个地方教练。这种无偿服务，她有求必应，从不推辞。有一次，她被一青年骑自行车从她右脚压过去，脚部软组织损伤，疼痛难忍，为了不让大家失望，她仍坚持着去组织部教舞，使同志们感动不已。

她担任三个合唱团的指挥，现正排练长征组歌。“雪皑皑，野茫茫，高原寒，炊断粮，红军都是钢铁汉，千锤百炼，不怕难……”这低沉有力的歌声不时回响在锦江大礼堂上空，给人们带来激励和奋进。随着年龄的增长，她身患多种疾病，而心脏病时有所发。但她朝气蓬勃，带病坚持，工作时忘却一切。由于过度劳累，她曾卧床一周，经过治疗，稍有好转，她又回到指挥台上。1987 年 8 月，在她的生命史上树起了一块彩碑，她终于成为一名共产党员。这是四十年执着追求的报偿。当这毕生的宿愿实现时，她的心潮像大海之波不能平伏。夜晚她漫步在清寂的树荫下，在阵阵暖风中，她仰望苍穹，星光璀璨啊！她想那一颗颗神奇的星，虽然不能与明亮的月光媲美，但它们从不吝惜自己，永远将光芒洒向大地，普照人间，她要做一颗闪光的星。

（郑克：人民解放军十八军后政文工团文书，后转业到木工厂任厂长。四川省作家协会会员，著有散文集两本。）

剧目《血泪仇》剧照

往事颇堪回首

——祝贺白曙同志成书《岁月如歌》

刘绪林

记得前些年白曙同志曾以七号首长(刘振国将军)的战友、妻子的深情,不辞劳苦、全力以赴张罗组织。编辑出版近三十万字的《刘振国将军纪念文集》,也亲自在扉页上题字:“刘旭林、关坤霞战友惠存,白曙 2004.5”赠我。如今又知白曙即将出版《岁月如歌》,惊喜之余不胜钦佩!我等已是耄拳之年的人,能有几个像白曙这样心气十足者,借战争年代常用的一句通俗的话来说:“不简单!真不简单!”佩服!佩服!可喜可贺!

提起白曙,我立即想起六十年前我俩同台演出小歌剧《一万五千元》的事。那是在 1949 年 4 月渡江之前,我们文工团到达了安徽桐城县的孔城镇,进行渡江前的准备。为充实演出节目,便排演了这个小歌剧。剧中只有两个角色,白曙演老大娘、我演老汉,详细情况记不得了,戏的内容大概是表现新区群众拥军,反映解放军爱民的小故事。那是我到文工团后儿八经地参演的第一个戏,只记得首场演出后,我的脑子一片空白,人全晕了,想不起刚才干啥了。这是我永生不忘演出的“处女作”。现在想起来都觉得有趣,可笑!几十年后方知那叫演员的“午台紧张或者叫做晕台”更有趣的是,那时候的脸部化妆抹的全是黑油墨,白曙也帮我画,满脸的皱纹道道,简直是个花老猫,可惜那年代没有相机留下“尊容”以传后世。反观那时白曙同志可比我强多了,她识谱能力强,音乐水平高。帮我识谱、合乐,业且午台经验相对较多,演这种小戏对她来说驾轻就熟小菜一碟，她和我同台搭档算是以老带新，也是我一件幸事。因为我那时才刚刚 19 岁，而且又是文工团的一个新兵。我和白曙同志都是 18 军文工团建团初期的老人。她是由豫皖苏军区一分区文工队合并过来的，我是从豫皖苏军区建国学院选调进来的。我们于 1949 年二、三月间在河南省鹿邑县的五台庙组团相聚。而后，一起渡江南下，进军大西南、经贵州、挺进川南。在这段大进军的过程中，我们文工团进军演出很多节目：歌咏队是每次演出的第一个节目，在军乐队的伴奏下，唱起雄壮有力的《解放军进行曲》《解放区的天》《没有共产党就没有新中国》《樱桃好吃树难栽》《把蒋介石的家谱翻开来》《国民党一团糟》等等。这些歌曲演员唱（吼）的来劲，观众听的带劲，非常感人，特受欢迎。再就是在进军路上设鼓动棚，打起锣鼓，呱嗒板，临时编词，见什么就说什么，我也是参加编演的积极分子，在马金岭设的大规模鼓动棚，效果特好。歌剧、秧歌剧、话剧就更多了，如《白毛女》《血泪仇》《李闯王》《担水前后》《买卖公平》《过关》等等，很受部队官兵和群众的好评。还有秧歌队的压台节目《解放灯》，那就更不用说了。

1949 年 12 月中旬我们团进驻川南重镇泸州，适逢 50 年元旦即将来临，团里重新整理排练了《血泪仇》和《白毛女》以及其他几出戏，在泸州戏院售票演出，场场爆满。对地方还开展各种文化活动，教唱歌是一项重要任务。记得白曙同志经常到学校教歌，那时年轻学生们对文工团的同志特别是女同志非常爱慕，学唱革命歌曲情绪十分高，就因教学唱歌吸引了不少女学生参军入伍呢！还有到文工团来的也不少。

1950 年新年过后，接受了进军西藏的光荣任务，我们转移到乐山，忙着筹备召开 18 军全军进军西藏誓师大会，我们和全军部队一样，誓把五星红旗一定要插到喜马拉雅山上。

在乐山也是白曙同志与七号首长刘振国喜结良缘的地方。我们移到新津做些进藏前的各项准备工作。过一段时间听说白曙同志生了重病，到成都治疗去了，战友们很是挂念。

1951 年 7 月 1 日，我们随军直机关、部队从甘孜出发向拉萨大进军，适逢白曙与七号首长刘振国也结伴而行，这下子我们又一起踏上征途了。爬雪山，过草地，趟冰河，挨饥饿，越过千山万水，战胜艰难险阻，终于在10月26日举行了隆重的拉萨入城仪式从此也将开始了更进一步的峥嵘岁月……

到拉萨后不久，一天晚饭后我和团里几个同志到自曙家串门儿，他们就住在大院的朗堆家宅院楼上。七号首长刘振国和白曙热情接待，拿烟倒茶，刘主任还亲自端上糖果说："你们吃吧！"我看出首长的诚恳和厚爱，也深刻体会到老红军的纯朴与善良，简单的"你们吃吧"这四个字，以及他那生动的口吻、眼神、表情……给我留下长久的印象。当时我很想能有一天在舞台上塑造刘主任的淳朴，以及一号（张军长）的英明、二号（谭政委）的慈祥、四号（王副政委）的威严、六号（李参谋长）的隽智等老首长们的光辉形象。我手捧糖果思绪纷繁，因为拉萨当时正是忍饥挨饿的困苦阶段，糖果佳肴只不过是朝思梦想的"精神会餐"，我猜想军首长的糖果并非是他们的特殊待遇，很可能是首长拿出招待上层统战工作所需的食品，以示对我们的厚爱。嚼着糖果，我脑海中的镜头一下子闪回进军西藏路上的一件事；1951年10月1日，是我们伟大祖国建国两周年纪念日，也正是我们进军途中忍饥挨饿的时候。那天宿营地选项在河坡一片很不错的草地上，可就是肚子太饿，我们都想吃上一顿饱饭以示庆祝，问题反映给团领导，朱子铮团长和大老肖（肖迎春）去请示刘主任。见团长返回，大家高兴地问："首长批准了吗？"朱团长严肃地说："还是按规定量下锅"，他认真传达刘振国主任的指示："过国庆时让大家吃顿饱饭"，说起来也是应该考虑的，不过我们带的粮食按计划要吃到拉萨的，往前走再也没有兵站补充了。到拉萨还要走20多天。就是到拉萨也不能筹粮，毛主席说过"解放西藏不吃地方。"再想一想红军长征吃草根野菜……咬咬牙勒紧腰带也撑过来了。今天我们每人每天有一斤定量，比长征时候好多了，还是按定量吃，过一个艰苦的终生难忘的国庆节好不好？大家听传达后，都说"对！""苦不苦，想想长征两万五，累不累，想想革命老前辈……"。当天晚上，那顿代食粉糊糊喝得照样香甜。睡到被窝里，大家免不了七嘴八舌来了一通"精神会餐"，各地同志都摆出自己家乡的各种好吃的东西，我说俺河南乡下有人好说"将来的日子好了，咱也像那皇上和娘娘一样，当皇上是烧饼油馍当饭吃；当娘娘的手上纳着鞋底儿，哪树底下凉快到哪里去享这通精神会餐"，品得大家津津有味，小帐篷里的笑声冲破了高原寒冷的明月夜。吃着糖果，另一个镜头马上闪回刚到拉萨不久的一天。为纪念我团在进军路上牺牲的三位战友——一队的尹学仁，二队的邓群价，军乐队的张国藩，一位是党员，一位是团员，一位是群众，开了一个隆重的追悼会。当追悼会进行到默哀三分钟的时候，忽然听见一女同志咄咄放了几个响屁，弄得人人十分惊讶，真是啼笑皆非，那么严肃的场合，为什么竟发生如此尴尬的事。皆因为缺粮挨饿，常常煮囫囵豌豆充饥所致。我们常开玩笑地说："这恐怕刘主任未必没听说过"，当然这事登不上大雅之堂。面对茶水糖果，一则受宠若惊，二则足见首长对部下之爱，那时一粒糖果在我心中好似一颗金豆子。着实引发了我浮想联翩，激动不已。想必七号首长刘振国也会回想到进军途中文工团国庆节的那一幕，如今用糖果来表达深深复杂的情意，以糖果之甜，暖部下冷苦之心。白曙夫妇与我们双方都表达出心照不宣且深层次的战友之情。真是甜在嘴里，暖在心中。

听说西藏军区成立后，七号首长刘振国因积劳成疾，不得不离开拉萨回祖国内地治病休养，白曙同志也随之返回祖国内地了。

三十多年后，与白曙同志再相会是在蓉城。上世纪 80 年代，在四川的原 18 军，西藏军区文工团(队)的老战友有个战友联谊会，每年 5 月 23 日在蓉城聚会一次，一则是为纪念毛主席在延安文艺工作座谈会上的讲话发表若干周年，二则是这一天又是和平解放西藏 17 条协议签订的纪念日。参加聚会时，见到分别几十年的老战友们，心情特别激动。彼此畅叙友情，方知白曙和七号首长刘振国已搬来成都住在邓家花园干休所。讲到他们离西藏后在祖国内地的各种经历。我告诉她，我一直在西藏军区文工团工作到编制撤销，而后又调到成都军区战旗文工团的一些情况。多次聚会，战友们情真意切。还表演各种小节目助兴，会餐畅饮热闹非凡，也拍照合影留下永久的纪念。

通过白曙联系到了进藏初期早先调离西藏的战友，如贵州的肖荣光、费浩林、南京的宣汉威、章道珍等。每次外地来人到她家，都打电话给我前往聚会，有来自南京市的徐宝康，来自河南的王匙，来自重庆的郭枫林等，足见白曙同志既交友广，又人缘好！白曙有次转来费浩林写的大型电影剧本要我提意见，我认真读后觉得主题内容、人物情节是进军西藏问题涉及到最敏感的国际问题，恐怕一时难登荧屏，请转告小费。

白曙同志和许多老西藏一样，有很深的“西藏情结”，为参加陈明义将军的追悼大会，她通知我到西较场，搭乘后勤部的专车一起去北郊磨盘山陵园，向五号首长遗体沉痛告别。有次约我同车到北较场观看成都军区战旗话剧团演出的新剧《在天堂等你》，同去的还有不少原西藏军区的老领导郡晋武等同志，观后又是座谈，白曙等同志发了言，又是接受记者采访，写文章，登报纸。因为这个戏是成都军区袭山山的杰作是反映西藏有关内容的。

说起来多有凑巧，白曙 1986 年转到成都军区后勤部西较场干休所时，正是我一年前才搬离西较场，住在后勤大门对过（下同仁路 1 号——四川电视台宿舍院），虽没能在一个大院但也相距很近。遗憾的是七号首长后来逝世的时候，我未得到信息，没能参加追悼会。其实我对七号的印象还是蛮深的。我们文工团同志有这么一句说法：“进军西藏，搭台扛棒。”就是说我们除了参加演出节目外，还有一件重要任务就是搭舞台；在乐山为进军西藏誓师大会搭舞台，在甘孜为进军拉萨誓师大会搭舞台，在拉萨为成立西藏军区大会搭舞台，为西南、西北两军在拉萨会师搭舞台，康藏、青藏公路通车搭舞台，大大小小舞台搭的不计其数。许多时候都能看到七号亲临现场视察指导的身影，因为这都是进军西藏的各种大事活动。主任亲临指导足见政治意义之大，七号责任心之强。另外，每开大会，我们朱子铮团长成了“呼口号”这一项目的“专业户”。时不时地常听见刘主任叫喊：“居（朱）子真（铮），居子真！”我们这些搞表演的，常模仿七号的语言、表情，用他那浓重的湖北口音冲着朱团长喊“居子真，居子真！”朱团长听后难免大笑一场。何况他的模仿更高出我等一筹。记得西藏军区成立大会后，朱团长好学张经武代表在大会上宣读中央军委命令中“……政治部个居任（主任）刘振乖（国念成乖）”我们背地里笑他们都是些“湖北佬”。显见得我们与首长们之间的亲切友好。还有一件事，路过冷拉山那天，安佩同志有病不得不骑马，我充当她的“马童”保驾护航，下那个陡坡的时候，我右边勒着马缰绳护住安佩，左边眼见刘主任在崖口上亲自指挥的形象，他大声地说："千万要小心，一定注意安全……"我勒马在前尽量放慢速度，马把后腿绻起来缓慢往下滑。坡太陡，冰雪大，生怕弄不好一头栽下来可就糟了。鼓足劲，咬紧牙，心想，今天豁出去了，大不了就在这儿"光荣"啦！"呜"的一阵风似地滑到坡下。多亏"马克思保佑"，竟然平安无恙。只不过是坐了一次免费的"雪山电梯"。真乃是"三军过后尽开颜"。此后，每想到7号首长刘振国那天指挥大家下冷拉山的悲壮情景，尤如电影胶片般常在眼前晃动，永志不忘。回忆至此，略表我对7号首长刘振国的衷心哀思和深情怀念吧！

西较场是我在七十年代工作、生活将近十年的地方。不巧，与白曙前后错过。但我住在大门对过还算近邻，我时常推着轮椅陪我爱人关坤霞到西较场内小花园里晨练散心，呼吸新鲜空气时多次与白曙相遇，经介绍，我老伴儿关坤霞与白曙相识。说起来她们还是开封女师的前后同学呢！是半个河南老乡，也是半个老西藏，关坤霞于1960年从河南人民广播电台调进西藏广播电台，后调至成都人民广播电台。她们相互攀谈起往事近况自然感慨良多。当白曙得知关坤霞在1995年不幸右腿摔成粉碎性股骨颈骨折，经中医接骨治疗失败，落得个驾着双拐的残疾人时，表示非常惋惜与同情。同样，当我们知道白曙患有冠心病也甚为挂心。一来二往她们很谈得来，彼此关心，感情甚笃，成为了好朋友。听说白曙搬到北较场了，我们还没去过。前些天白曙倒是乘车给我送来1951年千名女兵徒步进藏纪实《天路行军队》和朱子铮写的《万里行程万里歌》十八军文工团从豫皖苏到西藏高原征途记实两本书。

此下正直白曙成书《岁月如歌》之际，作为从豫皖苏出来在蓉不多的老战友之一的我，自然义不容辞，要为她祝贺。但因很长时间没再写过东西了，又因往事年深日久，记忆有限，言不及意，力不从心。最后用两句诗祝贺她的《岁月如歌》出版，老牛自知夕阳晚，不用扬鞭自奋蹄。

2009年3月18日于成都

（刘绪林：人民解放军豫皖苏军区文工团、十八军建国学院，十八军文工团话剧演员，成都军区歌舞团。电视连续剧《许茂和他的女儿》的导演、四川省电视台著名导演，著有多部在全国影响力较大的优秀作品。）

晚情

费浩林

硝烟中有她的身影，南下曾获得殊荣，西行康藏她踌躇满志，放歌雪原。

她就是白曙大姐，河南新乡人士，早年投笔从戎，接受革命与战争的洗礼，是十八军较有名气的一位资深演员。数十载的军旅豪情，成就她笔下生花、硕果累累，尤以离休步入花甲古稀之年仍孜孜不倦弹琴、吟诗，进学堂，写文章，还不遗余力为不少合唱团作指挥、教合唱，授益大家，令人称道。

我和白曙大姐曾在一起工作过，她稳重谦和、待人诚恳、助人为乐，无论是从艺表演，还是组织和领导一个剧团的建设，工作出色，拼命忘我。她曾扮演过许多的角色，如《血泪仇》中的“奶奶”；《白毛女》中的“黄母”；《红军》中的“妈妈”等，鲜活的人物造型，给人留下了深刻的印象。

那是1949年岁末，成都战役结束后不久，部队十分疲惫，极待休整。但川境匪患猖獗，各师、团的剿匪任务迫在眉睫，相当繁重。为了发动群众和鼓舞士气，军和师一级文工团队、纷纷排演了《钢骨铁筋》《血泪仇》《白毛女》《刘胡兰》等一批佳作。白曙大姐在《钢》剧中扮演排长张志坚的母亲。镣铐叮当，铁牢森森，敌人未能用酷刑和美人计征服张志坚，却想利用母子之情来达到软化和摧毁革命战士的目的。母子狱中相会，人情、亲情、敌情，令人激动，使人揪心。台上静寂无声，母亲望着遍体鳞伤的儿子，没有眼泪，没有悲伤，也没有慷慨激昂的说白，而是伸出双臂，紧紧地把儿子拥在胸前，拭去脸上的血迹，用坚毅而又深情的目光示意对方……“儿哪，好样的，娘为你骄傲！”感人至深的细节，让台下数以千计观戏的将士爆发出经久不息的掌声。

方寸舞台齐天地,春雨润物细无声,革命战士的点滴成长,离不开精神食粮的影响和催化。一部好戏,不仅振奋千人万人,而是整整一代人啊!

匪患平息后的川西平原,春回大地,田舍依依,麦苗青,菜花黄,像蝴蝶一样的蚕豆花散发出诱人的芳香。正当十八军回师途中拟定经营地方时,一道进军西藏的命令,叫人喘息不安,心绪难平。提起入藏,不少人谈虎色变,那儿令人生畏,与富庶的川南有天壤之别,长期处于艰苦环境中奋战的人,谁不愿在革命即将成功的时候,选择一个较好的地方安居乐业?

军令如山,本色不变,革命战士为人民。解放西藏,完成大陆一统的伟业激励着十八军全体将士。红旗飘飘,军号嘹亮,全军数万人马,在军首长的率领下浩浩荡荡、英姿勃发,与青海、新疆、云南向心入藏的支队,奏响了进军雪原的凯歌。

五十年代初期,西藏尚处于农奴制度之下,土地贫脊、文明滞后。没有交通,没有学校,也没有医院和书店,文盲率占97%。许多应有的公益事业几乎都是盲点,为了减轻西藏人民的负担,入藏部队一面行军,一面修路,风雪高原、天寒地冻,蜿蜒两千多公里的康藏路段上,山系纵横,江河端急,悬崖峭壁、冻土、沼泽,还有汹猛的雪崩和泥石流,筑路战士住的是帐篷,睡的是地铺,风中来,雨里去,缺医少药,营养匮乏。在极强度的劳作中,头晕胸闷,体力透支、累得吐血、患有雪盲、肺水肿、类风湿和心脏病的不计其数,有的双指冻伤,因截肢而终身残废,还有的因积劳成疾来不及医治而猝死于雪山之中……

皑皑白雪,茫茫荒原,在伟业中创造奇迹的英雄令人难忘,仰望屹立于拉萨的筑路丰碑,是浩气长存的英烈忠魂,推动着历史的更迭和大潮的涌动。

值得骄傲的是,在西藏的艰苦岁月中,文艺工作者没有辜负历史的史命。万里雪域,从东到西,从南到北,处处都有他们的身影和歌声。难忘的藏东昌都,一望无垠的藏北那曲:西线的日喀则和阿里,山南的哲古和达旺,还有矗立于喜马拉雅山上的边睡哨所春圣,这些像珍珠镶嵌在雪域中的战略要地,关山重重,迢迢千里,文艺战士为了宣传和贯彻《十七条协议》精神,披星戴月、不辞辛苦、爬雪山、淌冰河,载歌载舞，徒步而行，把党的温暖和厚爱送进牧场，送进农庄，送进边防与哨卡。

悠悠岁月，戎马倥偬。想当年的战士，白曙大姐是我们文艺队列中的排头兵。她的《岁月如歌》问世，不仅是晚情的结晶，也是献给后人的财富，似一束芬香的玫瑰，艳丽多姿光彩照人。

2009年3月4日

（费浩林：人民解放军豫皖苏军区文工团、十八军建国学院，十八军文工团话剧演员。国家二级作家，著有多部文学戏剧作品；遵义文工团团长。）

战友情姐妹情

卫家瑜

我和白曙大姐相识是在1950年夏天，到今已快60年了。当时我还是一个十六七岁的黄毛丫头。我的家乡四川新津刚解放不久，中国人民解放军十八军从川南泸州接受了解放西藏的伟大使命，从南向北开往新津驻扎，准备进藏。说来也很有缘分，部队的几个首脑机关，大概有军政治部、文化部、宣传部等就住在我伯父家，一进五个小院。因为我们卫氏家族几房大约有上百号人，是当地有名的书香门第。绝大部份文质彬彬，部队进驻感到安全稳妥，而且很放心。

我和表妹司徒蓉临近解放时在成都读高中，我就读的学校四——川省成都女子中学，是当时四川大学共产党领导的地下党组织的一个分支，进步学生较多。1949年还未解放就有些进步的同志常领着扭秧歌，唱《古怪多》等进步歌曲。我们后来才知道我们的英语老师是地下党员，经常上课时把教室门关上给我们讲“现在解放军已打到哪里哪里了，中华人民共和国已经在北京成立了……”我们心里想，她好大的胆子啊。但是心里又非常高兴有这样深明大义的老师给我们传递民族新生的消息，心中感到无比欣慰。从那时起，共产党和解放军在我的心里已经埋下了鲜红的种子。现在说来，叫着对共产党和解放军的印象好极了！

部队进驻伯伯家后，我们简直像见到了活菩萨，个个和蔼可亲，甚至觉得他们个个都是讲的普通话，其实也有河南、安徽、北方各省等许多地方的口音，特别是女兵、太神奇了。我和表妹有事没事都往伯伯家跑，主动和解放军叔叔、哥哥、姐姐拉呱，天气十分闷热，有两个首长正在院里纳凉，还摇着扇子。我和表妹不好意思地从他们面前走过，突然被他们叫住："小鬼，吃饭了吗，上哪儿去玩？"我们立刻站着恭敬地回答："吃过了。"吓得再也不知说什么好了。他们非常可敬地又继续发问，问我们叫什么名字，在哪儿上学，多大了等……我们都一一作了回答。首长说："啊！"你们不简单嘛，高中学生，算是个了不起的小小知识分子嘛！后头，首长对我们的谈话越来越亲近了。还叫通讯员拿出蚊子药水来给我们抹上。并突然问我们："你们想不想当兵？"这句话真使我们有点不相信自己的耳朵。真是说到我们心里去了。其实他们并不知道我们的心都高兴得快要崩出来了。我们立马不待地回答："当然想啊！"后来首长又说："我们有文工团、乐山十八军随营学校，卫生部门以及机关……"你们愿意到那里？我们说："愿意到文工团。"因为我和表妹都喜欢唱跳。在此期间，十八军文工团在新津每天上午由军乐队吹打着游街预告当晚的演出节目，每天出游，我们都要追着去看。可笑的是有一天我正在洗脚，听见吹号了，连鞋袜都未穿，光着湿脚一趟子就跑出去看。何况是叫我们去当兵，我们简直感到福从天降。过了三天，果然有一个军人到我家通知我们去文工团报道。记得是朱子铮团长接待我们的，还叫我唱了一首歌，写了一张表。朱团长一直夸我和表妹的字写得好。2002年我去北京看望朱团长时，他还记忆犹新地告诉我，当时刘主任（白曙大姐的爱人），夏部长给我说了要接收你们两个，我觉得这两个丫头还不错，我就同意要了。

到文工团以后，我分在戏剧队女生班，表妹分到舞蹈队，江一（朱子铮团长的爱人）、白曙和我在一个班，他们都是业务尖子，政治上也特别成熟，给我的印象很深。白曙大姐演老大娘特棒。无论正、反面角色，她都演得入木三分。记得她在"白毛女"中饰演反派恶霸地主黄世仁的母亲，演得心狠手毒，是个欺压穷苦百姓的老恶婆，白曙在表演用锥针扎和点香烧烫喜儿的时候，显得咬牙切齿，恨不的立即置喜儿于死地，我竟不断地流下眼泪。台下观看演出的战士也此起彼伏地急呼口号"打倒恶霸地主黄世仁，向黄世仁讨还血债"。白曙在《钢骨铁筋》中又扮演了钢铁战士张志坚的母亲，是个正面人物，坚强而善良，爱憎分明，她看见儿子被敌人严刑拷打后，一边用颤抖的手抚摸着儿子的额头，一边用高昂的声音，控诉般地唱出"志坚儿被打的遍体鳞伤，我以为你在咱们队伍里边，谁想到你在这儿受尽熬煎……"。对我们这些刚刚入伍的同志来说，犹如上了一堂生动的阶级教育课，懂得了好人值得爱，坏人应当恨这样一个朴素而言简意赅的真理。白曙歌唱也很好，音乐基础比较扎实，我们都很乐意向她学习。之后不久，白曙生了一场大病，班里的同志轮流去守护她，主要是怕她寂寞。我九岁便失去了母亲，但凡我接触到的比我大的姐姐、哥哥或长辈，我都很尊敬他们。此间，我和白曙接触和闲谈较多，我把我的家庭和我的童年都告诉了她，她也因此对我关爱有加，甚至成了姐妹似的朋友。她在病中我也给了许多关怀，比如送茶倒水，送饭等。也是因为感激刘振国主任和夏川部长把我从一个平民青年引上革命道路的恩情是分不开的。

在文工团待了三年多之后，我因患肺结核住了医院，跳唱实在有些困难。一次在政治部大院，碰上白曙大姐和刘主任在散步，主任问我，给你调换一下工作行不？宣传部报社还缺一个报刊杂志的专职校对，你又有一定的文化。我说组织上安排凡是我能做的我都去。后来我就去做《高原战士》《新新新闻》等刊物的校对。在韦超、李刚夫、肖刚、谢显维等老师的帮助下，我在业务上提高较快，所出的刊物，在西南地区部队内部刊物中是首屈一指的。

转业以后，五十年代后期和六十年代，我和白曙大姐都亲如姐妹地保持着过去的友谊，这种感情应该说是部队战友情的延伸。八十年代白曙随刘主任从湖北、贵州回蓉定居后，他们夫妇俩专程前来我家登门看望我。据白大姐说，我是他们回来后第一个来看望文工团的人。我听了之后，深深为之感动。伟大的将才将军，竟亲自登门拜访“小卒”真是奇闻，实在难能可贵。白曙大姐还常常呼唤我“亲妹妹”，向别人介绍时说这是我的亲妹妹……

1996年刘振国主任去世，设置灵堂时，我去他家守灵三天，一方面怕白曙大姐孤寂，另一方面也为失去这样一位仁慈而优秀的领导者而致以沉痛的哀悼。

刘振国主任去世已十多年了，我仍然爱着我的战友白曙，爱着我的姐姐白曙。我们是在进军西藏的特殊的环境中结成的牢固的战友情，以及在几十年的生活中互相关心、互相爱护、互相帮助的姐妹情。在此白曙大姐出版《岁月如歌》之际，仅以此回忆表示祝福，但愿战友情和姐妹情友谊长青，直至终身。

（卫家瑜：人民解放军十八军区文工团团员，后调党委宣传部印刷厂、成都市五金胶化公司总经理秘书，四川省书法协会会员，其作品被评为省十佳作品之一。）

参加《我在天堂等你》作品研讨会成员合影。前排为：郗晋武司令员和夫人郭允（中）、西藏著名作曲家罗念一、作者白曙。

我敬佩的白大姐

钟学礼

我非常佩服白曙大姐在克服各种困难时的勇气和毅力。不管是病困、生活，家庭遇到什么不顺心的麻烦又伤脑筋的事，在困惑、干扰她的心情，情绪不好时，她能想法排除干扰，排除万难。

她用写文章的方法，使思绪专一地集中在的写她的诗歌散文上，写回忆录，创作歌曲，写随笔感想，在这些写作中去寻求革命的往事。从而忘掉了烦恼。

八十年代，大兴跳迪斯科，她在省老人保健大学和成都军区后勤部等处，教大家跳迪斯科舞，特别是把那些老将军都动员起来了，大家认真积极地学跳，越跳越欢，越跳越高兴。大家的身体也越跳越好了，生活更加充实了，人们也越来越和谐了。就以老将军跳迪斯科为内容，她写了一篇《将军与迪斯科》入选为优秀作品刊登在五十年出一次的全国刊物《新中国的一日》文集中，该刊又推荐给《成都晚报》发表，在成都引起了较大的社会反响。

她先后又写了《为了实现周总理的嘱托》《春风终被她唤回》《念母亲》《俺叔》发表在《中华老人诗文书画作品集》中，并获金奖一个，银奖两个。2004 年应邀去北京巴金文学馆参加笔会。她写的《川西田园农舍即景》诗篇被《中华老年艺术宝典》组织的全国老年诗文书画大赛中被评为一等奖，并获艺术家称号。

她对同志丹心一片，富有同情心，量力帮助有困难的亲友、战友、群众。我们相处二十多年来情如姐妹，至今在我们的朋友圈子里，一直是相互关心、相互帮助。尽管年老且体弱多病，但仍经常保持联络。方便的时候，聚会谈心，保持在军队、地方合唱团结下的深厚情谊。

这次白曙大姐之所以想将她写的文章汇编成册，也是为了永远留住那一段难忘的激情岁月。为成都地区的精神文明建设留下印痕，看看成都人是多么地珍惜生活，热爱生活，享受生活，同时也为了不辜负这个伟大改革的时代而为她增光添彩。

（钟学礼：四川省职业专科学校班主任教师，四川省老干部活动中心合唱团副团长。）

作者白曙同战友李梦华、戴承文、钟学礼一起引吭高歌。

四川省老干合唱团的由来

钟学礼

白曙同志是省老干合唱团最早的老团员之一。她曾为了成立合唱团不辞辛劳，组织动员军区老同志及省老人保健大学爱好音乐的同志积极参加。她了解我有一定的音乐基础，爱好唱歌，当时我退休不久，生活不习惯，精神无寄托，身体不好常生病。

她就开导我，人应老有所为，老有所学，老有所乐，晚年生活应过得有意义，不要虚度年华，而应力图献余热、葆夕辉(晖)，为社会主义精神文明建设增彩：用歌声弘扬时代的主旋律，用歌声歌唱美好的生活。唱歌不仅充实了我们的生活，还可以培养我们高尚的情操。我和许多同志在她的宣传动员后都积极地参加了。

在省老干部活动中心的大力支持下，老干合唱团于 1986 年 11 月正式成立了。

白曙同志当时不仅组织指挥我们练歌，她钢琴弹得不错，有时又为我们伴奏，有时帮助大家学乐理知识简谱等。我们由练一声部到多声部，合唱对男女高低声部要求有区别，必须配合好。特别是高声部唱主旋律要求就更高了，需要注意音准、节奏，使四个声部汇成一种和谐美声，才能达到声情并茂、感人至深的效果。正如白曙同志在指挥《长征组歌》和《红军不怕远征难》混声四部时，什么地方该强应用高昂的声调，她的手指挥得高高的，眼睛瞪得圆圆的，大大的，什么地方该用轻声唱，手指挥得低低的，而眼睛迷得似一条缝，歌词表达战斗胜利时，她整个面部笑开了花。每当她指挥完一首歌后，她汗流浃背，气喘吁吁，她的指挥充分表达了歌词的内涵意境及显示了一首歌的喜怒哀乐的丰富表情。这说明了她在指挥时全神贯注、精力集中、绘声绘色。

她在指挥《放下三棒鼓扛起红缨枪》《毛主席是我们心中的红太阳》《山丹丹开花红艳艳》等歌时，很有激情，把大家的情感都调动起来了。她的组织能力和指挥能力，使我们受到音乐艺术的熏陶，学到了不少知识，使我们认识到唱歌的目的是鼓舞人、教育人、激励人，只要有这种精神就会声情并茂，就能平静心脑，情在歌中，神在手中。

合唱团于1993年加入了省合唱协会，合唱团的成员中80%是处级干部，有军队的、地方的，他们不顾年老体弱、病痛袭扰、不畏严冬酷暑，路途遥远，始终坚持活动。多年来参加大型演出上百场，多次参加省电视台的综艺大世界演出，以及省委的春节团拜等活动。在省委组织部、老干局、文化厅组织的各种大型演出中，获得了多次奖励和好评（见本书白曙写的《玫艳兰香》一文，这里不再重复）。

这些年来，合唱团取得的重大成绩，除了有著名的作曲家、指挥家杨青、谢宣生、陈咏华、喻彬、王维伦等先后担任老师的功劳外，同时也有白曙、杨庆珍两位同志当指挥的一份贡献，所以在1996年12月24日合唱团举行隆重成立十周年纪念大会时，特邀请她们参加。省委组织部、省委老干局、省文化厅请老干局徐志和副局长送来了大红锦旗予以表彰和鼓励，并一起合影留念。

白曙同志虽然身体不好，但她组织合唱团的精神实在使人敬佩。她不仅组织省老年合唱团，还组织成都军区后勤部合唱团、西较场干休所合唱队、金牛区老干部合唱团、成都老协合唱队并担任指挥，就连她经常在青城山避暑也要在当地组织群众文艺联欢，不论在哪里，她都会把歌唱的欢乐带到哪里，她的主要精力都放在了带领大家唱歌的活动中，正如本书书名一样，岁月如歌。

我无比崇拜的十八军文工团和白曙大姐

何开富

请别笑我这个老追星族，我虽没有现时的追星族那么疯癫、狂热，但我对我崇拜、追逐的偶像和群星确实执著、痴迷而恒久；直到五十多年后的今天，还为我崇拜的群星——解放军十八军政治部文工团的同志们及我特别尊敬的白曙大姐思念和祝福着！因为在这里面有我当时恨不能成为他们当中一员的青春遗梦。

1950年的初夏，在川南泸州师范就读的我才16岁，也是我才参加新民主主义青年团半个多月的时候，解放军十八军文工团请我们全校师生去看他们的演出。他们演出了欢乐的东北大秧歌，生动、活泼的支前的小歌剧以及幽默讽刺国民党反动派竞选国大代表的《群猴》活报剧等，是我们有生以来第一次看到的精彩节目。特别是在白曙大姐富于热情、有力有节的指挥下，演员们气势磅礴地唱出了《解放军进行曲》和《樱花好吃树难栽》等革命歌曲。他们合唱得太好了！白曙同志也指挥得太好了！这一场节目，不仅让我们受到了生动的阶级教育，还让我们大开眼界。在列队回校的路上，同学们还激动地摆谈着，大家把手掌都拍肿了，你一句我一句地唱起了才学来的歌：“向前、向前，我们的队伍向太阳，脚踏祖国的大地……”“樱桃好吃树难栽呀!幸福的日子不容易来呀……”。

回到学校，所有演出的歌曲成了我校著名音乐老师王立三领导我校合唱团学习的样板歌曲。并在大小场合，特别是减租退押、剿匪反霸等活动中，成了我校宣传群众，教育自己的保留节目。之后，文工团还请市内几所学校师生，看过他们演出的《血泪仇》，是表现国民党匪兵和地主恶霸压榨贫苦农民，反动统治者向贫农加租，逼债，抓丁，烧杀奸淫的一幕歌剧，不仅感动了我们，还惊动了一队路过的参加诉苦大会的解放军，其中一位就是被国民党抓丁又被我们解放过来的“血泪仇”一剧祖孙三代中的一位母亲的儿子“原型”在此不期而遇，那场面怎不叫人振奋和激动，只听得台上台下口号声声连成一片：“不忘阶级苦，牢记血泪仇，跟着共产党，跟着毛主席！打倒国民党反动派！”演老祖母的正是我们的白曙大姐。演出完毕时，我们依次出场，文工团的同志整齐地站在剧场门口的阶梯上欢送我们。我们对这种崇高的礼遇感到无比的真诚珍贵和崇敬。之后，学校还组织全体成员和学生学习和讨论，特别是黄家模、谢德珍等几位出身贫苦的同学，结合自己所受的苦难，是毛主席，解放军使他们得到了新生并上了师范学校才吃到了饱饭。感染了很多同学和老师，他们两位后来参加了解放军。而我也暗下决心，努力争取进步，以后好像文工团的白曙大姐那样，能文善武，报效祖国。

时间大概不到一个多月吧，我校军代表突然在会上宣布，大意是文工团要随大部队进藏，要扩员，望有志于文艺工作的同学踊跃报名参军。同学们都欢呼起来，特别是我高兴得晚上连觉都没有睡好。第二天下午课外活动时，白曙大姐和另外一位男解放军早就来操场等候我们去咨询了。这时我才发现，扮演剧中身躯佝偻的老太婆的人，原来是只比我们大两三岁的年轻姐姐，但她身材匀称，长的鹤立鸡群，在“八一”五星的帽沿下，长着一双大而亮慈祥的眼睛。她是我儿时就已崇拜的毛泽东时代的花木兰啊!白曙大姐还向我们讲述了同学们参军后要进军西藏，边行军边学习政治和文艺，要与西藏人民和军队演出和服务。我们许多同学都把她的话植入了心田，并且不约而同地都想去参军。为解放西藏人民出力。同学中健康而天真的黄瑞生和彭联壁极力回家说服自己的母亲要去参军，在家人多次挽留的情况下，硬哭着鼻子参加了文工团，据说后来这两个才十四五岁的黄毛丫头成了业务尖子。我很佩服她们一心从军的坚强毅力和在部队的奋进努力。我因家有得病重的老人的原因而未参军感到终生遗憾。记小黄小彭参军不久，我们曾在部队文工团分部门口和她们不期而遇，她们已经开始学了一些舞蹈，还耐心地教我们跳了藏，维、蒙、朝鲜族舞和大秧歌的基本功，回校后，在王立三老师的配乐和指导下，我们编排了男、女生的大型体操和舞蹈，还有大合唱，获得了全市中学生比赛的冠军和亚军。后来不久，十八军文工团和我的老朋友，随着事业的需要便离开我们而进军西藏了。

部队走了以后，我常常带着痛苦的思念，悔恨我自己屈服于家庭困难而失去了从军志向，并且十分怀念小黄和小彭，有时很想听到她们的消息。1953 年 7 月下旬，我从西南团校回来，终于从我妈那儿转来了小彭的来信和一张三寸的黑白相片，小彭在相片上抱着一个又白又大的萝卜，是她们在部队开荒生产的成果。在信中她告诉我："在部队已经能参加演出了，学了不少革命道理，还继承了老八路精神，爬雪山、过草地，进军时克服了许多意想不到的困难，已决心保护祖国边疆"。我流着眼泪看完她的信，总觉得太短了，还想知道些白曙大姐和王大姐的情况，我把信翻来覆去地看，总感到兴尤未尽。

1953 年 9 月我被组织调到团西南文工团，我特高兴，我们成为同行了。1956 年 6 月又考上了现在的川师大，毕业时小彭突然调来成都学习，我们又不期而遇，我从她那里知道了我很崇拜的白曙大姐的消息，白曙大姐是分队长，部队里缺人时她都顶着干，经常受到上级的表扬，是大家学习的好榜样。她因为太累了，太辛苦了，后来得了一场大病，病得不轻，认不得人，吃不下东西，恍惚得不停地数着漫步："一二一、一二三四五六七"后来把她送到她爱人七号首长刘振国那儿养病去了。天长地久，世事难忘，多年来我无处不在打听白曙大姐的消息。1993 年我退休后，从《成都晚报》上读到一篇署名白曙著作的文章——将军与迪斯科，我想难道是同姓同名吗？她在四川哪个地方？我四处打听着，直到 1995 年我参加了省老干部合唱一团，才知道白曙同志就在成都，而且是我团的特邀指挥，可惜她当时已去了北京护理她那病重的将军去了。而今，刘老将军虽已驾鹤西去，白曙大姐早已成为一名优秀的共产党员。在军队和地方党组织的关怀和呵护下，白曙大姐得生活幸福得像春天里盛开的索马花，而她啊，恰似那天边红艳的晚霞。跳不动了，又拿起自己的笔，奋笔急书，写诗歌，写文章，写自己的回忆，把自己的一生，尽力记载，书写，鸡打鸣、蜂酿蜜、蚕土丝，她一直向前迈进，她告诉我的一切，真像她所要出版的文集一样，《岁月如歌》，一生欢乐，一生奋进，一生劳累，一生收获。祝福白曙大姐一生平安、永远健康、永远幸福。

（何开富：四川泸州市团委干部，后调四川省团委文工团、省高教局、省老干局等单位。退休后参加省老干局组织的歌咏比赛获二等奖。并兼任多家媒体的特约记者。）

何开富

又见白娘

——写给老当益壮的白曙阿姨

吉兆英

火辣辣的太阳送来了又一个夏天，我背上不算轻便的行囊，来到了避暑之地——三郎镇。

夜晚，在群山环抱中的小村庄进入了甜甜的梦乡，清晨，百鸟又唤醒了沉睡中的小山村。我伸伸懒腰走出了农家小院，慢步走进了白雾弥漫的林间小道。在那白雾开启之处，姗姗走来一位慈祥的老人，突然，我们双方都睁大了双眼，凝视着对方，天啊！这真的是白曙白阿姨呀！很快我就像飞舞的蝴蝶一样张开双臂扑向白阿姨，同时白阿姨也张开双臂迎接着我。我们紧紧拥抱在一起，享受着这第三次相逢的快乐！

记得认识白阿姨是在2003年的夏天，一个叫马家店的避暑之地。当时，白阿姨组织一批中老年朋友坐在院坝里，请郑冶老师（峨影乐团指挥）正在教大家唱二部《洪湖水浪打浪》歌曲，那悠扬悦耳的旋律，震撼着我的心灵，接着由邓敬苏老师给大家上语音课，这一场高水平的免费教学深深吸引着我。从那时起，我就特别崇拜和敬仰白阿姨和这一群无私奉献的老人们。

同时，在这一年的夏天，举行了一场农家乐联欢会。由邓敬苏老师主持。节目有男女声独唱；交谊舞；功夫扇；更有白阿姨、邓老师姐妹以及赵老师（省舞蹈学校的老师）四人演唱的《红梅赞》，以及由白姨指挥并和张历吾创造的歌曲《愿将夕照作朝霞》《没有共产党就没有新中国》《洪湖水浪打浪》等大合唱，还有军区文化部郭民部长演唱的《我是一个兵》。在大家的欢迎下，我表演了独舞《美丽的草原我的家》，每个节目都受到了满场观众的热烈欢迎，并爆发出雷鸣般的掌声。

再一次见着白阿姨是2008年的夏天，在青城山大观园的街上，这是一场意外的惊喜，令人兴奋不已，互叙了别后几年的情景。白阿姨仍带领着一群中老年朋友们唱歌、跳舞，并多次组织老人们联欢。我欣赏了他们的演出像光盘，联欢会上，有民族舞蹈；时装表演；口琴独奏，还有秦老师夫妇二人表演的《夫妻双双把家还》等精彩节目，最后由白阿姨激情指挥大家演唱《太行山上》和《南泥湾》。白阿姨是那样地阳光、开朗、自信，她的老当益壮精神，深深地感动着我。真是八旬老人一点也不逊色中、青年人啊!

这次，我又见着白阿姨时，快乐、开朗就像是她的老朋友一样，已经常驻在她的心中。我们又一次促膝长谈，在那农家小院，开满鲜花的茶桌旁。白阿姨准备将自己写的文章汇集成册，并带来很多资料。那一张张美丽的剧照，活脱脱就是位出身名门的大家闺秀。聪明、美丽、大方、端庄且充满活力，有军人的飒爽英姿，更有年轻姑娘的动人容颜，那似专业指挥家一样奋力挥动的双臂，和那充满敬业、自信、有灵气的双目。离休后参加各种活动都担当指挥的重要角色。

这一次又一次的惊喜重逢，使我们产生了忘年之交的纯真友情，我更有了相见恨晚的感触。之所以提笔将白阿姨写在我的笔端之下，是她的慈祥与乐观感动着我，更是阿姨年轻时的美丽和聪明感染着我，我一定要将这位红色宣传员写出来，因为她的人生真是“岁月如歌”充满豪情、充满阳光、充满美丽，我把以上所述的情景，献给她的文集，献给她的成功，愿我们永远在“如歌”的日子里走向明天。

（吉兆英：成都市青白江区某厂文学爱好者。）

颂毛泽东主席

主席业绩盖天地，五洲四海赞颂您。
雄文四卷把路引，中国解放全靠您。
巨星陨落万人泣，无限悲痛悼念您。
您的恩情比天高，革命人民怀念您。
挥泪继承主席志，反殖反霸斗到底。
扫尽一切害人虫，全球遍地插红旗。

豫皖苏战友及十八军子女在蓉（前排为：张国华之女张小康，站立者中为：王其梅之子王昌为）。

老红军遗霜赋诗谢党恩

军区首长一声令，重阳工程遍区红。
严冬老人畏寒冷，亲人送毯御寒冬。

衣食住行样样管，医学乐为样样精。
个别难题随时解，共同事情统筹中。

身在军营干休所，颐养天年乐融融。
幸福日子哪里来？感谢党的恩情重。

春节前夕，贵州省军区原副政委、老红军刘振国的遗霜白曙同志，代表全家致信军区首长，感谢军区党委实施重阳工程，给予老同志无微不至的关怀与照顾，并诵诗以谢党恩。

自2008年2月以来，军区党委在全区老干部系统实施以“保本色、保健康、保和谐”为主要内容的重阳工程，千方百计为老干部、老干部遗霜排忧解难。白曙同志的这首诗，正是军区党委和有关部门实施重阳工程的真实写照，表达了老同志们的共同心声。

从呼伦贝尔，到鸭绿江上，千万个岛屿，像堡垒一样。
结成了一条，坚固的屏障，谁敢来侵犯，就叫它灭亡！

庸城恋

黄河之北，渭水之滨，有一座美丽的城市，

今日新乡，古名庸城，那里有我的众多亲人好友。

我们在她的怀抱里成长，从婴幼到年青。

球场嬉戏，渭河泛舟，阡陌漫游。

校园高歌，驱逐日寇，砥柱中流。

风云突变，劳燕分飞，弃笔从戎。

火样青春，献身革命，难忘故乡养育情。

迟暮夕阳，更恋故乡，今日聚会，终身难忘！

预祝故乡，繁荣昌盛，父老安康，平安吉祥！

作者白曙和新乡老家的亲人们在一起

悼战友叶志宝

磋矣!呜呼!密友志宝,
难忘相邀,遗恨未了!
你曾是战斗一花佼,
为大业贡献知多少?
对战友置腹相见善诱导。
可记否?兴会山城,谊洽如缪。
北磅观景,南泉远眺。
漫步江畔,共赏波涛。
畅叙理想,志壮语豪。
你聪颖贤淑,雍容仪表。
博学豁达,爽朗频笑。
谁曾料?一缕芳魂游太空,
怎不让人热泪抛。
逢化陶,犹如见玉貌,
姊妹惰,生死交,人生路上多坎道,
满怀心曲向谁诉?梦里话滔滔。
何处找,无限凄凉化诗悼,
慰英灵,诚祈祷,
姮娥宫里怡逍遥!

(注:汤化陶是叶志宝的丈夫。)

银色的海洋

银色的海洋，闪烁着金光，月光在照耀，海水在歌唱。
我站在岸上，凝望着远方，美丽的海哟！辽阔无疆！
从呼伦贝尔，到鸭绿江上，千万个岛屿，像堡垒一样。
结成了一条，坚固的屏障，谁敢来侵犯，就叫他灭亡！

西北进藏的独立支队战友合照

西藏好地方

西藏，我国边疆好地方，
有牛羊，还有金银铜铁和煤矿。
我们大家去开采，共同建设新西藏！
西藏，我国边疆好地方，
有森林，还有勤劳智慧的人民。
藏汉一家团结紧，定能战胜任何敌人！
西藏，我国边疆好地方，
修公路，还要修建飞机场。
拉萨北京架金桥，幸福的日子万年长！

（此歌词曾发表在 1950 年《西南文艺》第一期。）

愿将夕照作朝霞

愿将夕照作朝霞，任由霞彩放光华。
琴棋书画冶(陶)人生，歌舞升平走天涯。
祝福人民生活好，歌唱祖国美如画。
只要人人作贡献，早跨小康现代化。

北京和成都的十八军战士子女重走父辈长征路在蓉合影。

风光无限的青城山

我多想拥抱你啊！青城山！
我愿展翅飞翔在你郁郁葱葱的山间。
极目遥望，碧翠峰峦。
幽香阵阵，沁入心田。
听松涛吟唱，闻溪水潺潺。
览青山幽幽，吻绿叶片片。
蝉声悦耳，鸟鸣婉转。
轻风怡人，绿浪滚翻。
啊！美哉！青城山！
你是天神砌就的精雕，
你是仙女编成的画卷。
游人仰慕你的秀丽幽静，苍翠碧蓝。
你在等待，你在期盼，
五洲四海，向你登攀。
你胸怀若谷，如海纳百川，
你坚毅伟大，稳如泰山。
你被誉为四川多神仙，神仙就在青城山！
人们从四面八方向你登攀，
领略你的风光无限！

川西田园农舍即景

青山绿树，白墙灰瓦，缕缕炊烟飘天涯。
翁躯并坐，双囡同耍，小伙荷锄把地挖。
蓦转身，奔下挑桶把水打。
三三两两，漫步阡陌，风筝高空挂。
风和日丽、燕飞、人笑，花黄美如画。

（此诗曾于2007年获《中华老年艺术宝典》诗文大赛一等奖。）

老人越活越精彩

朝霞映得蓉城醉哟！夕阳照人乐开怀哟！

唱起来跳起来!跳起来唱起来！

歌声唱出心中的甜美，舞蹈抒发欢乐的情怀。

老人有老人的气派，老人有老人的风采。

青春留在希望里，逢盛世，

老人越活越精彩！老人越活越精彩！

（李莉　白曙　此文曾发表在《晚霞报》上。）

奇葩绽放在筑城、贵阳之行探奇葩

赞——西较场干休所

打竹板瓜嗒响，
建起了度假村、养鱼塘，
鸡、酒、药厂、被服厂，
为大家提供了坚强有力的保障。
桌上有鸡鱼，冰箱油蛋藏，
四季室飘水果香。
东北大米香又甜，河南面粉筋食壮，
让家家过年包饺子，
你看领导考虑的多周详。
要问幸福生活那里来？
全靠党的政策好，改革又开放，
让我们放开嗓门高声唱，
党的阳光灿烂照神州，
温暖了亿万人民心欢畅！

【格律诗】

颂中国共产党

建党今逢八十春，高歌劲舞颂佳辰。
南湖舟内红旗举，崛起中华日月新。

颂周恩来总理

擎天柱地周恩来，一代雄豪标九亥。
文革场中排险阻，狂澜力挽护英才。
廉洁奉公举世夸，鞠躬尽瘁为邦家。
临危不惧解民患，凛凛高风永灿霞。

赞刘震将军

杜鹃花开映红天，孝感英才刘委员。
轩昂气宇顶天立，巨手频挥强勇寒。
独有英雄驱虎豹，挥戈立志改河山。
青山处处豪情吐，猎猎旗开奏凯旋。
壶浆单食迎王师，神女翩跹舞影迷。
一曲高歌唱英杰，征途老骥尚长嘶。

诉衷情·悼振国同志

硝烟烽火几经秋，铁马驰神州，
长征万里挥戟，浴血击倭囚。
战淮海、进雪原、建贵州。
忠贞赤胆，为国为民，丝尽方休。

怀念刘振国同志

以沫相濡四六春，哀哀长夜始知君。
恭良俭让为君德，克己奉公为尔心。
东征西战平常举，喋血疆场岂顾身。
日夜情钟一椿事，国强民富九州新。

（谨以此诗纪念刘振国逝世十周年。）

草 堂

重逢正值赏春时，相伴草堂歌杜诗。
战友情浓言不尽，深心常驻浣花溪。

（记陈明义、刘振国两位战友分别多年后相会在杜甫草堂。）

赞丁国文政委

硝烟阵里见精神，弹雨枪林秋复春。
老骥犹将余热放，忠心耿耿为人民。

赞何雨农老红军

岷江孕育见精忠，时代骄鹰何雨农。
武略文韬才盖世，东征西战一英雄。
困苦艰辛六十载，为民为国献忠诚。
长征路上显威武，抗战途中灭寇兵。
格子网中身手显，重围护师见奇能。
解围破壁用兵巧，创建平原游击军。
桐柏分区卡要塞，大军横扫雾云开。
襄樊战役功劳著，康泽元魁活捉来。
西藏进军立伟业，后勤战线建功勋。
呕心沥胆杜鹃血，一片丹心照汗青。

赞冉宪生部长

金戈铁马复年年，革命精神铁石坚。
大智在胸兼大勇，高风亮节照人寰。
学院施教责在肩，诲人不倦育英贤。

呕心沥血讲坛上，挑李门墙春满园。
遗体捐医天下怀，无私奉献叹雄哉。
太平洋内骨灰洒，赢得春风卷地来。

回 77156 老部队有感

老卒回营格外亲，捧杯畅饮特香醇。
昔时历历长相忆，犹似亲人情意真。
畅叙英雄部队史，英雄部队育英雄。
光荣传统人人继，师史光辉灿碧空。
部队新容改旧貌，现时科技入军营。
智勇吴忠今又现，看谁敢动我长城?!

（注:吴忠同志是该部队原师长，屡建战功，被评战斗英雄。）

浩气长存共日辉

1979 年随刘振国同志去 77516 部队
445 团一连、八连有感

银笛长鸣金鼓擂，英雄战士凯旋回。
戎边杀敌南疆保，浩气长存共日辉。
英雄连队育英雄，四十余年屡建功。
赫赫军威四海震，南疆挺立撑天松。

悼战友安一林同志

华章未就惦怀频，噩耗忽闻心转惊。
往昔书缄文思涌，今成佳曲谁人听？
忆君祀地夜三更，不跌岩琴声战士情。
磅硝宫商催奋进，至今犹记“光明行”。
为编革命战歌集，夙夜操劳总不息。
双目似灯血出唇，柔肠欲断为君咽。
暮景山城幸会君，豪情坦荡世无争。
安贫励志一生正，耿耿丹心照汗情。

为18军子弟兵重走父辈长征路壮行

红旗漫卷向西进，何惧风霜阻远征。
滚滚铁流相继涌，接缕自有后来人。
重走前人西藏线，长征浩气耀高原。
马嘶号急犹存耳，雪域行军映眼前。
《协议》光芒照雪山，农奴百万把身翻。
军民共建新西藏，青藏彩虹光碧天。
高原雪域换新颜，布达拉宫笑语欢。
世代辛勤作贡献，西南重镇坚如磐。

（注：一、《协议》指1951年5月23日签订的《关于和平解放西藏办法的协议》；二、青藏彩虹指青藏铁路。）

感慨万千党恩情

老来深造喜盈盈，盛世恭逢爽快生。
体健智全余热献，万千感慨党恩情。

过二郎山遇冰雹

二郎山下艳阳天，负重行军鱼贯攀。
骤压乌云风突变，雹冰如注马难前。
天开云散向前赶，路滑泥泞岂畏难。
为救藏胞脱苦难，英雄何惧二郎山。

轻歌曼舞走天涯

愿将夕照作朝霞，唱晚渔舟心意奢。
但得诗书娱暮境，轻歌曼舞走天涯。

谢 师

如沾化雨解痴迷，教诲谆谆赖我师。
晚境能抒年少志，深深谢意在今时。

悼念屈原

划舟抛习毛表哀忱，屈子投江天失声。
玉石遭焚千载恨，一生功过后人评。

梅开二度

二度梅开情万种，冰清玉洁更妖娆。
顶风傲雪疏枝健，装点河山分外骄。

赞成都市老年大学文学班黄老师

古今文学功夫深，娓娓道来育学人。
博引旁征施教义，心扉启迪赖传薪。

（白曙　丁金平）

晨练速描

晨雾蒙蒙燕子斜，练拳翁妪面如花。
扇摇剑舞身轻健，似柏如松沐早霞。

咏 荷

映日荷花大地栽,风姿绰约自天来。
梅兰竹菊相依傍,玉立亭亭带笑开。

咏 梅

深居幽谷伴清霞,闹市移来亦著花。
傲骨天生犹爱雪,一芳独放竞春华。

咏玉兰

叶茂校繁白玉兰,花香四溢立人间。
天生丽质雍容貌,留得春风阵里看。

咏芙蓉

绰约风姿展玉容,清香幽送百花丛。
任它蜜蜂蹁跹舞,不减谦虚君子风。

咏海棠

亭亭玉树立庭院，粉白争相下玉盘。
剔透玲珑心雅洁，自然天韵显清闲。
风暖日丽贵妃荣，雨泪霜凄出塞胸。
彩蝶联翩上下舞，暗香浮动馨寰中。

赏 梅

赏梅蓝天下，被郁溢入间。
冰浸香愈烈，雪压校更坚。

秋 菊

（好友甫兄写了第一句，让白曙续写合成一诗）

秋已深，菊花浓，菊香更醉人。
秋深菊浓花醉人，
花人皆醉。
倘心不相近，
咫尺如隔尘；
心相近，天涯若比邻。
有梦之人可揽月，

无梦之人梦怎临?
吾与汝,常在梦中摘星辰……
送给天下爱心人!

竹海游

漫天挺翠竹如海,滚滚绿涛天外来。
一派清幽人欲醉,长宁美景胜琼台。

北教场花园漫步

林静人声寂,山禽觅食忙。
劝君轻拄杖,莫使鸟惊慌。

君问归期当有期

君问归期当有期,来年气爽秋高时。
亲人恋眷情难拾,再见声声泪湿颐。

春日春花总忆君

——收到学友魏文媛信有感

少小离家四十春，回归之路泪铺成。
乡心恋恋难忘却，春日春花总忆君。

了却悠悠万缕情

——记魏文援学友由台归来走亲访友

隔水隔山冬复春，烟波浩森阻归程。
故人相聚心欢畅，了却悠悠万缕情。
相伴庸城访故迹，公园漫步共心顷。
和平桥上留芳影，尽话当年离别情。

贺——贾质量同志75华诞

蜀野峨边一劲松，春秋七秩自从容。
雪凌寒袭心犹健，霜打风吹气更洪。

坦荡胸怀明磊落，温良恭俭众钦崇。
辛勤耕作扶桃李，百口齐夸颂贾公。

贺——丁金平同志76华诞

桃李盈门业绩丰，今逢华诞喜融融。
身如鹤莺搏风雨，展翅冲天傲碧空。

贺——王吉祥八秩华诞

吉翁一生为革命，千朵祥云照广庭。
有德身教化赤子，余热添辉硕更增。
健身英姿龙蛇舞，康乐高歌松柏身。
长吟锦锈山河好，小诗献与长寿人。

千禧之年贺赵琳兄

琳兄艺苑一中坚，夕照、明中兴味添。
挥汗赢来技娴熟，青春长在意陶然。
重阳佳节纵情唱，不老人生不老天。
一片爱心浇艺圃，草芳花艳美人间。

贺——余新民、钟学礼伉丽情笃意厚

并蒂莲花相唱和，人间甘苦共尝多。

丹心留得春长在，众口声声齐放歌。

贺——赵大奎、卫家瑜喜结连理

映日荷花照眼迷，花开并蒂两情痴。

百年恩爱同携手，谱出真情永恒诗。

贺——魏克、陈荣林伉丽钻石婚志禧

伉俪欣临钻石婚，赋诗相贺庆佳辰。

人生难得齐眉福，“三八”佳期双寿星。

以沫相濡六十春，献身革命立奇勋。

晚睛犹发愚公志，汗铸宏篇育后人。

业余专业两相随

——1999年受邀返贵阳与在南明黔剧团同志相聚有感

阔别贵阳四十年，山川巨变换新颜。

春风处处真情在，意暖心舒夜不眠。

当年黔剧叹宏恢，再振文琴众望归。

尚待诸君齐努力，业余专业两相随。

赵子林赞白曙同志

白云朵朵挂蓝天，曙光普照天地间。
革命浩气依然在，笔耕笔墨创新篇。

作者白曙和黔剧团学员赵子林跳舞

【古体诗】

共跨世纪创辉煌

——赞两较场干休所

春风送暖入欢畅，所内洋溢新气象。
殆精竭虑办实事，服务宗旨挂心上。
问寒问暖户户访，解决困难在现场。
家电坏了来维修，战士登门送米粮。
首长阿姨有了病，挂号取药跑的忙。
好人好事难尽诉，大家由衷齐赞扬。
感谢全所关切情，互相关心理应当。
为了明天更美好，共跨世纪创辉煌！

赞四川省老人保健大学

离休步向新战场，探索科学散余芒。
相携攀登峰峦处，不似春光胜春光。

青城山夜赏月

明月当空照，凉凉溪水声。

倚荷高苟立，摇树晚风清。
繁星瞬闪灼，翠竹隐明灯。
心旷神怡爽，美哉仙境临。

解 脱

鸣蝉声阵阵，涧水响凉凉。
青山知我意，一路送葱宠。
尘烦两相隔，永朱自然中。

霜染亦童年

——1996 年返乡与学友欢聚有感

七载悠悠返，相聚芙蓉馆。
热情似火炽，蜜枣浸腑甜。
谁道无真情，真情溢人间。
五旬同舟济，霜染亦童年。
为觅真理路，劳燕自翩翻。
青春献祖国，无怨且坦然。

似怨我归迟

满园薄雾罩，垂柳拂人衣。
乡音耳畔绕，似怨我归迟。

为庆祝党的九旬华诞

镰斧生辉映九州，南湖立帜始宏谋。
九旬伟绩焕乾坤，奋起中华天地新。
丰碑高竖千秋颂，励志加鞭永不休。
民富国强四海赞，普天欢庆党生辰。

同圆中国梦

送暖东风绕画梁，干休所内沐春光。
老来未减当年梦，梦里常思国富强。
而今圆梦正当时，振翅雄鹰展骄姿。
莫道老来微力弱，添砖加瓦岂能迟。

“八一”颂

首义南昌红帜昂，人民革命建武装。
千锤百炼铁师筑，扫尽乌云见太阳。

英名千古颂罗阳

报国精忠颂罗阳，忘生敬业为邦强。
航天大业垂青史，万古英名举世彰。

欢庆党的十八大

同商国是正金风，壮志豪情驭巨龙。
科学统筹谋发展，和谐社会万年红。

贺——国庆 66 周年

华夏子孙齐欢庆，高歌六十六周年。
龙探深海雄威振，鹰击长空展翅旋。
各行各业齐奋进，万军万马共争荣。

一心奔入小康境，乐业安居尽笑颜。

鹧鸪天·喜中国梦

锦绣中华举世钦，当今奏响富强音。
蛟龙潜海惊寰宇，神剑航天壮国魂。
除旧貌，换新村。桩桩美梦变成真。
党旗引领康庄道，万众高歌九域春。

踏莎行·反腐倡廉

千万英雄，秉承上令。挥戈举轗齐临阵。
反腐倡廉压歪风，为民执政人人敬。
注重民生，策良民幸；清风化雨人欢庆。
一尘不染重清廉，民安国泰世风正。

赞邵农将军

戎边卫国建功勋，赢得九州遍地春。
帷幄运筹心血尽，将军矢志扭乾坤。
培养接班善用人，军营树立作风新。
检查监督倡廉政，有口皆碑处处开。

退居二线仍参政，访问调查昼夜行。
大爱精神红似火，雪中送炭倍关情。
优良传统课堂讲，部队官兵并践行。
诗文传写留“财富”，革命精神永继承。

唐多令·吊张学良将军

西安响雷声，九州四海惊。
不抵抗，义愤填膺。促蒋抗倭赴国难。
行直谏，请出征；旷世一英雄。
被囚离政军，读圣经，养性修身。
热血满腔昭日月，眷白山，扰国情。

浪淘沙·赞成都军区208院

满院见葱茏，姹紫嫣红，霞光初照日东升。
燕雀声声人共舞，共沐春风，和谐又情浓。
尊老爱兵，亲如一家趣无穷。
读书学习春正好，和气融融。

往 事

往事如一梦，
情义相融。
怎能忘？
菩提树下诉心曲，
芙蓉丛中留芳踪。
情相随，心相通，
花开结果似有终。
又孰料，
风霜刀剑刺心中，何其痛！
紧锁双眉恨意浓。
一腔幽怨，几缕清风，
人何在？
长夜望星空，
更残怎奈梧桐雨，
杜宇啼血断飞鸿。

纪念抗日战争70周年

侵略留仇血海深，前车之鉴警来人。
倭囚胆敢再侵犯，定叫葬身东海滨。
纪念缘为避战争，当今世界重安宁。

五湖四海通商贸，地北天南享太平。

咏文艺老兵白曙大姐

王学林

当年剑外一枝花，万里飘香至海崖。
雪域放歌迎红日，青春常驻老兵家。

看白曙大姐弹钢琴

音符跌宕意痴迷，又现当年飒爽姿。
白发飘潇人不老，春光阵里见风仪。
一曲除倭展大刀，翻飞指键卷狂涛。
恍如杀敌豪雄起，万马千军气势彪。
休言日暮已非晨，照耀斜阳亦足珍。
老骥嘶风英气在，如歌岁月又回春。

读白曙《岁月如歌》诗文集感赋

江　涛

璀璨诗文集，丹心醉墨香。
文坛挥妙笔，雅韵自流芳。

临江仙

戎马一生歌壮志，才思喷涌清泉。
如歌岁月尽开颜，首批进藏辟地开天。
笑语高歌醒大地，传承文化情愫。
军中巾帼舞翩跹，文坛增彩，艺苑展新篇。

十八军资深作家焦东海、郑克、白曙、肖蒂岩、赵先前、冀文正与作家阿来会谈合影。

跋

萧蒂岩

西藏岁月文学艺术工作者协会在成都的会员同仁，于2015年9月6日聚会，老红军刘振国将军的遗孀白曙夫人将她的处女作《岁月如歌》一书赠我，要求读后为之写点什么，以便公开出版时用。我一时受宠若惊，继而诚惶诚恐，不知说什么才好。但见她老人家诚恳托付之情，心中感佩，倍觉恭敬不如从命了。

一

正如古人所言：《开卷有益》！益在使我如临其所叙之境而浮想联翩，仅到半卷就营造出一幅虽是白话但有平仄对仗的新式对联——

岁月如歌，歌声的壮丽音阶好似云梯，
又让梦魂之上高原，登高以望远；
春心似火，火焰的光华亮度真如灯塔，
重引思绪回旋故地，温故而知新。

原来，白曙同志于1948年6月（19岁）参加人民军队，我则于1949年7月（17岁）加入地下党领导的外围组织，时间地点虽不同，但都于1950年春在乐山十八军营地共同宣誓进军西藏，解放高原人民，巩固祖国边防。从那到现在，倏忽近七十年，抚今思昔，天地、国家、社会、人物，一切的一切都大变特变了，捧读这有道的征程记录，谛听这无声的灵动战歌，怎不叫人回想当年的登高望远，畅叙今日的温故知新而掩卷长叹、感慨万千呢！

二

从白曙大姐一路走来娓娓动听的人生故事和熠熠生辉的革命情怀看来，最使我感动的并值得学习的是——

第一，从参军至今，她在军队乃至地方所承担的全部文艺宣传工作，无论是当战士、演员、教师、剧团领导、各类合唱团指挥等等，看似平常，不如冲锋陷阵那样惊天动地，却都充分表现出雷锋同志那样的革命螺丝钉精神，兢兢业业，忠于职守，故而成果显著。正如毛主席教导的，我们共产党人好比种子，撒到哪里都要生根发芽开花结果那样，令人敬佩不已。

第二，她与红军刘振国将军同志结婚后，更多的时间是随首长岗位的调动而变化具有被动性，但通过《岁月如歌》看来，她到哪里工作都非常积极热情，这无疑是一种革命主动精神。凡是具有这种精神的人必富于创造性和创新性。特别是定居在成都军区后，还自愿率领离退休的将校军官跳舞，兴起迪斯科式的健身热，活跃了军旅生活，甚至带病同时担任几个军地合唱团的指挥兼组织者和引导者，无论有奖赛或义务演出，都尽心尽力，获得好评，令人羡慕不已。

第三，通过一篇篇叙述短文和赞颂诗歌不难发现，白大姐对党和国家领导人毛主席、周总理、豫皖苏军分区、十八军、西藏、贵州、湖北、成都等军区首长、部队领导及其夫人、一同工作过的同志们、战友、同学及父母、叔伯、兄弟姐妹、乡亲、民众，凡书中有名有姓的人物不下百位，在她笔下都栩栩如生。字里行间对他（她）们充满了爱，尤其对丈夫更是爱得真切深沉，有无限眷恋的诗文表述。

这种爱是发自内心的爱、阶级的爱、革命的爱；由于有这种爱的支撑和作用，在《朋友篇》中也表现出了爱的回归，别人也对她充满的爱；更有爱屋及乌的深情，爱田园、花草、山水，对大自然的爱也如此深情，这是什么精神？是大爱精神、博爱精神。具有这种精神，我们的队伍、社会、国家就是爱的温暖天地，就是幸福大家庭，怎不令人爱护不已呢！

第四，白大姐从一个年轻的师范女学生走出家门校门，义无反顾地走上革命道路，而解放军是一座大学校大熔炉，从参与演出《白毛女》《血泪仇》《钢骨铁筋》等一系列革命剧目，受到深刻的阶级教育，分别树立了正确的人生观、世界观和价值观，并逐步自觉地信仰了共产主义，最终光荣地参加了中国共产党。由于久经党的考验和培养，军队的锻炼，进而在思想上和行动上都表现出对共产主义信仰的坚定精神，是一切新老革命者和建设者们值得效仿的。特别表现在改革开放，尤其在东欧剧变、苏联解体之后，一部分群众和少数党员对共产党丧失信心，对共产主义产生动摇，呈现出信仰危机的时候，白曙同志却在军地各种合唱团中领导、组织、指挥团员们理直气壮地旗帜鲜明、豪情满怀地大唱特唱《没有共产党就没有新中国》《向前，向前，我们的队伍向太阳》等革命歌曲，同时还做诗《颂毛泽东主席》《颂中国共产党》等，又怎能不令人同道相亲、同声相合呢！

我认为，在当今中国，爱党就是传统的爱国主义精神最新、最高、最精华、最核心和最现代的体现。因此要不遗余力地清除贪腐分子，以确保党的纯洁性，以发扬艰苦朴素精神。毛主席曾说过，人是要有一点精神的。白大姐的一本书稿蕴含了上述好多闪光的精神，真可称之为“精神富姐”，可引以为荣，期可传世。

三

读《岁月如歌》也引发了我的回想。

1950 年春，在十八军随营学校时，认识一位姓吕的战友，他把《人民解放军占领南京》的著名七律抄给了我，顿时如获至宝，初知毛主席的诗是如此雄伟、气派，令人倾倒，一直过目成诵，比起李杜苏辛诗词，更觉新鲜、鼓舞、振奋心弦。当年十月我在西南军政大学八分校预科毕业转入本科学平射炮时，闻昌都战役告捷，即以此作标题学做了一首五律，现在方知，当时十八军政治部主任刘振国将军——白大姐的爱人也在甘孜前线参与指挥，故抄在这里以作对他和其他领导战士们共同的怀念吧——

打箭炉西部，号声今古殊。
当年摇海岳，昨日踏衡庐。
雪白金沙暗，风寒玉树枯。
前军将剩勇，一举下昌都。

此诗概括了十八军从豫皖苏、渡江到大西南并进军西藏的战队历程，剩勇二字是从毛主席诗里搬来的，表明那时已开始接受毛主席的诗词影响了。

白大姐还在书中提到的十八军四号首长是副政委王其梅将军，昌都战役后他兼任昌都地区解放委员会主任，1951 年 5 月 23 日中央人民政府于西藏地方政府签订“十七条协议”后，他作为解放军先遣部队首长，于当年秋冬之际率部进驻拉萨。我当时在后方也写了一首五律以示纪念——

望珠穆朗玛

——闻人民解放军先遣部队进驻拉萨

峙立任风吹，云霞难过腋。
抛雷唤起星，撒雪迎来月。
未奏补天功，已闻填海捷。
会当举火旗，一舞群妖灭。

诗意是，人间举火旗者先遣部队司令员王其梅也，神地拉萨接火旗者世界最高峰珠穆朗玛峰神女也，解放事业将大放光明，山药水怪岂能久乎？

1962 年秋，我被调任中共西藏工委秘书处做秘书，负责张（经武）、张（国华）、谭（冠三）、周（仁山）、王（其梅）、郭（锡兰）、夏（辅仁）几位书记的文电工作，有幸亲承教诲。在中印边境反击战中，胜利战报如雪片飞来，我对解放军的神勇万份钦佩，写了一首《张将军赞》七律，赞张国华将军的——

挥兵直下捣鹰巢，敌帅魂飞弃卒逃！
我未犯人人敢犯？尔能交械械还交！
令传深谷俘犹赞，威动高山将不骄！
前线运筹操胜算，战神惊叫见头遭！

为什么引述上面三首诗？因为《岁月如歌》引起了我的共鸣，也是向“老西藏精神”的开拓者、先锋战士致敬之意。这当中也包含了对白大姐这样的女战士的赞颂。再次，我还乘兴为白大姐的《岁月如歌》写了一首读后感诗，权作本文的结束语——

红军振国建殊勋，情促亲人武化文。
故事说来多惬意，好歌唱响特怡神。
忠于信仰行为实，志在光明梦想真。
西日涅槃霞火烈，东风奋力曳朝

今天，让我们在习近平主席的领导下，为全面建成小康社会，为实现中华民族伟大复兴的中国梦而更加奋发高歌猛进吧！

2015 年 11 月 19 日于成都

（萧蒂岩，男，四川仁寿人。中共党员。1957 年毕业于中央民族学院语文系。1949 年参加中共四川民主青年协会，领导学生运动，1950 年参加十八军进军西藏，1957年历任西藏公学教师，中共西藏工委办公厅秘书处秘书，中共那曲地委秘书，西藏文联专业作家，西藏文联理论研究室副主任，专业作家，文学创作一级。萧蒂岩是一个诗才横溢、诗情澎湃的诗人，他在《珠穆朗玛交响诗》一书《后记》中，叙说了写诗的经历，选录几段以供研究。“我在学余工暇，走着崎岖的道路，冒着凛冽的寒风，忍着缺氧、多血、心动过速的痛苦，长期在‘世界屋脊’的诗坛下徘徊、踌躇，有时展着笑，有时洒着泪，有时流着血……我虽然还称不上诗人，但确实做了一些诗，包括古典的律诗、词曲、歌诗和现代的格律诗、自由诗、散文诗等等，也不知道有多少首了。……我本来不是诗人，只是许多客观外界的事物作用于我，而我又有动于衷时，写下一些不供发表，只是聊以自励、自托、自慰、自娱的诗。……我一向认为，如果人民是土地，诗可以是庄稼，是金玉，是花木；如果生活是海洋，诗也可以是排山的惊涛、赏心的细浪、平静的水光；诗不仅是现实的一面镜子——平面的镜子——真实的反映生活，它主要的是一面分光镜、显微镜、望远镜、折射镜（有时还可以是哈哈镜），是民族的、阶级的、时代的多情的眼睛，更要分析生活，认识生活，推动生活前进，给人以享受、思索、爱憎、鼓舞……而且，诗就是诗，是一种不是绘画的绘画，不是音乐的音乐，不是心灵的心灵，不是客观世界的录像，而是主观世界的物化——带有可见或不可见的，只可意会而不可言传的、辐射性的光芒……”“我在业余的诗歌活动实践中，深深体会到：内容是诗的生命，风格是诗的个性，形式是诗的外壳。只有这三者都臻于完善，达到一定的美的高度，才算得上好诗。萧蒂岩是一个写诗的多面手，既有古典诗词的修养与功底，又有新诗的开拓勇气和创作闯劲，显示了他在诗的王国里自由驰骋的实力和勤奋攀登的拼搏精神。”）

不忘初心，继续前行

——编著寄语

张彦丽

大海要成为水的宝库，

必须汇集所有的江河；

西藏的繁荣富强和发展，

离不开各族人民的团结奋斗！

每一个人都有自己的人生信念。这个信念，支撑着人生理想和目标。只要信念不变，精神毅力就永远不会衰退。十八军首批进藏女战士白曙阿姨，就是一位始终坚守自己的理想信念和人生目标、数十年初心不变、勇往直前的坚强的共产党人。

……

白曙阿姨的《岁月如歌》终于截稿。自2015年5月开始，这一年多来，我每天在电脑上打字、打字……累，但心情却一直兴奋、激动。始终平静不下来的亢奋和感慨，缘于白曙阿姨和战友们徒步进藏、边行军边凿山修筑川藏公路那一辈人浓浓的西藏情结；缘于白曙阿姨数十年对党的忠诚、对西藏的眷恋，对我们西藏人的信任！

今夜，拉萨又是繁星闪烁。除了偶尔从公路上传来几声汽车的笛鸣，连稍有动静就喜欢狂吠的狗儿们也都和宁静的高原之城一样，沉浸在甜美的梦乡里……

凌晨两点，我仍然十分清醒，甚至还很激动。随着2016年国庆长假结束，我终于编完《岁月如歌》和《我们的七号首长——刘振国将军》。很想为此说点什么。看着电脑屏幕上的文档，靠在舒适的转椅上，轻轻摇晃着，想象着……成都城区内外绿色的草坪、繁多的餐馆、湿润的空气，人头攒动的茶园……多想立即订票飞去成都，一是借机逃离干燥又缺氧的劳累，二是能再见到白曙阿姨，有太多的话想说。

这个季节，按照北京时间，拉萨早上八点天亮九点半上班，格桑林卡小区旁边有机票订购点，十点半之后才会开门。

其实我明白，仅只是想想而已，没有时间离开拉萨。书稿的最后送交审核还需要我们继续努力。

一年多来，我们始终保持着密切的联系。脑海中始终有一幅很美的画面：宽敞的二楼上，明亮的大玻璃窗前，一张宽大的桌子，桌子上整齐地堆放着各种资料及书稿，白曙阿姨伏在桌前，忙而不乱地整理着宝贵的资料，写着深情的诗词，回忆峥嵘的战争岁月……为纪念老红军、刘振国将军的百年诞辰，八十有余的高龄，仿佛又回到了蓝天白云下的西藏……美丽、坚强、魅力无穷的剪影，在我脑海中挥之不去。

精彩人生

中国人民解放军十八军女战士白曙阿姨那一代人的一生，堪称精彩的人生。

习近平总书记强调，当前宣传思想文化工作的重中之重，就是如何传播好中国最美声音，讲好中华民族伟大复兴中国梦这一当代最宏大的主题。我们策划的《西藏故事·中国梦》——西藏岁月系列丛书之一的《岁月如歌》和《我们的七号首长——刘振国将军》两本书稿，就是这个主题中最精彩的故事。通过老红军和白曙阿姨等前辈们的战斗故事和人生历程史实资料，传播中国好声音，讲述西藏新故事，向世界展示一个客观真实、变化巨大、欣欣向荣的社会主义新西藏。

时下，随着文化宣传推介工作的不断扩展，以西藏为题材的各类作品越来越多。不乏蓝天白云、庙宇僧人、八廓街上、“格桑美朵”（格桑花）等等风格多样的描述，有的视野开阔，有的浮想联翩，有的内心感情丰富，有的下笔妙语生花，各有千秋、百花齐放。而《岁月如歌》的作者白曙阿姨则不然，她是一位首先将自己的心完全交给党，交给理想，交给西藏，凭着从始至终对党的忠诚和对西藏的爱，对战友和同学的思念及对故乡的眷恋，在八十九岁高龄时，用心记下了人生中如歌的岁月，用真情记述了对党和人民坚贞不渝的深情。几十年来，她从北到南、转战征程，即使在遭受误解时，即使在生命垂危时，心，始终没有离开党；情，始终深扎在民众中；手，始终没有停止过写……

退休后，更是全身心地投入到离退休老干部文化活动中，无私地付出自己全部的热情与大爱，不断地充实自己的生活积累。她对战友的怀念发自灵魂深处，她对刘振国将军的爱刻骨铭心——始为敬仰，听从组织安排；后为倾注，全身心的爱毫无保留地化作真情给将军……

从她点点滴滴的记述中，我们还看到了刘振国将军勇敢、智慧、忠诚的戎马生涯、战无不胜的另外一面：大胸怀、高修养、富责任、爱心强。对于自己并肩作战的战友们自不必说，对于战友加妻子的白曙更是关爱体贴、细致周到。在白曙病重几近丧失意识时，他不管自己工作有多忙、不管自己身心多疲惫，日复一日，始终用真心呵护、照顾，终于以将军独有的、强烈的爱的音符唤醒了她的神智，唤回了她重病中的即将飘远的意识……

将军离休后，尽管身体非常不好，年龄八十有余，还支持妻子一起带头响应组织号召，破除传统守旧观念，陪着爱妻白曙学习跳舞、唱歌；尽管生活及其简朴，衣服可以补了又补，粗茶淡饭，一分钱可以掰成两半花，却舍得为爱妻购置一套又一套演出服……

将军那种大爱和纯粹的唯美是发自灵魂深处，没有丝毫虚假，没有丁点儿做作。四十六年如一日陪伴着夫人，以自己最纯净的灵魂去感应、去抒发、去表现人世间的真、善、美。

白曙阿姨笔下的国家领导人、部队首长、战友、同学、孩子，无一例外，都能让读者从阅读中感同身受那种朴素的真善美，那种自然诚实的真善美，那种与读者心有灵犀一点通的真善美。

白曙阿姨是有三个“故乡”的人,一个是现实地理上的故乡河南新乡市,一个是感情上无法割舍的第二故乡西藏,另一个则是精神上的故乡——对党的忠诚与执着。

习近平总书记说过,“希望文艺家要使我们更多青年也都有精神上的故乡。”;“历史是最好的教科书……我们的责任,就是要团结带领全党全国各族人民,接过历史的接力棒,继续为实现中华民族伟大复兴而努力奋斗,使中华民族更加坚强有力地自立于世界民族之林,为人类作出新的更大的贡献而奋斗。”

白曙阿姨就是以如何让更多的人从青少年时期就拥有良好的精神故乡,作为自己肩负的时代责任,坚持几十年笔耕不辍的初心,今天,终于呈现给大家这份心血结晶——《岁月如歌》。

作品中每一个动人的故事,每一个感人的场面,每一个十八军和老西藏及各族人民青春与热血的付出,甚至将生命都奉献给这片高天厚土的伟大品质和人格力量,感动了所有读者和编辑。作品主题正是按照习总书记的要求,传播红军精神、宣传十八军的丰功伟绩,凭吊祭奠埋葬在川藏线上的老十八军先烈,以“老西藏精神”和新西藏的“两路”精神以及西藏的繁荣发展来告慰先烈:

祖国和人民永远不会忘记你们!

西藏各族人民将一如既往地继承和发扬前辈的革命精神,在建设西藏的进程中,不忘初心,继续前行!

作家的责任

白曙阿姨出生于河南新乡一个有名的中医世家。原名叫王联珍。父辈秉承治病救人宗旨在她幼小的心灵里注下了潜移默化的良好影响。解放军进入家乡时,那种严明的组织纪律和可亲可敬、一切为老百姓的工作作风,为刚刚进入女子师范读书的白曙第一次树立了她的人生目标:一定要做一个像人民军队那样的共产党人,为解放全中国勇敢奋斗!

1948年，她带着这样的理想信念报名参军了！

因为是在国民党统治下的“白区”参加革命，部队首长让新战士们改名更姓，以免部队离开后她们的家属受牵连和迫害。在部队开拔的行军路上，大家互相帮忙取新名字。一个同志帮战友取名白曙，而那个同志已经有了自己取的新名字，白曙阿姨就说，你不用白曙，我就用这个新名字吧！我喜欢纯洁的白色，我要让生命像黎明的曙光那样有意义。于是，王联珍就改名为白曙。

之后，在四川进军西藏的动员大会上，首长也这样鼓励白曙阿姨说：希望你们进藏之后，能够像你的名字那样，把曙光带到西藏去，带给西藏的老百姓！

在白曙阿姨的记忆中，解放前，大多数劳苦大众衣不蔽体食不果腹，生活在水深火热的苦难之时，白曙阿姨却是在祖辈和父母的呵护下，没有遭受过痛苦和贫穷。父辈医术高明、医德又好，在新乡市东关十字街上生意兴隆、乐善好施的名气很大。家里每逢过年都有新衣服和新鞋子穿，每年过年前全家人热火朝天的准备丰富的食物和供品，过年期间看戏、赶庙会、放河灯……

衣食无忧的生活和无忧无虑读书学习的18岁豆蔻年华的女孩子，能够勇敢报名参军的动机比起“当兵可以吃饱饭、有衣穿、有屋住”的穷苦孩子来说，她对革命的信念和追求更加纯粹，更加真诚。即便是在后来曾经遭受委屈和误解时，也从未放弃过自己的努力和对信念的不懈追求……特别是在后来申请加入中国共产党时一直没能顺利通过。尽管她心里有委屈，但身体力行的努力从未放弃，经受了党组织四十年的严格考验，终于在退休之后的1987年，成都市金牛区老干部局通过了她的入党申请，实现了白曙阿姨一生无怨无悔的追求愿望，成为一名光荣的中国共产党员……

这种对党、对组织的真情实感，我在编辑《岁月如歌》中有了充分的感受。书中许多熟悉的名字，熟悉的地方，也让我倍感亲切和怀念，那些前辈，曾经是我1976年大学毕业进藏时的党政军领导，自治区的，地市县的，或书记副书记、或局长副局长，或基层普通干部普通党团员，他们中有军人，有干部，有教授和大中专毕业生；有身经百战的老红军，也有刚刚参加工作的年轻人；他们有着不同的家庭出身，不同的文化背景，不同的人生经历；汉族、藏族、满族、蒙古族、回族、维吾尔族、哈萨克族、锡伯族、彝族等多个民族。但为了一个共同的目标，组成一支特殊的大军，爬雪山，过草地、趟冰河，风餐露宿，艰苦卓绝……在西藏各条战线上恪尽职守、尽心竭力、不辱使命，在艰苦环境中锻炼，在锻炼中成长，把人生中最美好、最精彩的一段生命献给了西藏。最终完成了“和平解放西藏”的神圣使命，实现了“将五星红旗插上喜马拉雅山”的誓言！

为了这个誓言，数万名干部战士献出了他们的青春、热血和生命，捍卫了祖国领土的完整，书写了催人泪下、千秋不朽的篇章。

《岁月如歌》中每一篇文章的回忆，都使我想起他们始终保持和发扬艰苦奋斗的作风，保持和发扬谦虚谨慎、不骄不躁的工作作风，感同身受地熟知他们在西藏革命和建设历程中，坚持特别能吃苦、特别能战斗、特别能忍耐、特别能团结、特别能奉献的“老西藏精神”。他们在艰苦环境下克服困难、创造条件开展工作，以自己的一言一行、脚踏实地取得成绩的革命乐观主义精神的表现，让藏族人民认识了解放军，相信了共产党。

进入21世纪的今天，中国人所需要衣食住行的保障之外，更想完成人生出彩的梦想；各族人民对美好生活的向往，是我们共产党人的奋斗目标，也是治国理政的应有之义；今天的西藏，随着社会的发展和进步，工作环境和生活条件已大大改善，但我们党艰苦奋斗的优良作风不能变，“老西藏精神”和“两路”精神不能丢！

值此红军长征胜利80周年，老红军、西藏七号首长刘振国将军百年诞辰之际，我们特作为献礼图书，在将军夫人白曙阿姨一年多来补充、撰写及将军战友们的大力帮助下，在西藏岁月文化交流研究会编纂人员的辛勤努力下，整合、补充、刊选编著了《西藏岁月系列丛书》第二套《岁月如歌》和《丹心铸忠魂——刘振国将军纪念文集》几部重点图书。落实习近平总书记提出的:“中国梦归根到底是人民的梦，必须紧紧依靠人民来实现，必须不断为人民造福……”的要求，讲好西藏故事，牢记中国梦；记录时代精彩，牢记人民梦；记下百姓故事，牢记中国梦！

这不仅是作家的责任，也是编著者和出版人的责任。

《岁月如歌》和《丹心铸忠魂——刘振国将军纪念文集》以详实的史料事例引导教育我们各级党员、干部要树立正确的世界观、人生观和价值观，树立正确的权力观、地位观和利益观，做到权为民所用、情为民所系、利为民所谋，为西藏长足发展和长治久安提供舆论支持，为时代发展进步的浩荡潮流留下真实的记录。

浓浓西藏情

一次西藏行，终生西藏情，注定成为雪域高原最后守望者。这一代又一代人们，一步一个脚印实践了"老西藏精神"和习总书记赞扬的"两路"精神，创立了我党革命史上最伟大、最光辉的新篇章。不论是哪一代西藏人，或退休、或内调，所有离开西藏的人，始终念念不忘西藏，始终念念不忘自己的西藏岁月。在这里，作为《西藏岁月系列丛书》的诞生和社会影响之意义我想再多说几句。

2010 年，我应约《西藏机关党建》杂志做专职采编时，策划了《西藏岁月系列丛书》项目。原名《雪山不会忘记》和《雪山的眷恋》。策划案报上去之后，得主管领导——时任机关工委常务副书记高文庭、常务副书记林清海、副书记尹逊国等同志的大力支持。第五批援藏干部、中直机关《紫光阁》杂志社主编彭宏同志（任西藏自治区党委直属机关工委副书记期间）在工作中给予了具体支持和指导，特别是时任西藏自治区党委张庆黎书记，自治区人大张跃平副主任，自治区党委常委、区政协党组副书记、副主席、西藏第一位藏族女作家德吉措姆主席在住院期间，第一时间给予了很多帮助和指导。2011 年西藏岁月文学艺术工作者协会，在西藏自治区文联党组大力支持和指导下，经西藏自治区民政厅审核批准正式成立，《西藏岁月系列丛书》编委会在自治区党委常委、拉萨市委齐扎拉书记和德吉措姆主席的支持下，顺利组成并正式开始编辑工作。

2012 年冬，德吉措姆主席亲自去北京，连续多日冒着凌冽的寒风奔走相求，最后得到北京市人大吉林主任的大力支持和时任西藏自治区政府丁业现副主席的支持下，在北京拉萨援藏指挥部总指挥贾沫微和副总指挥马新明两位副书记和自治区财政厅教科文卫处的帮助下，2013 年 4 月通过大连市援藏干部、原那曲索县教育局副局长、大连市旅顺口区教育局副局长马殿文同志多方协调和奔波，得到了大连市委组织部、大连市委宣传部及大连出版社刘明辉社长的全力配合，安排多名专职编辑认真审稿、校对；特别是西藏建设厅退休干部张艳敏、辽宁省锦州市逸夫中学一级教师张方，在四年多的时间里一直义务地帮助修改稿件、润色文字、整理资料，丛书编纂的全部工作始终得到西藏自治区党委、人大、政府、政协及军区领导的关心与重视，得到了自治区财政厅和北京市在财力方面给予的大力支持和帮助，终于在 2014 年 1 月，以精美的品质完成印刷出版，与全国的读者见面了。

2014 年 12 月 2 日，在自治区党委常委、拉萨市委齐扎拉书记的安排部署下，市委马新明副书记、市委常委袁训旺秘书长的指导下，在拉萨召开了《西藏岁月系列丛书》首批丛书一套十本的首发研讨会。西藏自治区首任党委书记、95 岁高龄的阴法唐同志从北京发来贺电，“2010 年 9 月 20 日应会议邀请，我和夫人李国柱（首批进藏女兵）参加了她们在北京召开的丛书座谈会，在京三十多位老同志到会，为丛书编撰提出了很好的建议和意见。有的甚至带病到会。大家谈到当年进藏时的情景，个个热泪盈眶，感慨难抑。座谈会上，拿出自己多年积累的文稿，希望通过《西藏岁月系列丛书》这个平台，回忆建设西藏历史，抒发大家对西藏的眷恋和关心……祝愿《西藏岁月系列丛书》能够鼓舞更多的人，不忘革命前辈，弘扬“老西藏精神”，继续组织编写出更多记录那一代令人追忆、感人肺腑、具有震撼力的历史篇章。”

莅临会议指导的领导有：西藏自治区人大原主任列确、西藏自治区人大副主任周春来、西藏自治区政协副主席策墨林·单增赤列、原西藏自治区党委常委、区政协党组副书记、副主席德吉措姆。还有自治区各厅局的领导及拉萨市委、政府领导以及来自基层的尼木县、达孜县领导代表。特为会议发来贺信的单位及个人：国新办《五洲传播中心》；湖北援藏工作者联谊会；湖北省麻城红色文化研究会；老西藏李敏；上海华东师范大学历史系教授、著名学者、博士生导师韩刚；安徽大学社会与政治学院学者、博士黄文治；河南省郑州市总工会原主席、老西藏陈伟；山东省济南市党史研究室、老西藏张恒传；武汉大学体育学院教授张厚福、赵勇戈；湖北武汉大学教授、70 年代进藏大学生邓和平；湖北省《老照片·新西藏》编委会、上海华东师大历史系博士龚文雅；辽宁省锦州逸夫中学一级教师张方；鼎艺影视制作公司总经理赵春生；国家一级作家、中国作协儿歌作家盖尚铎；湖北红安党史办副主任辛向阳；四川省文联吴薇；广西南宁商体；四川成都卓尔文化传媒总经理王芳，西藏青年报社等。

不忘初心　砥砺前行

原自治区党委常委、拉萨市委齐扎拉书记在会上做了重要讲话：“编撰《西藏岁月系列丛书》的宗旨，就是总结前辈们为和平解放西藏、进军西藏、建设西藏、发展西藏做出的巨大历史性贡献，宣传前辈们的先进事迹，传承和弘扬前辈们的思想和精神，特别是“老西藏精神”，激励西藏各族干部群众以更加奋发有为的精神状态建设西藏。《丛书》以老西藏们在西藏的亲身经历，真实记录了西藏解放、建设、改革开放过程中那些不寻常的峥嵘岁月，是一部英雄们的战斗史，是一部前辈们的奋斗史，是西藏文明的发展史。综观这套丛书，无处不体现着党中央和全国各族人民对西藏的关怀和支持，无处不彰显着“老西藏精神”，作品客观翔实，文风朴实无华，集高尚的思想内涵、深厚的文学底蕴、精进的创作风格于一体，必将为引导感化一代人，激励鼓舞一代人，培养提升一代人，起到潜移默化的作用，必将为推进西藏的跨越式发展和长治久安，谱写中华民族伟大复兴中国梦西藏篇章凝聚起强大的正能量。今天，我们举行《丛书》首发仪式座谈会，也是借机宣传这套《丛书》。我相信，通过我们的共同努力，一定会让全社会、让更多的人再次认识那段历史、深刻理解那段历史、永远铭记那段历史，让这套《丛书》在宣传西藏、展示西藏中发挥应有的积极作用。讲好中国故事，弘扬中国精神，传播中国好声音，推动全党全社会更好培养和践行社会主义核心价值观。”

当时时任拉萨市委副书记马新明同志在主持会议时讲到：“这不仅是一套弘扬‘老西藏精神’和‘两路’精神的一套红色系列丛书，更是弘扬正能量、鼓舞人民为实现中国梦的辅助教材，也是西藏社科研究人文调查的实体成果。希望这套丛书能够通过这次会议介绍给各位，让我们在深入学习贯彻习近平总书记系列重要讲话精神、进一步巩固和扩大群众路线教育实践活动成果的工作中，汇聚干事创业的强大正能量，坚持文学创作时与人民心心相印、同甘共苦、团结奋斗的老西藏精神。这既是前辈总结的历史经验，也是新时期的历史召唤。为实现习主席提出的'两个一百年'奋斗目标、以'老西藏精神'和'两路'精神为宗旨，勇敢承担起历史使命和责任、坚持以人民为中心的创作导向是我们的发展目标，将努力以更多无愧于时代的优秀作品和创新产品凝聚为一种精神、一种力量，展示新时代新风貌，引领新时期新风气，为不断创造西藏发展进步新辉煌，发挥创作团队优势，与有识之士携手再努力！"

最后，原西藏自治区党委常委、区政协党组副书记、副主席，西藏资深女作家、《西藏岁月系列丛书》编委会主任德吉措姆讲话说："习主席说，文学艺术是时代前进的号角，最能代表一个时代的风貌，最能引领一个时代的风气。今天的丛书首发座谈会，可以说是落实'两个一百年'奋斗目标、实现中华民族伟大复兴的中国梦、文化强市建设的一个成果展示会；这个会议不仅仅是弘扬'老西藏精神'、为实现习主席倡导的中国梦增添正能量、营造正气场发挥余热做贡献；还是西藏社会科学初步进行人文社会研究成果的一次检验。历史上，中华民族之所以有地位有影响，不是穷兵黩武，不是对外扩张，而是中华文化具有强大感召力。要实现民族复兴的目标，就必须继续发挥文化的支撑作用，'文以载道''以文化人'，要培育社会主义核心价值观，离不开文艺工作者的贡献。"

西藏是一个拥有灿烂历史文化、民族文化、宗教文化资源的宝库，藏族是一个伟大而坚强的优秀民族，西藏各族人民祖祖辈辈生活在自然环境艰苦的雪域高原，造就了战胜一切困难的坚毅品格，养成了扶贫济危、乐善好施的善良性格；六十六年来的西藏岁月，凝聚了千千万万的西藏人，用自己的鲜血和生命及子孙后代，铸就了勇往无前的"老西藏精神"和"两路"精神，构成了雪域高原的英雄群体和历史悠久的文化圣地。四年多来，在自治区党委、人大、政府、政协的关心下，在区直工委、财政厅、文联、文化厅、社科院、民政厅、广电局、区团委和拉萨市北京援藏指挥中心等诸多部门的大力支持下，终于完成了《西藏岁月系列丛书》编制与出版，今天，又在拉萨市委的全力帮助下，成功举办了首发座谈会，我也代表那些因为身体原因和路途遥远不能前来参加会议的老西藏建设者和丛书作者们，向各位致以深深的感谢！

今天，《西藏岁月系列丛书》所秉承的“老西藏精神”和“两路”精神，告诫所有读者：“不同时期的西藏共产党人虽然时代使命不同，但他们的政治本色和优良品质是相同的，是永远一脉相承的。正如习近平同志指出的那样，‘中华优秀传统文化是中华民族的精神命脉，是涵养社会主义核心价值观的重要源泉，也是我们在世界文化激荡中站稳脚跟的坚实根基。要结合新的时代条件传承和弘扬中华优秀传统文化，传承和弘扬中华美学精神。’《丛书》今后还要从这样的高度认识文学创作的地位和作用，认识作家所担负的历史使命和责任，坚持以人民为中心的创作导向，努力创作更多无愧于时代的优秀作品，弘扬中国精神、凝聚中国力量，鼓舞西藏乃至全国各族人民朝气蓬勃迈向未来。”

还有许多默默为丛书编纂给予支持和帮助的同志们，在此，一一致以诚挚的感谢!

这套丛书，不仅仅是为老西藏、十八军离退休老同志对西藏的一生情结圆了一个集结出版书稿的梦，更是为西藏和平解放与革命建设时期的历史，留下了非常有价值的宝贵资料。

希望能够鼓舞更多的人：不忘革命前辈，弘扬“老西藏精神”；不忘初心，砥砺前行。

（2016年9月9日重阳节于拉萨）

（张彦丽，女，满族。笔名祎心、静华、扎西卓玛。1968年8月在辽西农村插队落户当知青六年；1976年8月大学毕业后志愿支边进藏，再次申请在西藏当知青两年；1978年9月后历任墨竹工卡县中学教师、县人大办副主任、县委宣传部副部长；1988 年 8 月调拉萨，历任：文化广播电影电视局办公室主任、拉萨市政协副秘书长，文化广播电影电视局党组副书记、局长，兼拉萨市作家协会副主席、西藏作家协会会员；中央组织部、中央统战部第九期挂职任山东济南市天桥区委副书记；西藏自治区党委直属机关工委《西藏机关党建》杂志特约专职编辑；《西藏体育》杂志专职策划兼编辑；西藏自治区冬虫夏草协会副会长兼秘书长等职。

上世纪八十年代开始写作。曾有短篇小说、散文、报告文学、西藏民间故事等 200 余万字在报刊杂志发表；著有长篇报告文学《圣地艺苑奇葩》(29 万字)和《鹰之歌》25 万字，长篇小说《蓝云》(上下册 90 万字)；执笔完成的大型舞台剧本多次演出并荣获文化部“文华奖”；编撰西藏第一张多媒体光盘《辉煌五十年·西藏》稿本 160 余万字，由国家新闻出版署统一出版发行；有电视专题片《石莲》《沸腾的拉萨》《走进拉萨》《美丽的春光》及歌曲等播放演出并获奖。为庆祝西藏民主改革 50 周年，受西藏自治区新闻出版局的委托，参与编著 28 万字史料《西藏辉煌 50 年》、长篇故事散文《雪绒藏布》和《墨竹玛曲》出版。

作为申报世界文化遗产“中国布达拉宫——大昭寺扩展项目”实施机构负责人参与申报工作；应藏研中心之邀采访并执笔《中国西藏旅游》书稿；协助中央统战部《西藏系列专题片》海外宣传摄制组的采访协调工作；策划并参与中国传媒大学《中国唐卡文化产业研究》课题的合作洽谈和筹备；西藏自治区大型电视专题片工程《口述西藏》学术总顾问等。

后记一

德吉措姆

《岁月如歌》是一部诗文集作品，如同她的名字一样，首批进军西藏的女兵们，在激情燃烧的岁月里，带着火焰般的青春年华，以舍小家、顾大家的无私大爱，以不怕牺牲、不怕磨难的革命情怀，在解放西藏、建设西藏的峥嵘岁月里，奏响了一曲曲边疆为家、艰苦为荣、民族团结、军民友爱的美妙音符，激励着一代代青年特别是西藏妇女，像进藏女兵那样肩负重任，不辱使命，为建设美丽富饶的新西藏而砥砺奋进。

《岁月如歌》的作者白曙同志已是近九十高龄的老人，她是首批进军西藏1000多名女兵队伍中的一员。她出生于河南新乡市一个中医世家。1948年参加革命队伍，曾经在淮海战役、渡江战役和大西南进军中荣立过两次三等功，经受过进军西藏艰苦卓绝的生死考验，在18军文工团以多才多艺的技能和热情奔放的性格，鼓舞士气勇往直前。进藏后，先后在军区文化部、西藏工委政策研究室工作过。转业到地方后，担任过音乐教师、文化干事、剧团团长等职。随着阅读《岁月如歌》的深入，感动和敬佩之情一次次在心中升华，让我真切地感受到她们那一代人，在如歌的岁月里的光彩人生。正如白曙同志写给我的信中所讲到的："虽然老伴儿（刘振国将军）和我在西藏工作的时间很短，但却是我们一生中最受考验、最受教育、最刻骨铭心的经历。"

走过青春年少，任岁月变迁，艰苦卓绝是对那段历程的注解，无怨无悔是对花季年华的歌唱。岁月如歌歌不朽，越唱心里越亮堂。

饱经岁月的磨砺，依然保持着革命军人的奋斗精神，保持着对西藏人民的赤子之心。是我阅读白曙同志这部诗文集时感触最多，也是最深的。她们和男兵一样，背负着沉重的行囊，翻雪山，趟冰河，穿沼泽，义无反顾地挺进拉萨，平息叛乱进行民主改革，彻底砸碎了封建农奴制度的枷锁，使百万农奴翻身得解放，当家作主人。她们和男兵一样，发挥各自专长，在雪域高原创办医院、学校、报社、广播站，创作了一大批为全国人民所熟悉和喜爱的文艺作品。以高尚的医德、精彩的歌舞、真挚的情感、博大的爱心，为建设新西藏，造福各族群众作出了巨大贡献。把党的温暖带给了西藏人民，把“金珠玛米”的美好形象留在了西藏人民心中。

《岁月如歌》这部诗文集收入了白曙同志的散文随笔、诗歌、书信以及友人写给她的纪念文章，每一篇字里行间，无不充满着对革命理想的执着、对西藏人民的真情，以及对美好生活的歌颂。白曙同志虽然年事已高，却始终保持着一颗年轻的心态，每天坚持读书、看报、写作，先后发表多篇诗歌、散文、回忆录，退休活丰富多彩；她始终情牵西藏，无时无刻为西藏的繁荣发展继续发光发热；老人家一生乐观向上、坚韧进取、勤奋好学的精神令我感动，给我们树立了好榜样。

我们《西藏岁月系列丛书》编委会经过三年多的努力，即将完成第二批包括《丹心铸忠魂——刘振国将军纪念文集》《岁月如歌》等 12 本书稿，这不仅是作为向党的十九大献礼的图书，更重要的是旨在积极配合西藏自治区党委在全区开展的“讲党恩爱核心、讲团结爱祖国、讲贡献爱家园、讲文明爱生活”主题宣传教育活动，继续深入挖掘“老西藏”们在雪域高原无私奉献、建功立业的生动故事，真实记录共产党人解放西藏、建设西藏、扎根西藏、奉献西藏、建功西藏的光辉业绩，生动诠释了“老西藏精神”和“两路”精神，期望在新时代的今天，给读者以深刻的启迪、坚定的力量和拼搏的精神，真正做到珍惜现在来之不易的生活，创造更加幸福美好的明天。

习近平总书记强调“在高原上工作，最稀缺的是氧气，最宝贵的是精神”“全党同志一定要永远与人民同呼吸、共命运、心连心，永远把人民对美好生活的向往作为奋斗目标，以永不懈怠的精神状态和一往无前的奋斗姿态，继续朝着实现中华民族伟大复兴的宏伟目标奋勇前进。”今天，我们纪念“老西藏”，学习“老西藏精神”，就是要在新时期仍然能像老西藏们那样，在艰苦缺氧的环境下，继续发扬“特别能吃苦，特别能忍耐，特别能战斗，特别能团结，特别能奉献”和对西藏发展长期负责、建设边疆、守卫边疆的精神，不忘初心，牢记使命，以十九大精神为动力，加快发展，使西藏人民和全国人民一道迈进小康社会，为实现中华民族伟大复兴的中国梦而不懈奋斗。

祝伟大祖国繁荣富强！

祝“老西藏精神”永放光芒！

后记二

魏克

白曙同志的人生，就像她的书名一样“岁月如歌”。

由于她的爱好、天赋、勤奋和好学，文化素质较高，能歌善舞，颇富人格魅力。在解放战争时期和进军西藏的征途中，她用艺术鼓舞斗志，发扬了部队的革命乐观主义精神。在解放区鼓舞人民增强军民团结和支援前线，给人民已欢乐。后来转业到地方，在拉萨小学当音乐老师期间，用音乐启蒙孩子们的爱好和爱国主义思想；在贵州南明黔剧团当团长时，为落实周恩来总理的指示，筹备组建黔剧团，为黔剧推陈出新，开创了新的局面。

她离休之后，参与组织四川省老干部活动中心合唱团，成都市金牛区老年合唱团、成都军区联勤部老年合唱团、成都军区联勤部西干所老年合唱团，并担任指挥。每逢重大节日她都和同志们一道演唱。从排练到演出，她都认真负责，一丝不苟。由于她和同志们的共同努力，这些活动既对广大观众进行了革命传统和爱国主义教育，又使合唱团的成员们增强了体质，焕发了青春，陶冶了情操，广交了朋友。

在她的影响下，在成都市组织开展了老年迪斯科舞团，很多老同志都参加进去了，甚至有几位老红军的将军们也常常必到。凡是参加活动者各个精神焕发，受到了省市和军区有关领导以及社会各界的称赞及表扬。

她的文章和诗歌充满激情。看了她的作品，如见其人。她歌颂共产党、歌颂毛泽东主席和周恩来总理，歌颂社会主义祖国和改革开放，她关心亲人，关爱战友和同志，热爱大自然。她把自己的经历和情节生动、形象地写在她的作品中，并汇集成《岁月如歌》，以飨读者，留传后人。我十分感动，故为作序。

坚持敌后八年抗日战争、解放战争期间参加了鲁西南战役、淮海战役、渡江战役、湘南战役、进军大西南。在进军西藏和建设西藏中，参加了昌都战役、参加了平息叛乱和民主改革、中印边境自卫反击作战。离休后，充分利用60多年日记的内容作依据，发表了《留在雪域高原的脚印》《方寸西藏——集邮珍品选》《情凝雪域》《决战前后》《进军西藏日记》和几十篇有历史价值的回忆文章。

（魏克简介：魏克，原名魏兆珽，男，汉族，1920年11月21日出生，山东济南人，小学文化程度。在胞兄魏麟甫地下党的影响和引导下，于1938年5月，参加八路军山东西区人民抗敌自卫团，1938年6月加入共产党。历任宣传员、青年干事、指导员、特派员、保卫副科长、联络科长、宣传科长、西藏军区青年部副部长、文化部副部长、青年部长兼西藏青年团副书记、昌都警备区政治部主任、西藏军区群众工作部部长、中共达孜县第一书记、藏字419部队政治部主任、50军政治部副主任、成都军区陆军学校副政委，1983年离休。）

后记三

我爱好写作，但限于水平，不敢付梓。鉴于众多朋友赠书，尤其是在《西藏岁月系列丛书》编委会和西藏自治区原区党委常委、自治区政协党组副书记、副主席、西藏首席藏族女作家德吉措姆同志和西藏人民出版社的大力支持下，适逢国庆68周年，算作女儿向党献礼吧。

抚今追昔，饮水思源，若不是在中国共产党的领导教育关怀下，怎么会有今天安定幸福的日子？所以，我要把对党、对解放军的感激之情，对帮助过我成长的各个单位领导、革命老前辈及战友，为帮助支持过我的同志写出来，向大家学习，铭记在心。

还记得书稿写完之后，我去求助于时任成都军区副司令员范小光将军，范将军给了我很重要的指导；并将我书稿交给副政委段禄定将军，段将军曾在西藏工作多年。将军在日理万机之时还不忘联系《军事文学》编辑部主编裘山山和军区政治部创作室王富荣主任，王主任安排代华昌士官帮我打印，大家一起帮忙，最后作为内部资料印刷成册后送到我家，让我感恩在心。

尽管水平有限，然而有一颗真诚的心。逝者已矣，衷心祝愿活着的人们，互相宽容、理解，和谐相处，珍惜生命，珍惜现有的一切，为建立和睦家庭，和谐社会，贡献力量。

做为一名首批进藏女兵，能够得到西藏的认可，圆了我一辈子的文学梦，在此，谨向西藏有关部门和《西藏岁月系列丛书》编委会的全体同志、向西藏自治区原党委常委、自治区政协党组副书记、副主席，西藏首席藏族女作家德吉措姆同志表示诚挚感谢！并衷心祝愿西藏繁荣昌盛，人民幸福安康，扎西德勒！

这本书能够面世，首先要感谢成都军区首长老领导阴法唐、郄晋武、张少松、邵农、屈全绳同志亲自为我题词，老领导魏克写序，战友焦东海、王富荣、张亦萍、卫家喻为我修改，出谋划策；老西藏张彦丽在拉萨做完我书稿的打字、编辑和录入工作后，又专程到成都帮忙整理相关的照片和补充稿件的编辑与修改等具体工作；感谢服务处的领导及同志们对我的关心和帮助，肖炬老师帮我修改诗词；众多同志为我出书赠诗文书画，士官甘元进做了许多协调、收集资料等辅助性的工作。此外，张均、刘旭林、郑克、费浩林、钟学礼等同志为我的书添写了精彩篇章，使《岁月如歌》的出版无限增辉；更有许多热心人为本书尽心尽力，以及家人的支持，在此，我一一致以衷心的感谢。

自知水平一般，多有不足之处，诚请读者指正。

白　曙

2016 年 6 月于成都

战斗在水东的艰苦岁月时期的战友——豫皖苏一分区宣传队，队长孙明辅(后排右一)、战友安一林(右六)。

1976年，作者白曙和学友们在家乡河南。

江一同志调离拉萨时和作者白曙在拉萨街头巧遇两个拉萨小朋友。

战友六姐妹和两兄弟在河南人民公社（左起依次是李菊新、南桂英、乔玉兰、刘润兰、作者白曙、张亦萍；两兄弟为张家和、吴均）。

十大名旦之一的尚小云与弟子王章兰。

饰演蒋介石的著名演员赵子强。

作者白曙和战友叶志宝、吴静在大坪。

作者白曙在北京和战友刘克军、张彩云、狄文蔚夫人陈思贤等合影。

四川省老干部合唱团成员合影

忆战斗在水东地区的难忘岁月（作者白曙与十八军文工团战友田淑英等）

作者白曙在指挥合唱团演唱

作者白曙与战友之子在蓉见面

2016 年,《西南军事》文学编辑部主编裘山山、副主编芦一萍、办公室主任刘燕看望作者白曙同志。

作者白曙赴渝看望战友郭枫林

作者白曙和战友周鼎桐夫妇

作者白曙去看望西藏离休回成都的老战友杨廷献、范玉秀。

作者白曙与抗日战争老革命郑治夫妇。

作者白曙同郗晋武司令员、成都军区副政委张少松、政治部主任王心前、政治部创作室主任王富荣、抗日战争老干部周锦文等留影。